「ううん。好きにしていいよ」

細い身体が立ち上がり、
すべらかな素足が一歩を踏み出した。
足音は聞こえない。
ただ鈴の音だけがついてくる。

彼女はそうして、
ただ一人のための舞を始めた。

目次

月の白さを知りてまどろむ
つきのしろさを
しりてまどろむ
3
古宮九時
イラスト 新井テル子

第五譚

月の白さを
知りて
まどろむ

1. 月光

かつてこの大陸に、一人の神が呼ばれた。

太陽をのみ下さんとした蛇を殺すために、王の声に応えて呼ばれた彼女。

陽の神の妹である月の神は、蛇殺しの対価として三つのものを求めた。

一つは美酒。

一つは芸楽。

そして最後の一つは、彼女を温める人肌だ。


人がこれら三つの神供《しんぐ》を捧《ささ》げる限り、彼女は、そしてその血と存在を継ぐ神は、人の世に在り続ける。人を愛し、人に交わって生きていく。

彼女が座す街の名はアイリーデ。

其《そ》は、大陸最古の享楽街。

今なお当時の面影を残して咲き誇る、神話の街である。

※

地図は、容易《たやす》く書き換わる。

それは人間の歴史が常に証明していることだ。国も人も、利害のために信条のために生きるために相争う。国境は変わり、国の名も変わり、人の営みはうつろいゆく。

けれどそれを、自分の思うように変遷させている人間がいるとしたら、そんな者たちがいるとしたら、それはきっと罪深い。明るみに出れば「神にでもなったつもりか」と謗《そし》られることだろう。

「まったく、本物の神はそこまで人の営みを左右したがらないというのに」

トルロニアの玉座にて、若き王は頬杖《ほおづえ》をついてぼやく。

ここのところ大陸ではいくつもの戦乱が起き、数十年ぶりの混乱の只中《ただなか》にある。

それと言うのも、トルロニア周辺では主要国家の様相が様変わりし、今までにない理由で他国への敵対感情を募らせている。それらは憎悪や正義感など今までになかったもので、自国の変節に困惑している民も少なくないという。

幸いトルロニアは異様な変化からは逃れられている。正確に言えば「異変の兆しはあったが既に摘み取られている」と言った方がいい。一時期は王都の貴族や豪商たちの間に、人の欲望を煽《あお》る白い花が広まりかけていたが、とある美しい神の介入により駆逐された。彼女は更には隣国で栽培されていた花畑も処分したという。それだけのことを容易くやってのける存在自体が恐ろしいが、王が彼女に望んでいるのは諸国の正常化ではない。もっと個人的で……だが大事なことだ。

王は、隣に控える盲目の巫《ふ》へと尋ねる。

「ベルヴィ、弟は彼女を無事に守れるだろうかね」

彼が臣下である異母弟に出している命令がそれだ。「化生斬《けしょうぎ》りとして神話の街アイリーデに行き、街の主を守れ」と。それは翻せば弟自身を守ることに繋《つな》がる。現にアイリーデの当代の神は、弟の誠実さや不器用さを好いてくれている。彼女が娶《めと》る神供は生涯一人きりで、その一人に弟がなれるかどうかまでは当人たちの問題なので不明だが、きっと彼女は先視《さきみ》で予言された「女を守って死ぬ」という弟の運命を変えようとしてくれるはずだ。

主君のそんな思いを知る先視の巫は微苦笑する。

「どうでしょう。神々の手繰る運命は、人には及びもつかぬものでありますから」

「そこは嘘《うそ》でも励ましてくれると嬉《うれ》しいよ」

「失礼いたしました」

もっともらしく頭を下げられると、それ以上何も言う気にはなれない。弟の死の運命を変えたいと、無理を言っているのは自分の方なのだ。ベルセヴィーナはそれに手を貸してくれている立場であって、彼女の力の及ばぬことはどうしようもない。

実際アイリーデの神を害するために、別の神々が見え隠れしているというのだから、なかなかに過酷な状況だ。「神は人の営みを左右したがらない」と彼自身が言ったのは事実で、神々はもっと違うものを見ている。矮小《わいしょう》な人間の存在に拘泥《こうでい》しない。人を愛し、人の街で生きている彼女を除いて。

「私たちにできることは、人間らしく人間の争いを収めることくらいかね。どこが糸を引いているのか薄々察しはついてきたが、たちの悪いことをしてくれるよ」

「あちらにとっては、対岸に火を放つようなものでしょうから」

「悪趣味だね。できれば裏にいる人間を生かしたまま捕らえたいところだが、それをすると向こうと全面戦争になるかな。気づかないふりをして殺した方がいいか」

酷薄に笑ってそう言う王の隣で、盲目の巫は無言を保つ。

そんな冷徹さと計算高い割り切りこそが、笑顔を絶やさぬ彼の本質だ。

彼が王であるのは、たまたま王の子として生まれたからだ。だから必要な知識をつけ、人を使い、この国を健全に動かそうとしている。彼にそれ以上の望みも野心もない。だから——海の向こうの国と事を構えるつもりもない。振りかかる火の粉を払って、二度と同じことをされなければ充分だ。

それより、ただ一人の肉親である弟が幸福にやっていければいいと願う。あの腹違いの弟は、人の世に擦《す》れることなく大人になった。自分の正しいと思ったことを為《な》し、誰かのために無私で戦うことができる人間だ。自分と同じ血を引いていて、よくあのように嘘のない人間に育ったと思う。

「ともかく、あれはあれで挫折もあるだろうが……よい結果に収まることを祈るよ」

そう苦笑する王の目は、肉親の情に満ちている。

巫はそんな主君の言葉に沈黙を保つと……深々と頭を下げた。

※

遠くから聞こえてくるものは妙なる楽の音だ。

夜の街を彩る弦と笛。雑踏のさざめきと混ざりあうそれらは、暗い路地にまで密《ひそ》やかに届く。

だが月の光の差しこまぬ道を走る男には、その音もまるで関係ない世界のことのように感じられていた。ほどけかけた帯にも構わずに逃げている男は、肉付きのよさのせいかもう呼吸も限界だ。倒れるように小さな物置の陰へと座りこむ。

男はそのまま膝を抱えて小さくうずくまった。

——このままやりすごせばいいだけだ。

追っ手が遠ざかれば、人のいる方へ逃げて助けを求めることもできる。土地勘がないせいで逃げれば逃げるほど人気《ひとけ》のない方へと来てしまったが、まだそれほど致命的な状況ではないはずだ。ここは数カ国がぶつかりあう戦場ではなく、いつの時代も泰然と変わらぬ享楽街であるのだから。

「……大丈夫だ」

己に言い聞かせる声がつい口から滑り出る。男はあわてて口を押さえたが、耳を澄ませても他の人間の気配は感じられなかった。ただ弦の音が微《かす》かに聞こえるだけだ。

彼はほっと息をつきかけて——だがその瞬間、目の前に白刃が現れた。頭上から音もなく下りてきたその刃は、彼の鼻先でぴたりと止まる。暗がりからくぐもった声が問うた。

「ザニオアラ国のタドナス卿《きょう》だな」

端的な確認の言葉は、殺す相手を間違えぬようにとのものだ。それは楽観的でいたかった男にもすぐ分かり、彼はどう言い逃れれば助かるか咄嗟《とっさ》に左右を見回した。

答えない男に、刃がじわりと触れるほどに近づく。

「異論がなければ——」

「お待ちを」

制止の声は、鈴の音のように透き通る女のものだ。硬直していた男は目だけを動かしてその姿を探す。姿の見えぬ刺客も同様に動いたのか刃がわずかに引かれて、男は止めていた息を吐いた。

女はいつからそこにいたのか、細い路地の先に立っている。

月光の届かぬ路地裏で、だが彼女の姿は光を溜《た》めこんでいるかのようにぼんやりと明るい。結い上げられた銀髪に白い着物姿、赤い紅《べに》を刷《は》いた美貌は凄艶《せいえん》で、街の空気をそのまま人の形に成したかのようだ。

女は青い瞳で二人を睥睨《へいげい》する。涼やかな声が響いた。

「この街で無粋な真似はおやめください。外での争いを持ちこんで血を流すとは、場違いにもほどがありましょう」

刺客を前にして怯《ひる》むところのない女の言葉は、うずくまる彼の心胆をも寒からしめた。格好からして娼妓《しょうぎ》なのだろうが、そんなことを言って刺客がなんとかなるわけではない。むしろ目撃者として共に殺されるのが落ちだ。

しかし女は、自分へと向けられる白刃を前にしても、恐れる素振りさえ見せなかった。ただ袖を上げ、白い指先を刺客へと向ける。

「この街から出てお行きなさい。そして雇い主に伝えるといい。アイリーデは、余所《よそ》の争いには関わらぬと」

細い指から、光る飛沫《しぶき》が飛んだように見えた。

女に向かって踏みこみかけた刺客は、その光を前にしてたたらを踏む。

そうして生まれたわずかな隙に、新たな気配が闇の中から現れる。

白い女を庇《かば》うように前に立った青年は、抜いた軍刀を右手に提げている。構えずとも相手を斬《き》り捨てるだけの自信があるのだろう。端整な顔立ちの青年は、刺客と座りこんだままの男を一瞥《いちべつ》した。

「何もせず立ち去るのなら、こちらも退《ひ》こう。ただし巫に刃を向けるつもりなら容赦はしない」

冷たい声音は、月光を跳ね返す刃によく似ている。

黒尽《くろず》くめの刺客はほんの数秒、探るような空気を漂わせて二人の男女を見ていたが、不意に身を翻すと闇の中に溶け消えた。その気配も完全になくなると男は軍刀を鞘《さや》に戻す。

着物姿の娼妓が座りこんだままの彼に言った。

「あなた様も、早急にお屋敷へとお戻りになるのがよろしいでしょう。次は止められるとは限りませんから」

「っ……待ってくれ！　金なら払う！　わたしの用心棒に……」

「駄目です。彼は私の化生斬りですから」

さらりと言い放って、女は踵《きびす》を返す。

その隣に並んだ青年は、狼狽《ろうばい》する男から遠ざかると苦い顔を彼女に見せた。

「サァリーディ、あの言い方は誤解を招く……」

「あれ。何か間違った？」

アイリーデの主人たる女、娼妓であり巫であり——神である女は、頰に手を当て大きく首を傾《かし》ぐ。

無意識での発言なのか心当たりのなさそうなサァリに、シシュは溜息《ためいき》を一つ落とした。


大陸の主要数カ国を巻きこんだ戦争は、既に始まって半年に及ぼうとしている。

その間、情勢の波はあれども戦争自体は収まる気配がない。

この国トルロニアも王の巧みな采配によって、衝突の渦中からは一歩退《ひ》いた位置を保っているが、それにも限界があるのだろう。アイリーデにも嗜好品《しこうひん》の欠品や揉《も》め事の多発など様々な形で戦争の余波が届いている。

「アイリーデは奥まった場所にあるから、戦火にはさらされないんだけどね。物流はどうしても影響受けちゃうね……」

サァリはお茶を広げたテーブルを前に小さく溜息をつく。

夜の四阿《あずまや》から見上げる月は刃のように細い。月白《つきしろ》の裏庭、客室から離れた場所にあるそこが、シシュの最近の定位置だ。以前は主の間に通されていたのだが、その時の代金を精算すると言い張って下女を困らせたことがあるせいか、以来四阿に通されるようになった。

　シシュははじめ館内に通されなくなったことに「さすがに不調法過ぎたか……」と肩を落としたが、どうやらそういう理由ではないらしい。館主であるサァリは「ここなら私的な場所だから記録帳にも載らないし。離れの部屋でもいいけど、お茶が飲みにくいでしょ」とあっさりと言ったものだ。離れは彼女の私室なので、確かにそこに入れて欲しいというのは無礼だ。シシュは反省しつつも納得して今に至る。

　要請の後、お茶に誘われた彼は、いつも通りの難しい顔でカップを手に取る。

「中々戦争の状況は芳しくないようだ。陛下も他国の信用がおける筋を探して連携を取ってはいるそうだが」

「別の国と？　敵国以外で？」

「違う。その敵国とだ」

「ええ？」

　目を丸くする巫に、シシュは補足する。

「今回の戦争、巫も把握しているとは思うが、かなり不審なんだ。テセド・ザラスをはじめとして、各国の宮廷内に入りこんで影響力を持っている人間が何人かいるようだ」

「あ、ひょっとして、他の国がそれぞれ違う風潮に染まってるのって、それが原因？」

「おそらくは。あの白い花もそのために使われていたらしい」

　戦乱が始まる少し前から、周辺諸国にはそれぞれ違う気風が蔓延《まんえん》しだしたのだ。ある国では快いことが最上とされ苦難を皆で分かちあうことがもてはやされ、ある国では暴力が全ての規範となり子供でも武器を持つことが推奨され、ある国では徹底した統制が敷かれ秩序に逆らう者は容赦なく処断される。そんな変化は突然に、しかし確実に諸国を蝕《むしば》んでいった。

まるで強力な流行り病のような変化は、有力者が人心を蝕む花などを使って人為的に引き起こしたものだ。シシュがそれを主君から聞いたのは、サァリが隣国にあった白い花畑を枯らした後だったが、この国の気風改竄《かいざん》が未然に防がれたことに対し、シシュは安堵《あんど》すると同時に申し訳なさも覚える。本来ならそれは、彼女の手を煩《わずら》わせる必要のない、人間たちの問題だったのだ。

「陛下が仰《おっしゃ》るには、この件には外洋国が関わっているらしい。向こうの人間が手駒をこちらの大陸に送りこんで、いいように国を操っているのではないかと」

「外洋国が……?」

サァリは首を傾げる。海を隔てた向こうにあるという国は、彼女にとっては遠い世界でしかないのだろう。船でも数カ月かかるという遠い国が、何を思ってこちらに働きかけているのか。不可解を面《おもて》に出す彼女に、シシュは溜息で返した。

「向こうの意図は分からない。こちらも色々調べているが読めないことも多い。先視や遠視《とおみ》も届かないそうだしな」

「先視や遠視が届かないって純粋に距離が遠いから? それとも私みたいに力がある存在がいて阻害してるとか?」

「分からない。前者であって欲しいと思うが、後者の可能性も否定できない。なんでも外洋国からの要人がこちらの大陸に渡ってきて糸を引いているという情報もあるが、その人物に関しても見えないらしい」

「ええ……? 人外を連れてるとかじゃないといいけど」

「向こうの大陸には人外の類《たぐい》はほとんどいないんだそうだ。昔はいたが、人間の勢力が増すにつれて駆逐されたらしい」

「駆逐なんてできるんだ。向こうの人はずいぶん好戦的な人種なんだね」

そういうサァリの目こそ、きらきらと好戦的だ。彼女は基本的には人間に寛容で優しいが、少女の頃から、いささかどころではなく勝気だ。シシュは話題を変える必要を感じて、無理矢理話を戻す。

「そんな状況で明らかに各国上層部に扇動が為されているからな。それぞれの国に自国の異変を憂いて動く人間がいるわけだ」

「あ、王様ってその人たちと連携取ってるの？」

「そう。おかげで少しずつ状況は改善しつつあるが、まだ盤面をひっくり返すには足らないというところだな」

「王様も大変だね……」

シシュにとって王は異母兄というより主君だが、そのことを差し引いてみても王は辣腕《らつわん》だ。加えて彼には飛び抜けた力を持つ巫がついている。なればこそ今の苦境にも対応できているのだろう。ただそれでも厳しい状況であることは確かだ。

サァリが己の白い指先を見つめて零《こぼ》す。

「私が何か手伝えたらいいんだろうけど」

「巫の手を煩わせることじゃない。アイリーデに火の粉が飛んでいること自体申し訳ないくらいだ」

「そのあたりはお互い様だと思うんだけど。あなたをアイリーデに借り受けてるわけだし」

「巫の方が大事だし、俺は諜報《ちょうほう》戦には役に立たない」

本当のことを言うと、サァリはころころと笑う。そんな姿は初めて出会った頃の少女を思い出させるが、その思い出と比べても大人になった今の彼女はずっと艶《あで》やかだ。まるで月光を受けて眩《まばゆ》い花のようで、ふと気を抜くと見入ってしまう。

今もそんな風に彼女の笑顔に気を取られたシシュは、逆にじっと見つめられていることに気づくとうろたえた。

「え、何が？」

「すまない、不躾《ぶしつけ》だった……」

「いや、何でもない」

どうやら視線を見咎《みとが》められたわけではないらしい。先んじて墓穴を掘ったシシュは、お茶の残りに口をつける。気まずさを隠しきれない彼に、サァリは遠慮のない問いを投げた。

「シシュは、先視の巫に自分のこと聞いたことがある？」

「特にはないが……」

「そうだよね。アイリーデへの赴任も騙《だま》されてしたんだもんね」

「言い方が酷い……」

確かに彼が一年以上も前にアイリーデへ来たのは、王命で「街の様子を見てきて欲しい」と言われたからだが、その時既に王は、シシュを彼女の神供候補として差し出す未来を知っていたらしい。当時は何も教えられなかったことに腹も立ったが、振り返ってみるとアイリーデに送られてよかったと思う。

おそらく、あの王命がなかったら自分は一生アイリーデを訪れなかったはずだ。

そうしたら、サァリとも出会わなかった。

何事にも懸命で、誇り高く、自分の責務と向き合い立ち続ける彼女。

その苦悩も孤独も愛情もよく知っている。知っていて……彼女のことを好きになった。

彼女が嬉しそうに笑っていてくれると自分も嬉しい。できるならその姿を近くで見ていたい。何より彼女の一生が恵まれて幸福なものであればいいと思う。そして、それ以上の望みはいささか不遜だ。

シシュは平静を装って、空のカップを口に運ぶ。

「俺はアイリーデに来たことに不満はない。巫の役に立つことが俺の務めだ。これは別に主命だからというわけではなく俺自身が決めたことで俺自身の望みだと思ってくれ」

「なんでそんな早口なの」

「……いや、すまない」

また「王命だから仕方なくいるんでしょう?」と膨れられるかと思って先んじてみたのだが、突然の言い訳めいてサァリを軽く驚かせただけだった。どうにも空回りしている気がするが、自分が多少気まずい思いをするのはいつものことだから仕方ない。

もともと彼女への感情を自覚してから、ただでさえ多かった空回りが倍増した。身内や幼馴染《おさななじみ》を失った彼女を支えなければと思いつつ、それは彼女の喪失につけこむようでどうかとも思う。己の感情をきちんと伝える方が誠実かと考えて、けれど彼女が内外ともに忙しい時に、考えることを増やすのも間が悪いと悩む。

彼女の兄であるトーマには「サァリがお前以外は選ばないとでも思ってないか?」と揶揄《やゆ》されたこともあるが、さすがにそんなことは思っていない。ただ、サァリが誰も選ばないのではないか、と感じることはあった。理由はない。ただ館の主としてすっかり落ち着いた彼女は、自分の客を探しているようには見えないのだ。ただ泰然と何かを待っているように見える。

それは或《あ》いは、敵対している他の二柱の神を待っているのかもしれない。

一柱は、彼女と同じ月の神。彼女の実母から切り離された神性、ディスティーラだ。ディスティーラは実体を持たず、己の居場所を求めてサァリに取って代わろうとしている。

もう一柱は、月の神の兄である陽の神だ。彼は人に混ざって暮らしている妹を元の天に連れ戻そうと現れ、サァリの従兄の人格を塗り潰《つぶ》し体を乗っ取った。

この二柱は今のところ行方を晦《くら》ましたままだが、いずれサァリの前に現れるだろう。

だが、相手が神であっても、彼女を傷つけさせる気はない。

我が身を賭しても彼女を守る。――そのために自分はアイリーデにいるのだから。

空のカップをテーブルに戻したシシュは、サァリにじっと見られていることに気づく。

「……何か問題だっただろうか」

「ううん。嬉しいよ、アイリーデにいてくれてありがとう」

「ならいいんだが」

「ところでシシュ、十年くらい男の人しかいないところに閉じこもってみない？　損はさせないから」

「いきなり前言と食い違ってる」

それはつまり、アイリーデを出て軍にでも戻れということなのか。

真剣に悩みそうになるシシュに、サァリは「違う違う」とあわてた様子で手を振った。彼女はカップの下敷きにしていた千代紙を取る。

「先視って、その内容を知った人間が動くことまで最初から計算内だっていうでしょう？」

「ああ、らしいな」

たとえば悲劇的な先視の内容を知って、それを避けようと努力しても、むしろその努力が原因で先視が実現することもあるのだという。人の運命は、人の足掻《あが》きをも含んで一つの大きな流れを為している。「大枠の未来は既に決まっている」などとは、シシュからすると実感のない話だが、先視の能力自体が稀《まれ》なものだ。ましてや王の巫などのように「必ず当たる」などという先視につきあたることの方が珍しい。

ただそのような先視でも、決まっているのは大枠だけで細かい部分は流動的なのだという。ならば目の前のこと一つ一つに全力で当たるしかない。つまり普段と同じだ。

けれどそう割り切っているシシュとは別に、サァリは微笑《ほほえ》んだ。

「それって、人には人の運命は変えられないってことでしょう？　でも私なら変えられるんじゃないかな。人間じゃないんだもの」

サァリは慣れた手つきで丁寧に鶴を折ると、でき上がったそれにそっと息を吹きこんだ。小さな鶴はよたよたと浮き上がると、精一杯の風情でシシュの頭の上に降りる。彼は鶴を落とさないように、目線だけを上げた。

「力が戻っているのか？」

「波があるの。調子がいい時はいいみたい。もちろん月の満ち欠けの影響もあるけど」

「気持ちは分かるが、あまり練習し過ぎるのもよくないと思う」

「うん」

彼女は今代の神だ。遥《はる》か昔に人の世に呼ばれた神が、人と交わって生まれた系譜を継ぐ存在。けれど彼女自身はまだ全ての神供を受け取ったわけではない。人肌の神供を持たないサァリは宙ぶらりんの危うい状態で、ともすれば人間のふりもできなくなってしまう。それを留《とど》めているのは彼女が人の中で育ったからというだけの習慣的なもので、神の本性に寄り過ぎれば思考も振る舞いも人から遠くなり、感情らしい感情も薄れる。

以前彼女がそうなった時には、彼女を幼い頃から知っている男が命と引き換えに感情を引き戻したが、そんな犠牲を何度もサァリに味わわせるわけにはいかない。人の世に収まらないほど彼女に神の力を使わせてはならないのだ。そのために自分は戦うのだとシシュは思っている。

だが、サァリが守られるだけの位置に甘んじる性格ではないことも事実だ。

「私とかあの陽の神って【天の理《ことわり》】っていうんだって」

「天の理？」

「人の生きている地上とは関係なく在る神々ってこと。ウェリローシアの蔵に、初代が召喚された時の話がちょっと残ってたの。人間は昔、人外とか神々を存在の位置によって三種類に分けていた――遠い天に在る【天の理】と、人と混在して存在する【人の神】、そして死の国を治める【地の気】。この中で人間とまったく接することがないのは【天の理】だけで、だから私たちは本来的には地上に縁がない。蛇みたいにこの地に在る【人の神】と違って人から影響を受けることもない」

――遠くにある貴きもの。

それが彼女だと言われれば、納得しか覚えない。

サァリは白い指を弾《はじ》いて光の飛沫を上げる。

「でも、初代はあえて人から影響を受けることを望んだ。人に対価を要求してそれを受け取った。どうしてそうしたのかな？」

「さあ……どうしてだろうな」

古き神の考えはシシュにはよく分からない。サァリが何を考えているかさえ分からないのだ。

けれどサァリのそれは半ば自分への問いかけであったらしい。彼女はシシュを見てくすりと笑った。

「初代がどうだったのかは分からないけど、少なくとも私は人と一緒にいたいって思うよ」

今までアイリーデの神たちが、人と交わって人と生きることを選んだように。

これはささやかな彼女の決意表明だろう。

サァリは人の側を選んでくれている。ならば自分はそれに応えなければ。

彼女は白皙《はくせき》の指先を気にするように擦《こす》り合わせると、流麗な仕草で腰を浮かせた。シシュの頭の上に乗る鶴を取ろうとする。

その手を咄嗟に摑《つか》んだのは半ばシシュの無意識だ。じっと彼女の仕草を見ていて、彼女が不意にどこかに行ってしまうのではないかと不安になった。

けれどその手は、予想していたような氷の冷たさではなく、普通の体温だ。ぽかんと目を丸くするサァリに、シシュは慣れきった気まずさを味わう。

「すまない、冷えてるかと思った」

「それは……ありがとう」

柔らかな指は、手の中で溶けてしまいそうだ。シシュはその指を握りこみたいと思って、けれど自制すると手を離す。

「ご馳走《ちそう》になった。俺は見回りに戻る」

そそくさと立ち上がり礼を言う彼に、サァリは微笑む。

「鶴、連れて行って」

「分かった」

シシュは頭の上に乗ったままだった折鶴を、そっと畳んで胸元に入れる。彼女の力が込められた鶴は、何か異変があれば彼女に伝えてくれるだろう。

裏門から辞したシシュは、月の明るい夜空を見上げる。

人の営みと関係なく存するという月は、古き街に平等に白光を降り注いでいた。

※

掌《てのひら》に握りこめるほどの小瓶が三本。

それが、細心の注意を払ってなんとか確保できた量だ。

跪《ひざまず》いて頭を垂れているテセド・ザラスは、主人がテーブルの上の小瓶を検分するのをじっと待つ。

――これ以上失敗は許されない。

テセド・ザラスは既に二度失敗しているのだ。一度目はトルロニア王都の貴族たちを操り、宮廷を乗っ取るという任務の失敗。もう一つは主人から預かって育てていた花畑を失ったこと。

どちらも首が飛んでもおかしくない失態だ。だが主人はまだ彼を生かしてくれている。今の状況が薄氷上だと分かってはいるが、まだ挽回《ばんかい》の機会はあるのだ。

そしてその機会が、小瓶の中に詰まっている。

若き主人は瓶を目の上にかざして眺めていたが、ふっと息を吐いた。

「冷たい血か。面白い」

その声音は本当に興味を持ってのものだったので、テセド・ザラスはつい体の力を抜きそうになった。と言ってもまだ油断はできない。彼は重ねて報告する。

「花畑が枯らされた夜に近くにあった血溜まりから採取しました。砂を慎重に取り除いた結果、確保できたのはその三本です。氷水のような温度ですが……匂いからして血と思われます。少量服用すれば強力な薬となり、量を増やせば肉体を強化します」

テセド・ザラスの言葉を証明するように、壁際の止まり木で鷹《たか》が翼をはばたかせる。この鷹は、元はテセド・ザラスの部下が飼っていたもので、実験として冷たい血を飲ませてみたのだ。その結果、知能と運動能力が向上し、今では暗殺任務も単独でこなせるようになった。

「面白い。人間には試したのか？」

「そちらは殿下のご判断を待ってからにしようかと」

「許可する。一瓶はお前の裁量で使え」

「かしこまりました」

――首の皮一枚繋がった。

それはけれど安堵には程遠い。ここから先は失敗が許されぬまま綱渡りをしていかなければ。

主人のために死ぬのは当然だが、役立たずとして死にたくはない。それはせめてもの彼の矜持《きょうじ》だ。

主人は手の中で小瓶を転がしながら問う。

「お前は、この血が何の血だか突き止めたのか？」

その質問は想定の範囲内だ。テセド・ザラスはほんの少し顔を上げる。

「鷹に探させました。おそらくは、トルロニア北部の街、アイリーデにいるようです」

「……アイリーデ？」

神話の享楽街。神への返礼として作られた街。

主人はその名を聞くと、喉を鳴らして笑い始めた。

「なるほど、そうか。そういうことか」

「お心当たりがあるのですか？」

主人はこちらの大陸に来たばかりのはずだ。にもかかわらず何かを摑んでいるのか。それとも遠い海の向こうにいながらにして、こちらのおおよそを把握していたのか。テセド・ザラスが空恐ろしさに身を竦《すく》めていると、主人は楽しげに両手を広げた。

「少し前に、別の隠れ家に誰からも分からぬ文が届いたのだ。こちらが何者か知っての文だ。どうやって届けてきたのか、まったくとんでもない話だろう？　何が書かれていたと思う？」

「………………」

テセド・ザラスは青ざめる。主人の来訪は極秘なのだ。よしんば来訪を察知した人間がいるとしても、「外洋国から来た要人は誰か、どこにいるのか」を知っているはずもない。知られていたとしたら大問題だ。

だがそんな手紙が来たというなら、そこに何が記されていたのか。

主人の答えは、テセド・ザラスが予想したどれでもなかった。

「――『アイリーデには、人外の女が隠れ暮らしている。その女は古き神だ』とさ」

「な……」

馬鹿馬鹿しい。神など実在するはずもない。

確かにこちらの大陸には、未《いま》だ古い因習や信仰が残る国や街があるが、それも大きな勢力を持っているわけではない。人外などしょせん人がその気になれば絶滅してしまう程度の存在だ。

事実、向こうの大陸にもかつては人語を介する人外が何種かいたが、人を食らって人に忌まれたものや、人に収集され狩りつくされたものなど、現存する種はいない。ましてや神などと何の冗談か。

とは言え、主人がどう考えているのか分からない以上、笑い飛ばすこともできない。言葉をのみこむテセド・ザラスに、主人は機嫌がよさそうに続ける。

「神とは驕《おご》ったものだな。どんな女か見てみたい」

たちの悪い好奇心にテセド・ザラスは無言を保つ。

主人は基本的に悪趣味なのだ。だからこの大陸においても、数カ国を裏から操り変質させた。当初の目的は立場の弱い属国をいくつか作って、経済的・軍事的に本国の強化に使う——それだけだったにもかかわらず、より大きな混乱を起こそうとしている。それは人が惑う様を見たいという主人の嗜好《しこう》がゆえだが、それがよくないものを招きこんでしまわないか、テセド・ザラスは不安に思う。

だがそんな臣下の不安に気づく様子もなく、主人は笑った。

「本当に人外だったら希少種として飼ってやろう。お前、アイリーデに行って探してこい」

「……かしこまりました」

異を唱えることはできない。どの道、アイリーデにいる冷たい血の持ち主を確保しなければならないのだ。謎の密告文の真偽は不明だが、アイリーデに人外の女がいるのだとしたら、それが血の持ち主かもしれない。テセド・ザラスは、頭《こうべ》を垂れたまま連れていく部下たちの人選を始める。

裏から人を操って事を進められる段階は、もはや終わった。これからは自分もまた前線に出て、主のために働く。

それが、主の生み出した先の見えない混乱に飛びこむも同然だと、理解しながら。

2. 変色

トルロニアも戦火の中に巻きこまれているとはいえ、王の巧みな采配のせいか、国境から遠いアイリーデの門を閉めるほどにはなっていない。過去何度か所属する国が滅んだ際には、三方の門を閉め紹介状を持っている客と商人しか出入りできない事態になったこともあったが、今は朱塗りの門も開かれているままだ。

ただそれぞれの門には自警団員が控えていて、武装した人間は所属と目的を確認されるし、店によっては一見《いちげん》の客を断るところも出てきている。ただ最古の妓館《ぎかん》である月白《つきしろ》は、元々女が客を選ぶ館とあって、普段と変わりなく店を開けている。この店はアイリーデの象徴でもあるので、そう容易《たやす》く揺らぐわけにもいかない。月白が常と変わらぬ様子であることが、街の人間を安心させるのだ。

その日もサァリはいつものように、夕暮れ時に慣れた手つきで灯《あか》り籠《かご》へ火を入れた。浮かび上がる半月を確認すると彼女は館の中を振り返る。床の拭き掃除を終えた下女に命じた。

「花の間を開けてきておいて」

「かしこまりました」

以前はサァリ自身が火入れした後に花の間を開けていたのだが、最近は火入れと同時に客がやって来ることもあるのだ。彼女が主を継いだ当初は誰も来ない日もあったが、今は来客の人数自体二割ほど増えている。ようやくサァリが主として認められたということだろう。ありがたい話だ。

とは言え、客が増えたからといって娼妓《しょうぎ》たちが勤勉になるわけでもない。彼女たちは火入れの後、ようやく花の間に集まり、自らの選んだ客だけを取る。その人数は以前から変わらないのだから、結論としては娼妓を買えずに帰る客が増えただけのことだ。

そのうちの一人である男がさっそく門をくぐって現れたのを見て、サァリは笑顔を作る。

「いらっしゃいませ」

現れた若い男は、照れくさそうに頭の後ろを掻《か》いた。

「こんばんは。懲りずにまた来てしまいました」

王都の商人である彼は、売りこみに来た先の月白で娼妓の一人に一目惚《ぼ》れしたらしい。だが当の娼妓は彼にまったく興味を持たず、通ってくる彼を袖にしている真っ最中だ。

サァリは来訪頻度だけなら常連とも言える男に頭を下げた。

「花の間でお待ちくださいな。すぐに皆参りますから」

「それが、今日は一人ではないのです。友人を連れてきておりまして」

男は振り返り門の外へと声をかける。このように、アイリーデでは客が新たな客を連れて来ることは当たり前の光景だ。サァリは、兄がシシュを連れて来た日のことを思い出し微笑する。

そのまま待っていると、門の影から長身の青年が姿を見せた。

癖のある金髪に淡い碧眼《へきがん》、彫りの深い顔立ちは二十代後半だろうか。この街では珍しい顔つきだ。深緑の洋装に華やかな空気を漂わせる彼は、サァリを見つけて大きく目を瞠《みは》る。そのまま足を止めてしまった青年を、商人の男が手招いた。

「そんなところにいないで来いよ。主嬢に紹介するから」

「……ああ」

気の抜けた返事の割に、青年は迷いない足取りでサァリの前にやって来る。主である女は膝を折って挨拶した。

「ようこそいらっしゃいました。北の館、月白でございます」

「北の館とは聖娼《せいしょう》がいるという……？」

「正確には聖娼とは少し違うのですが、アイリーデの正統であることは確かです。今、女たちのところへご案内いたしますわ」

サァリは音をさせずに踵《きびす》を返す。だがすぐに、当の男がついてこないことに気づいて振り返った。

金髪の青年はその場にいるままサァリをじっと見ている。商人の男が困惑気味に友人の肩を叩《たた》いた。

「どうしたんだよ、行くぞ」

「貴女は娼妓じゃないのか？」

その問いはサァリがしばしば向けられるものだ。彼女は微笑して返す。

「わたくしは主でございますので。普通の娼妓とは異なります。ただ娼妓の一人でもありますので、客を取ることもございます」

「へえ、そうなんですか」

驚いたように聞き返してきたのは、前からの客である男の方だ。普段サァリは、問われなければ自分が娼妓であることは言わない。客たちが求めているのは館主の自己紹介ではないからだ。

尋ねた当の青年はじっとサァリを見ている。その視線に、ちりちりとした熱を覚えて彼女は居心地の悪さを感じた。しかし表面上は変わりなく微笑《ほほえ》む。

「客を取るといっても、一生に一人だけではありますが。そうして次の主を産むのですわ」

「ああ、なるほど……」

月白の主の話は、アイリーデでは常識と言ってもいい話だが、余所《よそ》から来た客にとっては興味深いのだろう。感心する商人の男に笑いかけて、サァリは再び玄関へと向かおうとした。だがそれを、青年の声が留《とど》める。

「貴女の客は、もう決まっているのか？」

「いいえ」

——珍しいことではない。

十七を過ぎたあたりから、彼女を買いたいと願う客はちらほら現れるようになった。

かつてはそんなことを言い出すのは、幼馴染《おさななじみ》だった男一人しかいなかったが、今は違う。街を行く男たちの目から見ても、サァリは充分に娼妓として通るようになったのだろう。期待を含んだ視線に、彼女は微苦笑した。

「わたくしの客となられる方には自然と面倒事が舞いこみますので。なかなか決めることができないのですわ」

「面倒事？」

「ええ。花代か命のどちらかを見返りとして頂くのなら、まだいいのかもしれませんが。わたくしに限っては両方を頂戴することもございますので」

サァリは艶《あで》やかに笑う。余所の人間には理解しがたいであろう正統の重みが、大輪の花のようにその場の空気を圧した。商人の男が息をのむ。

——神に捧《ささ》げられる男とは、つまりはそれだけの覚悟がなければならない。

彼女の客となる男は、人間たちの中から選ばれた供物であるのだから。

サァリは二人の客が押し黙るのを見ると、今度こそ先導して玄関へと向かう。それをしながら、小声でぼやいた。

「……それにしても私の代だけ、状況が厳しすぎる気がするんだけど」

どうしてこうなったのか、振り返ってみてもよく分からない。単に運が悪いだけなのだろうか。

サァリはそうして花の間まで二人を案内すると、別の仕事に移った。

どの女も選ばずに帰った金髪の青年が、再び月白にやって来たのは翌日のことだ。


「名前を聞かなかったからな」

人懐こい笑顔でそう言われサァリは微苦笑した。彼女は三和土《たたき》の上に降りると青年を見上げる。

「それは無作法をいたしました。わたくし、月白のサァリと申します」

「サァリ」

噛《か》んで味わうような反芻《はんすう》の声に、サァリは頷《うなず》いた。

「この街に同名の娼妓はおりませぬので。わたくしの名を出せば月白の主と分かります」

「オレはベントという」

「ベント様、ご愛顧のほどお願いいたしますわ」

婀娜《あだ》めいて笑いかけると、青年は嬉《うれ》しそうな顔になる。表裏のないあけすけな感情は、歳下のサァリから見ても子供のようにしか見えない。彼女は内心の苦笑を押し隠して、廊下の奥を掌《てのひら》で示した。

「花の間にご案内いたしますわ。お茶をお出ししましょう」

「お茶はいい。貴女を買いたい」

「申し訳ありませんが、昨日も申し上げました通り、わたくしは他の娼妓とは性質を異にしているのです」

――さて、どう断ろうかと考える。

昨日の今日とあって予想はしていたが、それにしても羨《うらや》ましいくらいに率直だ。そしてこのように率直な男は、得てして情が強い。館主としては立ち振る舞いを考えなければならない相手だ。

サァリはそんなことを考えながら青年に向き直る。

「ありがたいお言葉、光栄ですわ」

「なら……」

「ですがここは北の正統です。その意味は既にご存じかと思います」

「昨日聞いた。女が客を選ぶ店だと」

「ええ」

ここまで言えば、アイリーデで遊び慣れた普通の客なら「断られた」と察する。だがベントは残念ながらそれが通用する相手ではないようだ。サァリは彼の流儀にならって率直に返した。

「わたくしは、あなた様を客としてお迎えするつもりがございません」

「……それはオレが新顔だから？」

「それだけが理由ではございませんが。何しろ一人しか客を取らぬ身でございますれば、身軽になれぬのも事実でございます」

実際のところ、彼女の客となる男はほぼ決まっていると言っていい。

ただ皆が皆、薄々それを察しながら、事態は一歩手前で止まっている。それは不安定な世情が原因かもしれないし、サァリ以外の二柱が原因かもしれない。

だが彼女としては他の男を選ぶ気がないのは確かだ。たとえ彼の無事を買うために傍《そば》から離すことになったとしても、感情自体は変わることがない。

そしてサァリは、必要とあれば一生でも自分の心を隠して微笑む自信があった。

今もそうして微笑む女に、青年は思案顔で視線を向ける。じっと見据えてくるその目を、サァリは物怖《ものお》じせず受けた。細い躰《からだ》には年齢に似合わぬ年月が潜んでいる。アイリーデという街を体現して在るのが彼女なのだ。

ベントはしばらく真っ直ぐに彼女を見つめていたが、サァリの笑顔が揺るがないと分かったのか、ふっと相好を崩した。

「分かった。ならまた来る」

「次は花の間にお越しください」

深々と頭を提げて、サァリは足音が遠ざかるのを待つ。

次に顔を上げた彼女が迎えた者は、客ではなく化生斬《けしょうぎ》りの男だった。


現在アイリーデが擁する化生斬りは四人、いずれも癖のある男たちだ。

そのうち最年長である鉄刃《てつば》は、寡黙で実直な人柄で自然と化生斬りの代表となりがちだ。何か問題があった際、主だった店々に連絡をして回ることもある。

そうして火入れからまもなくやって来た男を迎えたサァリは、申し伝えを聞いて唖然《あぜん》となった。

「え……？　何でしょうそれは。化生《けしょう》？」

「いや。違うと思う。目が赤くなかった。身体能力は人とは思えぬ異様なものだったが。――相手は複数でダナイが重傷を負った」

化生斬りの一人である男の名を挙げられ、さすがにサァリは青ざめた。

鉄刃が持ちこんできた話は、最近数が多くなっている街外での揉《も》め事絡みのものだ。元は、お忍びで来ていた他国の貴族を刺客が集団で追ってきたらしい。それにたまたま居合わせた化生斬りたちが割って入ったという。その結果、街ではひどい騒ぎになった。

サァリは形の良い眉を憂慮に寄せた。

「重傷とは無事なのですか？」

「命はある。が、あれでは治っても化生斬りに戻れるかどうか」

「そんな」

「逃げた敵は残る二人の化生斬りが追っている」

「なら私も――」

「巫《ふ》は外に出ない方がいい。それを言いに来た」

念押しするように鉄刃は重く頷く。そのまま踵を返しかけた男は、しかしサァリの視線を慮《おもんぱか》ってか穏やかな声音で付け足した。

「あまりにも状況が悪いようであれば新入りは退《ひ》かせる。巫《み》が身籠《ご》もってもいないのに、夫たる客を失わせるようなことはしない」

「あの、言おう言おうと思っていたのですが、誤解があるようでして……」

身籠もるどころか、彼とは同衾《どうきん》したことさえない。半ば恒例に近くなっている誤解をサァリは一応正そうとはしてみたが……実情としては大差ないのだ。

彼が失われることなどあってはならない。しかしだからと言って壊れ物のように危険から隔離していい人間でも、それを了承してくれる性格でもない。

サァリは一秒の半分ほど考えた。考えるまでもなく口を開く。

「私も参ります」

「巫よ、相手は化生ではないのだ」

「だとしても。アイリーデのことですから」

この街が荒らされているというのに、主人である彼女が見過ごすわけにはいかない。

いつまでも蚊帳《かや》の外にいる気はないのだ。サァリは門に掲げられた月白の半月を見上げる。

「ご心配なく。私が出ます」

誰にも、何にも異論は唱えさせない。

神たる彼女は、そうして己の館から出て、舞台の上へと踏み出した。

※

間のいい時と悪い時、どちらかと言えば自分が出くわしやすいのは後者だ。

とは言え、今回はそのどちらかよく分からない。シシュは抜いた軍刀を手に、夜の路地を走りながら辺りの気配を探った。


敵は全部で五人。シシュが確認した人数はそれだけだ。

夜陰に紛れる黒尽《くろず》くめの刺客たちは、最初は大通りからすぐの水路で貴人の男を取り囲んでいた。

そこに通りかかった化生斬りのダナイと自警団員が割って入り、戦闘になったのだ。

シシュ自身は応援として呼ばれたのだが、駆けつけた時には既に辺りは血塗《ちまみ》れだった。

水路際の路地には、いくつも血溜《ちだ》まりが広がっている。その中には数名の自警団員たちが没しており、生きているのか死んでいるのかぴくりとも動かない。

そして彼らの体を踏みつけて、血溜まりの中には五人の刺客が立っていた。

黒服の彼らは体格も様々だ。五人は目以外を隠しており、その瞳は赤くない。

異様なのは彼らの武器で、大きな鉤《かぎ》爪や二対の曲刀など癖のあるものばかりだ。黒服たちは十数人の自警団員に囲まれていてもまったく怯《ひる》む様子がない。自警団員の後ろでは、本来狙われていたらしい貴族の男が座りこんでがたがたと震えていた。

そこまでを一見したシシュは、自警団員を掻《か》き分けて自分が前に出ようとしたのだが、ほぼ同時に鉄刃とタギの二人の化生斬りも到着した。そうして大通りにも異変が伝わったのか、野次馬たちがちらほら現れたのを見て――ようやく刺客たちは逃走に転じた。

刺客たちは自警団員の頭上を越えて飛び上がると、悠々と屋根伝いに逃げ出した。異様な身体能力と獣に似た体捌《さば》きは化生に似たもので、だが化生ではない。

異質な空気。シシュはその気配に近いものをどこかで知っている気がして後を追った。


二手に分かれた刺客たちのもう片方は、タギが追っているはずだ。

鉄刃は各所の連絡に回ってくれたが敵は尋常ではない。被害が広がらないうちに捕《と》らえなければ。

刺客を追って暗い路地裏にまで来たシシュは、誰もいない辺りを見回し足を止めた。

遠く、弦の音が聞こえてくる。他に音はしない。自分以外の気配も感じない。

そこまでを確認すると、彼は息を殺す。冴《さ》えた月が生み出す足下の陰影を見つめる。

自身の気配を消し、体の中から余分な力を抜いた。そして闇と同化する。

ここは夜の街だ。彼女が治める街。だから暗闇は何ら恐れるものではない。

――そうして待っていたのは二十秒ほどのことだ。

不意に彼の背後、闇の中から白刃が突き出される。

彼の首を貫こうとしたそれを、シシュは一歩右に動いただけで避《よ》けた。振り返りざま背後を薙《な》ぐ。

長屋の屋根から逆さにぶらさがる黒尽くめは、その一閃《いっせん》を咄嗟《とっさ》に己の短刀で受けた。だがシシュの軍刀は防がれた上から黒尽くめの体を弾《はじ》き飛ばす。黒尽くめの体は道端に積まれた桶《おけ》へと叩きつけられ、人気《ひとけ》のない路地に派手な音が響き渡る。

だが、それで長屋から誰かが出てくる様子もない。この辺りに住む人間は、夜は大通りの店に出ている者がほとんどなのだ。

シシュは桶の中に埋もれている黒尽くめへ一息で距離を詰めた。立ち上がろうとする相手に向け、音もなく軍刀を振るう。

けれどそれは、割って入った二人目の黒尽くめによって防がれた。

金属同士のぶつかる音が鳴り、シシュは舌打ちしたい気分で己の軍刀を捻《ひね》る。刃を絡め取ろうとしていた鉤爪から巧みに刀を引き抜いた。

――状況としては二対一だ。

しかしシシュは肌身に染みついた経験から「近くにもう一人いる」と感じ取っていた。

元々五人いたのだから、そのうちの三人が彼の方に来たのだろう。残る二人はタギが相手しているのだろうか。

シシュはしかし、目の前から一瞬離れかけた思考を引き戻すと、振りかかってきた鉤爪を左に弾いた。間髪いれず突きこまれる剣先から、飛び下がって距離を取る。

短刀を武器とする黒尽くめは長身の痩身で、鉤爪の方は小柄な体つきだ。

シシュは、ゆっくりと構えを取る二人を正面から睨《にら》んだ。

「お前たち、何者だ?」

本来であればアイリーデは中立の街だ。外の揉《も》めごとに対し、どちらか一方を利することはしない。しかし自警団員から死人が出ている以上、この刺客たちをもう見逃すことはできない。それ以上に彼の直感がこの五人を「放置はできない」と断じた。

シシュは最後の一人の気配を探りながら、軍刀を構える。

――長引かせては負ける。

次の一撃で少なくともどちらかは仕留めたい。シシュは、俊敏な鉤爪の方が先に突っこんでくるだろうと見積もった。余計な隙を作らぬよう呼吸を整え待つ。

月の光が地面に注ぐ。

前触れはない。鉤爪の刺客は軽く地面を蹴ると、長屋の壁を横に走りだした。それに合わせてもう一人の刺客が正面から向かってくる。

同時に違う方向から接近してくる黒尽くめたちに、けれどシシュは怯むことなく自ら踏みこんだ。壁を走る鉤爪へ研がれた刃を打ちこむ。

「……っ」

鉤爪の方がのけぞって地面に落ちる。鼻先を掠《かす》めたのか顔を押さえる相手に構わず、シシュは素早く軍刀を引き戻した。腹を狙って突き出された短刀をすれすれで弾く。そのまま振り切られた刀は痩身の黒尽くめの首に深く食いこんだ。鈍い感触と共に鮮血が飛び散る。

だが直後、シシュの背後に新たな気配が生まれた。

そこまでを予想していた青年は、崩れ落ちた刺客の上を飛び越える。間に一人を挟んで、新手へと振り返った。

——そして唖然《あぜん》とする。

刀を携えた三人目の黒尽くめ、その後頭部を、後ろから白い手が無造作に鷲摑《わしづか》みにしているのだ。

地面からわずか上に浮かんでいる白い着物姿の女は、美しい貌《かお》に冷気を漂わせている。青い瞳が氷そのものの温度で黒尽くめを見上げた。

「……お遊びが過ぎますわ」

凛《りん》と響く声は、この街の主のものだ。シシュは思わず彼女の名を呼ぶ。

「サァリーディ」

「シシュ、何これ？　何の生き物？」

「何だろうな……」

彼女も刺客たちが普通の人間ではないと思っているらしい。サァリは自らが摑《つか》んで留めている黒尽くめをじろじろと見やる。

「何か変なの。これって——」

空気が動き出したのは直後のことだ。

シシュはサァリを見たまま軍刀を振るう。その刃は、シシュの足を摑もうとしていた地面上の刺客を斬り捨てた。彼はそのままサァリを振り返ろうとする三人目へと駆け出す。

神に抑えこまれながら、それでも抗《あらが》おうとする刺客は、まるで出来の悪い操り人形のようだ。サァリは軽く眉を顰《ひそ》める。

しかし黒尽くめの刀が彼女に向けられるより先に、シシュがその体を斬りつけた。彼は刺客の左肩を摑むと、サァリから引き剝《は》がして後方に投げ捨てる。そのままシシュは、彼女の体を抱きこむようにして庇《かば》うと、振り返りながら自身の後ろに回した。

立ち上がった鉤爪と、投げ捨てられた一人がシシュを睨む。

得体の知れない二人のうち、鉤爪を装備した方を見て青年は軽く目を瞠《みは》った。先ほどの突きが掠めたのか、顔を覆っていた布が切れ落ちている。その下の顔は年端《としは》もいかない少女のものだ。

人形を思わせる白皙《はくせき》の小さな顔。そして氷のような青い瞳に、シシュは既視感の正体を直感した。

言葉がひとりでに口をつく。

「サァリーディに似て……」

「――っ」

息をのむ音が背後で鳴る。シシュがそれを聞いた時、サァリは既に彼の隣に踏み出していた。神の眼差しが、向かってこようとする黒尽くめ二人を見据える。冷気の渦巻く気配がした。

「こ、の……愚か者どもめが！」

激しい一喝が、力の波となって二人の刺客に叩きつけられる。

刀を手にしていた一人は、剝《む》き出しになっていた両眼から血の飛沫《しぶき》を上げて倒れた。もう一人の少女は、路地の向こうへとはね飛ばされる。

サァリは更に彼女を追って前へ出る。小さな足が音もなく宙を蹴り、白い手が冷気を帯びて上げられた。十数歩の距離を一度の跳躍によって詰めた彼女は、逃げようとする少女に向けて右手を振るおうとする。

だがそこで、追いついてきたシシュがその手を摑んだ。彼はサァリの体を後ろに引き寄せる。

「シシュ⁉」

批難の混ざる声を無視して、シシュは彼女の前に軍刀をかざした。正面の闇の中から飛来した青光が、刃に当たって飛散する。ぎょっとした顔になるサァリを嘲笑《あざわら》うように空気が揺れた。

暗がりから現れたのは、透けた体の少女だ。

細い体に銀の布を巻き付けただけの彼女は、二人を見て軽く笑った。シシュがその名を呟《つぶや》く。

「ディスティーラ……」

少女は首肯するように目を閉じる。

――そしてそのまま、何を言うこともなく消え去った。


夜の中に静寂が戻ってくる。

いつのまにか鉤爪の少女も見当たらない。路地に残るのは刺客二人の死体だけだ。シシュは腕の中の女を見下ろす。

「サァリーディ、怪我《けが》はないか？」

「うん。シシュは？」

「平気だ」

二人は頷きあうと、どちらからともなく溜息《ためいき》をつく。シシュは彼女の髪が乱れかけているのに気づくと、何となく手で撫《な》でつけてやった。他の人間が来る前に問う。

「巫は、あの黒尽くめたちが何なのか分かるか？」

「分かるっていうか……」

歯切れも悪くかぶりを振ってサァリは死体の一つを見やる。両眼から血を流して死んでいる刺客は、どういう状態であるのか溢《あふ》れ出す血が止まらないようだ。大きな血溜まりができつつある中に目を見開いて没している。その様子をシシュは警戒を崩さずに見やった。

サァリは同じものを睨んでぽつりと呟く。

「ああなってるってことは、多分、私の血を取りこんだんだと思う」

「血？」

「他の体液でも可能だとは思うけど。……いつ採られたのかな」

女の細い指が、シシュの服の袖をぎゅっと握る。そこで初めて青年は、彼女を抱き寄せたままであることに気づいた。表情を変えぬよう努力しながら手を放す。

だが表情を曇らせたサァリは、他の人間が追いついてくるまで彼の袖から手を放そうとしなかった。

※

息せききって走る。

何度か振り返ったが、あの二人は追ってこないようだ。

化生斬りの男と、なんだか分からない女。特に女の方はひどく恐ろしいものだ。得体の知れない何かで、触れてはいけないものだ。

黒い装束に身を包んだ少女は、拠点の一つである空き家に駆けこむと、壊れかけた茶箪笥《ちゃだんす》の中に潜りこんだ。膝を抱えて息をつく。

――なんとか離脱できた。あとは仲間が残っているなら合流したい。

さっきまで一緒だった二人は、おそらくもう駄目だろう。元々知り合いでもなんでもない。行くあてもない人間が集められただけだ。ただ、一人よりも誰かがいた方がましだ。どうせ自分は使い捨てられるのだろうが、あんな恐ろしいものがいる街で一人は嫌だ。

少女は膝の間に顔を埋《うず》める。ずっとのみこんできた言葉が零《こぼ》れた。

「……死にたくない」

今まで言えなかった言葉。深く息を吐き出した時、ふっと目の前に透き通る手が現れた。

「ヒッ！」

反射的に後ずさろうとするが、すぐ後ろは棚の背板だ。

白い手は、お構いなしに彼女に向かって伸びると額に触れた。続く腕の先が、細い体が、そして美しい顔が、戸棚を貫通して少女の目の前に浮かび上がる。

先ほどの恐ろしい女にどこか似通った、不気味に透き通る少女は、硬直する彼女を見て微笑んだ。

「ちょうどよい体だ。吾《われ》らの血に支配されておる。これならば使いやすい」

何を言っているのか、意味は分からないまでも、彼女はかろうじて首を横に振った。

これ以上恐ろしい目に遭いたくないのだ。たとえあの冷たい血を飲んだ自分が、もうとっくの昔に逃げられないのだとしても。

「来ないで……」

少女はか細い声を漏らす。

けれど透けた手は構わず額の中へ潜りこんでくる。まるで氷水を注ぎこまれているような感覚に、彼女は喘《あえ》いだ。意識が薄れかけた時、新たな声が荒れた座敷に響く。

「ようやく存在をかき集めて動けるようになったと思ったら、さっそく依代《よりしろ》探しですか。本当に貴女はろくなことをしませんね」

「――もう来たのか。おぬしは本当に嫌な男だ」

震える少女から手を放し、ディスティーラは振り返る。

そこには金色に光る直剣を携えた、皮肉げな目の青年が立っていた。

※

シシュの方に来なかった二人の刺客は、やはりタギと戦っていたらしい。

幸いそちらには鉄刃が駆けつけたため大事にはならなかったが、逃がしてしまった刺客は鉤爪の少女と合わせて三人になった。

あわただしく後始末がされた後の真夜中、離れの自室に戻ったサァリは溜息をつく。

「何か……疲れたかも」

「無理もない。早めに休んだ方がいい」

「うん」

頷いてシシュを見上げると、彼は予想通り非常に居心地が悪そうな顔をしていた。今までに何度か彼女の自室に入ったことがある彼でも、こうして改めて招かれるのは落ち着かないらしい。

サァリは簪《かんざし》を引き抜きながら軽く頬を膨らませる。

「だって、外でできるような話じゃないでしょ」

「確かに……」

それに主の間にも彼を通すことはできない。勤勉実直に見えて、いざという時何を言い出すか分からない彼だ。子供だった頃のように迂闊《うかつ》なことはできない。客室よりも自室の方が問題ないと考えているサァリは、ほどいた銀髪をかき上げながら鏡台の前に立った。

「今、お茶淹《い》れるから適当に座ってて」

「構わなくていい。楽にしてくれ」

「じゃあ着替えていい？」

「それはちょっと」

サァリの私室は人が入ることを想定していないため、着替用の衝立《ついたて》などは置いてない。青年の苦言に、彼女は首を捻った。

「ちなみに、先にお風呂に入りたいって言ったら？」

「別に構わないが……きちんと着てから出てきてくれ」

「一緒に入る？　背中流すよ」

「入らない」

きっぱりと苦虫を噛み潰したような返答は予想の範囲内だ。サァリはころころと笑うと、鏡台の椅子を引き出してシシュに勧めた。自分は寝台に座る。

「さっきの刺客だけど、多分言った通り私の血を取りこんでるんだと思う」

「取りこんでいるとはどういうことだ」

「飲んだか、直接自分の血管に私の血を送りこんだか。体液の中でも血には特に力があるから。と言っても波はあるんだけど」

サァリが知らせを聞いて街に出た時、敵に近づくにつれちりちりとした違和感を覚えたのだ。実際に刺客に直面してその違和感はいや増したが、シシュが自分に似てると言った時、違和感は確信に変わった。

鉤爪をつけた少女は、別段顔立ちがサァリに似ていたわけではない。ただサァリに近しい青年は、直感的にその類似性を嗅ぎ取ったのだ。

——神の一部を食らい、我が物とした人間。

自身の存在を掠め取ろうとする不遜に、サァリは不快を覚えて口元を曲げる。

「何だろあれ。ディスティーラの差し金だと思う？」

「いや、違うと思う。黒尽くめの少女はディスティーラを見て驚いていた」

「あれ」

だとしたらディスティーラは、サァリの敵になりそうな刺客を庇っただけだろうか。

サァリが眉を寄せていると、向かいで青年が思いついたように声を上げた。

「ああ……いや、そうか」

「何？」

「隣国でディスティーラと戦った時に、深手を負っただろう」

「え？　……あ」

言われてサァリは薄れかけていた記憶を思い出す。確かにあの時、ディスティーラとやり合ったサァリは、大量の出血を伴う怪我を負ったのだ。

「でも、あの時に汚れた着物とか敷布は全部焼いちゃったはずだけど」

「怪我をした場所には血溜まりができていた。閃光《せんこう》で戦闘に気づいた人間もいただろうし、様子を見に来た人間がいたのかもしれない。そうでないとしたら、他に出血した記憶はあるか？」

「ん、出血は定期的にしてるけど、ちゃんと処分してるから人の手には渡らないはず」

サァリが別のことを考えながら答えると、シシュは一拍置いて言われたことを理解したらしい。俯《うつむ》いて「すまない」と言ってきた。何故謝られるのか分からないので、サァリは生返事で「大丈夫」とだけ返す。

「……あの時の血を使われたんだとしたら、犯人は絞られるよね」

「テセド・ザラスか」

あの場所はテセド・ザラスの私有地で、近くには彼の屋敷しかない。彼女とディスティーラの衝突に気づいて様子を見に来るとしたら、彼かその手の者かのどちらかだろう。

――非常に面倒な相手だ。

サァリは顎に細い指をかける。

「私あの時、どれくらい出血してた？」

「……小さな水溜《みずた》まりくらいだな」

「じゃあ一人あたりどれくらい血を与えれば、あれくらいに変質するかな」

「分からない。五人いたのだから最低でも五等分以下だろう」

冷静な返答にサァリは頷く。シシュの指摘はもっともだが、それではあとどれくらいあのような刺客がいるのか分からない。サァリからすれば、まるで出来の悪い泥人形だ。神である彼女を、そして彼らが人間であること自体を冒瀆《ぼうとく》している。

不機嫌顔で考えこむサァリに、シシュは宥《なだ》める声をかけた。

「気分の悪い話だが、あの血が原因なら量は限られているだろう。今いる刺客を倒してしまえば済む」

「そうかもしれないけど」

「肝心なのは、巫の存在を向こうに知られないことだ。テセド・ザラスが巫の血を使ったのだとすれば、血溜まりからその特異性に気づいて人に与えたということだ。加えてきっと向こうは血を流した主を探している」

「あ、そっか。使っちゃった分を補充したいもんね」

黒幕がテセド・ザラスと決まったわけではないが、サァリの血を手にした者からすればこの動乱の時期だ。強力な手駒はできるだけ多く手に入れたいはずだ。サァリは自分が血の一滴まで搾り取られるところを想像し、失笑した。その反応にシシュは顔を顰《しか》める。

「冗談ではない、サァリーディ。先ほどの者たちがアイリーデにいたのも、偶然ならいいが、そうでない可能性もある。ディスティーラとあわせて用心すべきだ」

「う、また防戦……」

いつどこから襲ってくるか分からない敵を用心するというのは、中々に負担だ。可能であればこちらから打って出たい。

だが妓館の主という立場がある以上そうもできない。以前のように力がありあまっているなら無理も利くが、今の彼女は使える力に波がある。サァリは己さえもままならない状況に、頭を抱える代わりに両手で頬を押さえた。吐く息に冷気が混ざる。

小さな氷粒が舞い落ちていくことに気づいたのか、シシュが椅子から立ち上がった。伸ばされた手が触れる寸前でサァリが見上げると、彼は気まずげな顔で固まる。サァリは自らその手を取った。

「大丈夫。まだ平気だから」

「あまり思い悩まない方がいい。自分の身の周りにだけ用心していれば、あとは他の人間が片付ける」

「私の街の問題だよ」

「だとしてもだ。サァリーディ」

呼ばれた名が、魂の芯で熱を持つ。

巫名にここまでの力を持たせられるのは彼だけだ。本人は知らないであろうその効力に、サァリは痺《しび》れる余韻を味わった。指先にまで広がっていく温かさを留めたくて、彼女は青年の手をきつく握る。遠慮がちに握り返されると、いつもと同じ安堵《あんど》と不安が心の中に広がった。

サァリは渾然《こんぜん》とした感情をのみ下して微笑む。

「分かった。気をつけるね」

「一応城に報告しておく。何か分かったら知らせる」

「うん」

話はそれで終わりだと判断したのだろう。シシュは緩んだ指の間から自分の手をそっと引き抜いた。サァリは離れようとする手をむきになって摑みたい衝動に駆られたが、それをしても彼に困った顔をさせるだけだ。彼女は自分に「もう子供ではないのだから」と言い聞かせて手を下ろす。

シシュは帰るつもりなのか戸口へ向かう。彼女はあわてて立ち上がると青年の後を追った。

「もう帰るの？」

「ああいう輩《やから》がどれくらい入りこんでいるか分からないからな。軽く見回りしてから宿舎に帰る。巫は早く休んだ方がいい。店の仕事もあるだろう」

「そうなんだけど……」

彼が、目の届かぬところに行くことが不安で仕方ない。

また大事な人間が呆気《あっけ》なく失われてしまうのではないかと思うと、手を放すことが怖いのだ。

シシュは自分の袖を摑んできた女を、目を丸くして見やった。

蒼《あお》い双眸《そうぼう》はうっすらと光を帯びて彼を見つめている。他の人間なら畏《おそ》れるだろうその眼差しを、だが彼は当然のものとして受け止めていた。そうした上で彼女の不安を嗅ぎ取る。

「サァリーディ?」

「無理しないで、シシュ。自分の身を大事にしてね」

「分かってる」

「もしあなたに何かあったら、私は全力で暴れるからね」

「………」

そんなことをされてはこの街がなくなってしまうのではないだろうか。

シシュはどう窘《たしな》めるべきか悩んだが、きっと彼女の真意はそこにはないのだ。ただ出征する家族を見送る時と同じく、漠然とした喪失の恐怖に苛《さいな》まれている。人間の儚《はかな》さを恐れているのだ。

――こんな時、何を言えばいいのか。

自分の命を危うくするようなことはしない、と約束すればいいのかもしれないが、状況によってはどうなるか分からない。守れるか定かではない約束をすることは、彼女に不義理である気がした。

シシュは王都時代の友人たちが、こういう時どうしていたか振り返る。思い出せる例はあるのだが、いまいち自分には当てはまらない。大体、今までも先人の例を鑑み、そこに自分なりの改案を加えて動いてきたのだ。そして大体「的外れだ」と周囲の人間に呆《あき》れられる。

彼は無言のまましばらく考えて、結局端的な返答を選んだ。

「分かった。肝に銘じる」

「うん」

「そう心配しなくてもいい。サァリーディがこうやってついてくれている分、充分に心強い」

それはただの事実だ。

この街の神が守護に回ってくれる。その特権は恐ろしいまでの力を持っているのだ。

ただそれに甘えるべきではないと思っているし……単純に、サァリが自分を気にかけてくれていることが嬉しい。彼女に心配をかけて申し訳ないという気持ちはあるし、立場上ありのままの思いを口にはできないが……正直な感情としてはそうだ。

そんな気持ちを繕って出した一端に、サァリは一瞬きょとんとした顔になった。

だがすぐに彼女は赤面して下を向く。迷子のように不安がったことを恥じているのかもしれない。

真珠色の小さな歯が、紅の塗られた唇を軽く噛んでいるのが見えた。

気を取り直したのか、サァリはまだうっすらと赤い顔を上げる。

「ね、術をかけた鈴を用意しておくから、明日取りに来て」

「鈴?」

「前に金平糖を撒《ま》いて化生を探そうとしたでしょう？　ああいう風に、私の血を取りこんだ者を触媒を使って探索してみる。探すだけならそんなに力も使わないと思うし」

「ああ、なるほど」

彼女が金平糖を使っていたのは、赤子の姿をした化生を追っていた時だが、化生を探す以外にも応用が利く術のようだ。シシュはあの時の彼女の挙動を思い返す。

「じゃあ俺はその鈴を各所に配置していけばいいのか」

「うん。金平糖だと鳥につつかれちゃうし、鈴だと鳴るようにできるから。私以外にも反応が分かりやすいと思う」

「なら、明日の火入れ頃には取りに来る。それで大丈夫か？」

「大丈夫。ありがとう」

ほっと表情を緩めてサァリは微笑む。

少しだけ不安が和らいだのだろうか。若干憂いが残る眼差しの透明さに、シシュは見惚《みと》れた。己の感情が口をつきかけて、けれどそれをすんでのところでのみこむ。

――彼女のことをどう思っているかは、既に自明のことだ。

ただ今までは、それを彼女へ伝えることに迷いがあった。もしここから先自分が死んだ時、その想いのせいで彼女に必要以上の傷を与えてしまうのではないかと、以前の嘆く彼女を見て思ったからだ。

けれどそれは「彼女に己のせいで悲しい顔をさせたくない」という心の弱さではないか、とも思う。

彼女に十七歳の祝いを贈った時、ヴァスは「贈る宝石の手入れの仕方になど気を回すな。彼女は何でも扱えるから心配無用だ」と言っていたが、つまりはそれと似たことだろう。

サァリは、喪失を受け入れて誇り高く立っている。彼女の感情は、彼女が扱う彼女だけのものだ。傷であっても喜びであっても同じで、それを自分が左右し得るなどと考えることがおこがましい。

だから本当のところ、自分は真摯《しんし》に愚直に己の感情を差し出すべきなのだろう。

それが彼女にとって価値あるものなら、きっと拾い上げてくれる。そしてそうでなくても構わない。

彼女が後に振り返って「そんな男もいた」と思い返してくれることがあったなら幸いだ。

ただ……想いを伝えるにしても、礼儀は尽くすべきだ。

シシュはじっとサァリを見つめる。

「……立会人を頼まなければな」

「え、何の？　私が立ち会うの？」

「いや、巫に対するのに立会人を……」

「私と決闘でもするの？　私、多分そういうのだとシシュには勝てないよ」

「しない……」

なんだか雲行きが怪しい。これ以上は墓穴を掘りそうな気がする。シシュはアイリーデに来てから培った勘でそう察すると立ち上がった。

「そろそろ失礼する。時間を取らせてすまない」

「ううん。私こそ送ってくれてありがとう。また明日ね」

手を振るサァリにつられて微笑むと、シシュは離れを辞す。

火を落とした後の月白は、ひたすらに静謐《せいひつ》な神の館だ。

裏の鉄門から出たシシュは、主の寝所である離れを振り返って仰ぐ。

「ひょっとして立会人は要らないのか……？」

そのぼやきに返る答えはない。

青年は消化できない疑問に顔を顰めると、月光の差す中を選んで己の寝床へと帰っていった。

3. 恋情

冷たい石室《せきしつ》にいる者は彼女一人だ。

神の室《むろ》には他に誰もいない。サァリは自分の裸身を見下ろす。

柔らかな女の躰《からだ》は、人間を模して作られたものだ。人の手に触れるために作った体。指先に灯《とも》る熱を感じたいがために、彼女は人の形を取った。そうして己が褥《しとね》に供物を招いたのだ。

だがそこまで考えてサァリは、ふっと顔を上げた。

——違う。

人との繋《つな》がりを欲して人の体を作ったのは、祖である古き神だ。

サァリ自身は違う。最初からこの体を持って生まれた。神性を切り捨てた母と、人間である父の間に生まれたのだ。

だからこの孤独は存在に付きまとう原初のもので、彼女自身のものではない。自分が感じているものは、もっと漠然とした不安のはずだ。

サァリは目を閉じて細い腕を上げる。氷のような指を、何もない空間に向かって差し伸べた。

冷気を宿す手。人を容易《たやす》く死に至らしめるこの手で、自分はこれから何を摑《つか》むべきか。

答えは出ない。

石室には同じ存在を持つ女たちの足跡が、無数に染みこんで残っている気がした。

術をかけた小さな鈴は全部で六十二個。サァリはそれを薄紅色の風呂敷に包んで玄関脇の棚に置いた。同じ棚に置かれた細工時計で時刻を確認する。

※

まもなく火入れの時間だ。だが仕度をしようと三和土《たたき》に下りたサァリは、門の向こうに見知った青年の姿を見て微笑した。一礼して先に籠《かご》へと火を入れると、淀《よど》みない足取りで彼のところへ向かう。

主が来るのを嬉《うれ》しそうな笑顔で待っていたベントは、薄闇に溶けぬ金髪を揺らしてサァリに手を伸ばした。大きな掌《てのひら》が彼女の左頬に軽く触れる。

「今日も来てみた」

「ご厚情感謝いたしますわ」

「昨日の返事が聞きたい」

「昨日と変わらぬままです」

即答で打ち落とすと、ベントは少年のようにむっと不満げな顔になる。その率直さが微笑《ほほえ》ましくて、サァリは口元を緩めた。

ベントは彼女が表情を崩したのを見て、自分も微笑する。サァリは背後の館を指し示した。

「よろしかったら花の間にご案内いたしますわ。お気に召す娼妓《しょうぎ》がいるやもしれません。お茶をお出ししますわ」

「貴女は？」

「わたくしは表でお客様をお迎えいたしますので」

「一緒にいては駄目なのか？」

「駄目です」

サァリは笑顔のまま、遠慮なくきっぱりと両断する。

別に意地悪で断っているわけではない。妓館《ぎかん》の玄関に大男がずっと立っていたりしたら、他の客に迷惑なだけだ。

彼女の返答を聞いて、ベントは不服そうに口を曲げる。よい育ちの人間なのだろう。ころころと表情が変わる中にも、芯に一本通った品の良さのようなものを感じさせた。

サァリは彼から一歩退く。

「お上がりになるならご案内いたしますわ」

「そうでないのなら?」

「お時間の無駄になるかと」

言外に「望みはない」とサァリは釘《くぎ》を刺したが、ベントは分かったようには見えない。これは面倒な意味で長期戦になるかもしれない、と思ったところで、サァリは道の先に待っていた人間が現れるのを見つけた。瞬間で表情を統御する。

ほぼ同時に向こうもサァリがそこにいることに気づいたらしい。シシュは、彼女の主としての一瞥《いちべつ》を受けて頷《うなず》いた。客との会話を邪魔しないよう歩調を緩める。

ベントは大きな手をもう一度、サァリの頬に添えさせた。

「サァリ、どうすればオレを選ぶ?　時間が必要か?」

「いいえ」

同じ問いを、皆一度は自分の中に抱いて向き合うものなのかもしれない。

誰かを選ぶとは、どういうことなのか。

サァリは他の誰とも違う日常と非日常を振り返る。

「わたくしは、恋情とはどのようなものであるのか存じません」

それがどんなものであるのか、サァリは分からない。思えば自分の中にあるものは、話に聞く少女たちのどれとも違っている気がする。似たようでいて変わっているのだ。彼女はシシュを見ぬよう目を閉じて微笑む。

「想いを向けられれば、時間を費やされれば、そして心を……命を贈られれば、その方を選べるわけではないのです」

どれほど愛情を向けられても、長い間共にいても、それで恋情を返せるわけではないのだ。命を捧《ささ》げられても同じだ。全てはただ彼女に差し出されるだけのもので、彼女の感情はそれとは関係なく自由だ。自由であればいいと、一人の男が言ってくれた。

「わたくしは、ただ自ら惹《ひ》かれるだけです。強さに、そして弱さに。誠実さに、頑《かたく》なさに。わたくしに何かを頂きたいわけではないのです。ただわたくしが、その方の立つ姿を綺麗《きれい》だと思う。向かい合いたいと思い、触れたいと思う。触れて欲しいと想う。……それだけなのです」

形のないそれを恋情と言うのか、サァリは分からない。

ただ手を取ってくれたなら嬉しい。温かさを感じていたい。壊れるほどの熱ではなく、変わらぬ真《しん》摯《し》で立っていて欲しい。——そういうものを、サァリは選んだ。

彼女は瞼《まぶた》を上げて前に立つ男を見上げる。ベントは不服そうな、理解しがたいといった視線を彼女に向けていた。

「まるで一目惚《ぼ》れしかしないとでも言っているみたいだ」

「そうかもしれません」

「運命を信じているとでも？」

少しだけ皮肉げな問いに、サァリは曇りなく微笑む。

「いいえ。少しも」

それは傲然《ごうぜん》さを隠さない、神の笑顔だった。


ベントはまだ何か言いたげにしていたが、結局は「また来る」とだけ言って踵《きびす》を返した。彼はそこで初めて少し離れたところに立つシシュに気づいたようで、軽く目を瞠《みは》る。自警団姿の青年に、ベントは一瞬何かを言いかけたが、すぐに苦い顔で立ち去った。

男の姿が見えなくなってから、シシュはようやくサァリの前にやってくる。

「火入れ前に来ればよかったな。すまない」

「いいの。用意できてるから入って」

見上げた青年の顔は、いつもの気まずさとほんの少しの苛立《いらだ》ちが入りまじったものだ。もしかしたら先ほどのベントとのやりとりを聞いて、何か思うことがあるのかもしれない。

だが、客がいる場所では彼女の立場を慮《おもんぱか》って無言でいてくれるその真面目さが、サァリには嬉しかった。思わず子供だった時のように、シシュの左腕に飛びつきたくなる。

彼女は弾みそうになる足取りを抑えながら、青年と並んで月白《つきしろ》の門をくぐった。玄関へと続く石畳にシシュの呟《つぶや》きが落ちる。

「最近は、巫《ふ》を望む客も増えているのか？」

「うん。前よりは」

「先ほどの男は――」

そこまで言って、彼は言いにくそうに言葉を切る。だがサァリが袖を引いて続きをねだると、溜息《ためいき》混じりに口を開いた。

「少し見ただけだが……彼に似ていると思う」

「彼？　誰？」

ベントに似ている知り合いなどいただろうか。

サァリが聞き返すと、シシュは軽く眉を上げた。彼は、分からないと言われたこと自体に驚いた様子で、じっとサァリを注視してくる。その視線には気遣う色が多分に含まれており、足を止めたサァリはその様子で彼の言う人物が誰なのか思い当たった。意表をつかれて目を丸くする。

「ひょっとして、アイドのこと？」

「……ああ」

「全然似てないよ」

どこが似ているかと言えば、髪色と身長くらいだろうか。それ以外どんな共通点があるか分からない。首を捻《ひね》るサァリに、シシュは真意を探る眼差しを向けてきた。お互いの認識の隔たりに、彼女は眉を寄せる。

「え、本当にどこが似てるの？　あの人、育ちがよい世間知らずって感じだけど」

アイドはその対極にあるような人間だったのだ。結びつくところなど何一つない。

けれどシシュはそう言われても、己の意見を勘違いとは思っていないようだった。口ごもることなく返してくる。

「持っている雰囲気が似ていると思った。特に、アイリーデで化生斬《けしょうぎ》りをしていた頃の彼に」

「雰囲気が？　前のアイドに？」

「率直に巫を望むところなどが。少し彼を彷彿《ほうふつ》とさせる」

言われてサァリは記憶を振り返る。

言葉一つを取れば、確かに似たところがあるかもしれない。「何故自分を選ばないのか」と正面から問いただしてくるようなところなどは特に。

ただ、言葉だけが似ていても、同じように人懐こい笑顔を見せようとも、やはり「違う」のだ。

アイドはもっと、彼女を見ると同時に自分自身を見つめているようなところがあった。常に全てを唾棄しているがごとく疎みながら、傷など一つもないように笑っていた。

――人は、人が思うよりずっと一人一人違っている。

サァリはもしかしたら誰よりもそのことを、直感している存在なのかもしれない。彼女は宙にさまよわせた視線をシシュに向けた。

「違うよ、シシュ。アイドには似てないよ」

「……そうか」

「それに、本当に似てたとしても、違う人間なら『違う』んだよ。どんなに似てたって駄目。私には違って見えるから」

言葉も表情も、全て当人のものでなければ意味がない。たとえ双子と見間違えるほどに同じであったとしても、サァリにとっては違う形の誰かだ。

だから何を思うこともない。「彼」は今頃、自らが選んだ母の胎《はら》で眠っているのだろうから。

シシュは真っ直ぐに彼女を見ていたが、その両眼にふっと後悔をよぎらせる。

「すまない。的外れなことを言った」

「いいの。私が無理に言わせたんだから。ごめんね」

二人はどちらからともなく歩き出す。歩む先に、石畳の終わりが見えてくる。

黄昏《たそがれ》に灯《あか》りをともす籠は、夜に咲く花のようだ。人を招き眠りをもたらす一輪の花。アイリーデの数多《あまた》の店先に掲げられるそれを、サァリは目を細めて見やった。いつのまにか漂って定まらなく思える思考を、こめかみを押さえて留《とど》める。自分は人の中で生きるのだからと、己に言い聞かせる。

隣を行くシシュの吐く息の音が聞こえた。

「サァリーディ」

「何？」

「触れても平気か？」

「どうぞ、好きなだけ」

それは彼が持つ当然の権利だ。サァリは隣の青年を見上げる。

しかしシシュは、その即答ぶりにむしろ流されたと思ったらしい。どう言い直そうか眉を顰《ひそ》めているのを見て、サァリは自ら手を伸ばした。正面に回り青年に抱きつく。胸に顔を埋《うず》め、きつく腕に力を込めた。

――この温かさが、彼女の選んだものだ。

彼が欲しいと願う。だがそう思いながら、死なせないように傍《そば》から離そうとも考える。供物を捧げられる立場でありながら、その相手を手放してでも無事でいて欲しいと願う。

この感情が、人とは違う彼女の恋なのかもしれない。

抱きついているサァリに、シシュは困惑しているのかしばらく無言だったが、ややあって遠慮がちな手が彼女の頭を撫《な》でた。その手がそっとサァリの背を抱く。

支えて分かち合う温度に、彼女は吐露したくなる感情を抱いた。更に腕に力を込める。

シシュの声がすぐ傍で聞こえた。

「サァリーディ」

「うん」

「俺と結婚してくれないだろうか」

「……それはさすがに予想外だよ」

「すまない」

胸の奥がさざめく。

未知であるはずの熱が、既知のものであるかのように揺らめく。

どうして彼はこうなのか。いつも予想しないところで予想できないことを言ってくるのだ。

サァリは自分の指先が震え出したことに気づくと、恐る恐る腕を緩めて面《おもて》を上げた。

見上げた青年の顔は、ひどく真摯で目を逸《そ》らさないものだ。その真っ直ぐな視線に何も言えなくなった彼女は、あわてて彼に抱きつき直す。

――彼が、自分を大事に思ってくれていることは知っている。

それでもこんな申し出を受けるとは思ってもみなかった。彼は、サァリ自身が動くまでずっと何も言わないままの気がしたのだ。「何年でも好きに悩めばいい」と子供の彼女に言ったことを、律儀に守るのだろうと思っていた。そうして何年も過ぎるうちに、彼女を置いて王都に帰ってしまうのではないかとも恐れていたのだ。彼は真っ当に生きている人間だから、いつか遠くに行ってしまうような気もしていた。

それでもいいと思っていた。そうさせたくはないとも思っていた。

けれどそんな風に行きつ戻りつするサァリに、彼は自ら一歩歩み寄ってくれたのだ。

顔が熱い。自分の体ではないみたいだ。このまま形を失って溶けてしまいそうな気がする。サァリはどういう顔をすればいいのか分からず、困惑のまま全ての力を腕に込めた。

それでもびくともしない青年は、しばらくサァリの髪を撫でていたが、何かに気づいたらしく手を離す。その手でシシュは玄関の先を指した。

「サァリーディ、鈴とはあれか」

「……え？　う、うん、そう……だけど」

答えながら腕をほどいた彼女は、だが指された方を振り返って無言になった。

風呂敷に包んで棚の上に置いたはずの鈴が、いつのまにか上がり口から三和土の上にまで広く散乱している。散らばった鈴は、灯り籠の赤い火を受けて鈍く輝いていた。異様とも言えるその眺めに、サァリはあわてて玄関へと駆けて行く。

下女は花の間を開けに行っているらしく誰の姿もない。鈴を包んでいたはずの風呂敷は、棚の上から半ば垂れ下がって広がっていた。サァリは足下に落ちている一つを拾い上げる。

「何これ……。私、ちゃんと包んでおいたんだけど」

「不安定な場所に置いたとか」

「ううん。それに、ただ落としたんだとしても、ここまでは広がらないと思う……」

もっとも遠くまで転がっている鈴は、広い三和土の端にまでいっている。いくら丸い鈴といってもこれは飛び散った範囲がおかしい。鈴自体が跳ね回ったりしなければ、ここまでにはならないはずだ。

サァリは門前に出ている間、鈴の音が聞こえたか否《いな》か思い出そうとした。だが玄関から門までは大分距離がある。彼女はすぐに答えの出ない思考を捨てた。険しい目で辺りを見回す。

「あの黒いのが近くに来たのかも」

「奴らが？」

シシュの纏《まと》う空気が変わる。青年は腰の軍刀に手をかけ、廊下の先を睨《にら》んだ。サァリは三和土に屈《かが》んで鈴を拾い集めながら頷く。

「この鈴、私以外で私の血が近づくと反応するんだけど、その反応っていうのが近くなるほど大きく揺れて音を出すってものなの。こんなになってるってことは、全部が反応しあって零《こぼ》れちゃったのかも……」

「中を見る。上がって構わないか」

「大丈夫。お願い」

サァリは即答したが、頷いたシシュの方は上り口を前に逡巡《しゅんじゅん》を見せた。土足で上がるべきか決めかねているのだろう。

彼女は下足棚を開けると、そこから取り出した靴を彼の前に置く。

「はい、これ履いて行って」

「どうしたんだ、これは」

「そろそろいつも靴で上がってるのを気にしだす頃かと思って。用意しといたの」

別に土足で歩かれようが血を撒《ま》き散らされようが、サァリとしては後で掃除をするだけなので構わないのだが、彼の性格ではいいと言っても気にしてしまうだろう。だから彼女もこういう時のために、中履き用の靴を用意してみた。

青年は上り口に置かれた靴に履き替え、紐《ひも》を締めながら呟く。

「……何かおかしな感じだな」

「大きさ合わない？」

「ちょうどいい」

士官学校出の彼は、手早い支度にも慣れているらしい。あっという間に長い靴紐《くつひも》を結んでしまうと廊下を花の間に向かって歩き出した。サァリは小走りにその後ろを追う。

だが月白の敷地内全部を回っても、先日出くわした刺客たちの姿はどこにも見つからなかった。


すっきりしない結果だが、店のこともある以上、いつまでも拘泥《こうでい》してはいられない。

サァリは玄関に戻ると下女から回収された鈴を受け取った。下女たちにも怪しい何かに気づかなかったか聞いてみたが、皆心当たりはないという。得体の知れない気持ち悪さに、サァリはシシュを門まで送りながら眉間に皺《しわ》を作る。

「何なんだろ」

「館の結界にかからないのか？」

「うーん、結界は無理かも。私の血なんだもん。でも、近づいて来てたなら昨日みたいに私の方が気づきそうなんだけどな。何でだろ」

昨晩は確かに、接近するにつれ違和感を覚えたのだ。それに比べて今日は何も引っかかるところはない。サァリは鈴にかけた術の作りを改めて振り返った。

その時、一歩先を歩いていたシシュが立ち止まる。つられて足を止めたサァリは、自分たちが門の外に戻ってきたことに気づいた。すっかり暗くなった道の先には、いくつかぼんやりとした灯りが見える。サァリは風呂敷包みを彼に手渡すと、街の中央の方角を眺めた。

「これから見回り？」

「ああ。鈴を置きながら奴らを探してみる。三人は確実に逃がしているしな」

「気をつけて。何かあったら要請出してね」

「分かった」

いつもと大差ない挨拶を交わした二人は、そこでほぼ同時に微妙な顔を見合わせた。先ほど途中になっていた話について、触れるべきか否か迷う空気が流れる。

――放っておきたいような、逆に腹を割って本音で話したいような、取り扱いに迷う問題だ。

しかしサァリはすぐに「申し出をされたのは自分の方なのだから、自分から切り出すべきだ」と結論づけた。勇気に似たもので自身を奮い立たせる。彼女は手を伸ばしシシュの袖を摑むと、すがる思いで口を開いた。

「さ、先に約束して欲しいの」

「約束？」

問い返す青年に、彼女は首肯する。

一線を越えるならば、二の足を踏ませている憂いを取り払いたい。

それがこの場しのぎの誓いであっても、今だけは安心しておきたいのだ。

サァリは懇願を込めて彼を見つめる。

「絶対、死なないでほしいの」

「……人間には寿命というものがある」

「そうじゃなくて！」

さすがに寿命を曲げて生きろとまで言う気はない。大体サァリ自身の寿命も、何事もなければ人と変わらぬものになるはずなのだ。その代わり巫は同じ存在を持つ次代を生み出す。

——そうして生きる自分と共にいてくれると言うなら、何よりもまず自分を守って欲しい。

サァリは袖口を摑む指に力を込めた。

「私のために絶対死なないで。それだけ約束してくれればいいから……」

先視《さきみ》の巫が彼について告げてきた内容は「女を守って死ぬ」というものだ。

その女が誰であっても構わない。自分でなければそれでいい。自分が彼の死の原因にならないのならば、共にいて守ることができる。どのような敵でも打ち払ってみせる。

そう信じられるのなら、今この瞬間に己が全てを彼に明け渡してもいい。

懇望して彼の答えを待つサァリに、だがシシュは難しい顔で数秒考えた後、口を開いた。よく通る、心地よい低い声が響く。

「それは守れるかどうか分からない。約束できない」

「…………」

凪のない夜。

楽の音も届かない場所で沈黙が訪れれば、のしかかってくるのは空気の重みだけだ。

サァリは先の時とは違う意味で震え出した指先を見つめる。

——こうなる気がしていた。

と思ったのは神としての自分か、人としての自分か。

とりあえずは腹立たしい。分かっていたが酷い。どうしようもない。

サァリは男の袖口から手を放すと、下げた腕の先で拳を握る。そのまま俯《うつむ》いてしまった彼女を、シシュは心配そうに覗《のぞ》きこんできた。

「サァリーディ？」

「何だ、馬鹿……」

地面を這《は》うような声に、シシュは軽くたじろいだ顔を見せる。

「いや、一応言わせてもらうなら、俺は巫を守るためにいるのであって――」

「っ、煩《うるさ》い、馬鹿！」

「サァリーディ」

「シシュのそういうとこ好きだけど……でも馬鹿！　もういいよ！　知らないから！」

癇癪《かんしゃく》状態のサァリの叫びは、ここが月白の門前でなければ周囲の注目を浴びてしまっただろう。

だが、北の館の周りに他の店はない。彼女は握った拳で伸ばされた手を殴ると、門の中に駆けこんだ。上り口にまで戻ると滲《にじ》んでくる涙を指で押さえる。玄関にいた下女が、軽く飛び上がって問うた。

「ぬ、主様、どうかなさったのですか？」

「どうもしない。今日は花の間にいるから。シシュが来ても絶対上げないでね」

「え、あ、はい……」

怪訝《けげん》そうな返事を最後まで聞かず、サァリは歯を食いしばりながら中へ上がる。

自分が狭量なのだとは分かっている。だが今だけは制御できない情動が、全てを内から焼き尽くしてしまうような気がした。


――今までサァリの怒りを買ったことは何度かあったが、今回はさすがにいつもと違う気がする。

茫然《ぼうぜん》とした気分から抜け出した後、彼女を追って玄関に戻り、下女に「入れられない」と断られた

シシュは三和土で愕然《がくぜん》とした。小脇に抱えたままの風呂敷包みを一瞥《いちべつ》する。

「……これは、断られたのか？」

「何が断られたんだ。要請か。ってか、そんなところで突っ立ってんな」

友人の声に振り返ると、ちょうどトーマが灯り籠の脇を通ってくるところだった。石畳を踏む足音に気づいていたシシュは、途方にくれた思考のまま返す。

「サァリーディに求婚した」

「お、立会人とやらを連れてこなかったのか！　えらいぞ！　進歩したな！」

ほっとしたようなトーマに、ばんばんと両肩を叩《たた》かれる。

実は今日の昼過ぎに彼に会い、「求婚する際の立会人には自分の知り合いを連れて来た方がいいか、アイリーデの人間に頼んだ方がいいか」と相談し「え、お前何言ってるの？　立会人？　どうしてそうなった？」と信じられないものを見る目で見られたのだ。

シシュとしては、サァリはこの街の神で、姫で、王都の貴人でもあるのだから、結婚の申しこみをするにあたって立会人を手配し、事前に訪問日時を連絡して一席設けるのが筋だと思っていたのだが、どうやらアイリーデでは違うらしい。トーマに聞いたところ「普通にサァリに言え」とあてにならない答えだったので、本当ならこれから街の色んな人に聞きこみをしてアイリーデの流儀を調査しようと思っていた。

にもかかわらず今、唐突に口にしてしまったのは、制御しきれなかった焦りや嫉妬のせいだろう。

彼女の周りにいる男の中で、肉親を除けば一番己が彼女のことを知っている自負はある。彼女の本性も、気質も、よく分かっている。彼女と共に生きる覚悟も気概もある。

だが月白を訪れる客たちは、そんなことはお構いなしだ。気軽に純粋な興味で、彼女に恋をする。

恋をして、何も知らぬまま彼女を欲しいと願う。

そこに一抹の悔しさを覚えるのは、ただの身勝手だと分かってはいる。分かってはいるのだが、実際の場面を目の当たりにして焦燥に駆られたのは事実だ。

――自分も、彼女の選択肢の一つに置いて欲しい。

そんな思いで、つい何の事前準備もないまま切り出してしまった。

だが……やはりこんな感情的な申し出は不調法だったのだろう。深い溜息をのみこむシシュに、トーマがにこにこと嬉しそうに問う。

「で、なんだって？」

「もう知らないと言われた」

「お前……どうしてそうなったんだ……？」

心の底からがっかりしたように問われても、こういう時に一番落ちこむのは当事者ではないだろうか。とは言え、半ば断られることを覚悟していたシシュは、平静を意識しながら返す。

「やはり立会人がいなかったのが――」

「絶対それじゃない」

言い終わる前に否定された。

否定が早過ぎると思うが、確かにサァリは寛容だ。少しの不調法で館を出入り禁止にしたりはしない。だからもっと問題は根本的なところにあるのだろう。

他の客のように「買いたい」とは言いたくなくて、神供《しんぐ》の押し売りも違うと思った。

結果残った選択肢で「結婚して欲しい」と言ったのが、ただ一人の客を待つ彼女には「結婚は解釈違い」となったのかもしれない。考えれば考えるほど反省点が出てくる。

トーマはそんなシシュを呆《あき》れ果てたように見ていたが、気を取り直すとぽんと彼の肩を叩いた。

「ま、いつも通りと言えばそうか。我儘《わがまま》娘で悪いが、懲りずに頑張れ」

主の兄である男は、そう言ってシシュの脇を通り過ぎると下女に迎えられ館の中に消える。

その背を見送った出入り禁止の青年は、言われた言葉を反芻《はんすう》した。

「いつも通り……なのか?」

確かに何が悪かったか分からない状態で、サァリの機嫌を損ねることは初めてではない。

これは彼女が落ち着いた頃に、謝りに来るしかないだろう。

シシュは溜息を一つ落とすと、見回りに出かけるため重い足取りで月白を後にした。

誰もいなくなった三和土の隅には、拾われ損ねた小さな鈴が一つ、鈍い銀色に光っていた。

4. 結論

「街で暴れて、追い詰めてやればよいのですわ」

女はそう囁《ささや》く。あからさまな扇動の声に、男は探るような目を向けた。

逗留《とうりゅう》宿の一室、広い座敷には紙灯籠《とうろう》の小さな火が揺らいでいるだけだ。銀髪を綺麗《きれい》に結い上げた女は、深紅《しんく》の着物の袖を上げて男の腕に触れた。男は若干の興味と、多分の煩《わずら》わしさを以《もっ》て女を見返す。

「追い詰めるとは？　せっかく作った兵たちも一晩で半減だ」

冷たい血を分け与え、人を越える力を持たせた兵隊たち。邪魔な人間を暗殺するために送りこんだ彼らの多くが、この街の化生斬《けしょうぎ》りとやらに殺されてしまったらしい。血の量には限りがあるのにまったく腹立たしい。他の街に送った兵は充分な働きをしていると聞くだに、采配を誤ったかと思う。

だが、そう憤懣《ふんまん》を溜《た》めこんでいる彼に、ふらりと現れた女は囁いたのだ。「今のやり方でいい」と。

「兵たちが死しても気になさらなくてよいのです。この街で人が殺し殺されしているという混乱が起きればそれで充分。いずれは向こうの方から出てきますわ」

「向こうか……」

冷たい血を持つ女を見つけられれば、失った兵たちの釣りなど充分に出る。むしろここで退《ひ》いては損をしただけだ。本来の目標はこの大陸の有力国たちで、小さな神話の街についてはいわば片手間の遊びのようなものだ。他の国から有力者たちの数人が身分を隠してこの街に逃げてきているように、彼らを狩りながら異国の享楽街で高みの見物をしたい、その程度の気持ちだ。

それでも、人外の女が手に入るというなら面白い。

男はくっと笑うと女の顎を摑《つか》む。どこからどうやって彼のことを知ったのか、宿の部屋に訪ねて来た怪しげな女に問うた。

「それはそうと、そんなことを教えてくれるお前は何者だ？　お前自身が冷たい血の持ち主ではないだろうな？」

「まさか」

女は薄く磨いた爪を見せると、その先を自分の掌《てのひら》にすっと走らせる。

滲《にじ》んできたものは赤い血だ。掌を示された男は嫌そうながらもその血に触れ、普通の温度であることを確認した。女は傷ごと掌を握りこむと艶《あで》やかに笑う。

「私はこの地に住まう者。ただの人に過ぎませぬ」

女は銀の睫毛《まつげ》を揺らして微笑《ほほえ》む。

「だから私は……貴き月に焦がれているのです」

その双眸《そうぼう》は灯籠の火を受けて、着物と同じ色に輝いていた。

※

サァリの術がかかった鈴を、シシュは人々の目につきにくい場所、転がってしまわない場所を選んで街中に置いた。

だが、逃げた刺客たちは数日経《た》っても一向に尻尾《しっぽ》を摑ませない。「鈴の音が聞こえた」などの情報を聞いて駆けつけてみても、そこにはもう誰もいない。自警団は空き家になっている建物をしらみ潰《つぶ》しに調べてはいたが、人が入りこんだような形跡や、新しい血痕が見つかることはあれども、肝心の不審者を捕まえることはできていなかった。

その日シシュは見回り途中、たまたま同じ化生斬りのタギに声をかけられた。火入れも近い夕闇時、二人は大通りを行きながら辺りに注意を払う。一応鈴の音がしないかと気をつけてはいるのだが、喧噪《けんそう》や楽の音が混ざりあって、どうにも聞き取れそうにない。

濃紺の着物を着崩したタギは大きく欠伸《あくび》をする。

「ここんとこ化生《けしょう》が出ないのはいいが、代わりに新顔の客がぽつぽつ死んでるときてる。雑兵を戦場に向かわせといて、お大尽様だけが遊びに来ているつけだな。ざまあない」

「…………」

辛辣《しんらつ》な嘲弄《ちょうろう》はだが、アイリーデとしてはいささか頭の痛い問題を含んでいる。

戦時に間諜《かんちょう》や刺客が入りこむのはいつものことだが、今回はいささか死人の数が多すぎる。要人が暗殺されることこそそう多くないが、彼らについている護衛たちが殺されることは後を絶たないのだ。路地などで襲われるのならまだしも、妓館《ぎかん》の中で騒ぎになることもあれば、アイリーデとしてはいい迷惑だ。

普段は適当な妓館に潜りこんで出てこないタギは、猛禽《もうきん》に似た目を行き交う人々へ走らせた。

「ま、化生を斬るより人を斬る方が手応えはいい。こそこそしない相手ならなおいい」

「隠れない相手が来るなら、それはもう戦場と同じことだと思う」

「そりゃ面白れえ」

飄々《ひょうひょう》と笑うタギは、シシュからすると何を考えているのかよく分からない相手だ。サァリに対し皮肉げな態度を取っているところは何度か見たが、彼女はそれを気にもしていない。アイリーデの化生斬りに癖があるのは、彼女にとっては当たり前のことなのだろう。

特に理由なくタギと並んで歩いているシシュは、内心の懸念に眉を寄せる。

――確かに今は月が満ちている時期だ。

だが、化生が出なくなるにはまだ早い。むしろ人死にで街に血が流れている分、化生の力が増してもおかしくない状況なのだ。にもかかわらず化生の出現がないということは、以前のように何らかの力に押しこまれているのではないだろうか。

シシュは、人混みの中に神に塗り潰された知人がいないか視線をさまよわせた。しかしその目は、別の男を捉える。

「あの男は……」

一度見ただけだが間違いない。月白《つきしろ》でサァリを買いたがっていた男だ。

身なりのよい洋装姿のベントは、行き過ぎる妓館の格子窓に視線を走らせながら、のんびりと人混みの中を歩いている。シシュはその足取りと人を避《よ》ける体捌《たいさば》きを見て、無意識のうちに男の力量を計った。相手も戦える人間のようだが、おそらく勝てる相手ではないかと見積もったところで我に返る。

まるで彼の内心を見透かしているように、隣でタギが鼻で笑った。

「あの男が気に入らないのかよ」

「いや別に……」

「お嬢にこっぴどく振られたらしいな」

「…………」

どうしてそんなことが知れ渡っているのか。シシュは数日前の我が身をしみじみと思い返したが、タギが指しているのは彼のことではなくベントのことであるらしい。化生斬りの男は、人波の中を行く客の男の後ろを、三軒分ほどあけて歩きながら笑った。

「あいつ、銀髪が好みだな。銀髪の娼妓《しょうぎ》ばっかり見てやがる」

「…………」

波のような苛立《いらだ》ちが瞬間湧き起こる。

だがシシュはすぐにそれを嚙《か》み殺した。何かを吐き出したくなるが形にならない。むしろ形にしない方がいいと思われる。色々な平和のためにはそれがいいと思う。

しかしタギの方は遠慮なく口を開いた。

「ありゃ、お嬢が銀だから似たのを探してるのか？」

「サァリーディに似ている者などいない」

「そりゃ自分にとっちゃ、って話だろ。――でも、まぁ違うか。あいつ月白に行く前から何人か銀髪の娼妓ばかりを買ってるらしいからな」

「は？」

それは初耳だ。だが妓館によく出入りしているタギの話だ。嘘《うそ》ではないのだろうし、こんな嘘をつく意味もない。シシュは自分の内で苛立ちの密度が増してくるのを感じた。

「巫《ふ》と他の娼妓を並べて比べようとでもいうのか」

嫌悪感を隠せない呟《つぶや》きに、タギは皮肉げに笑んだ。

「てめえのやり方を客に押しつけることはできないさ」

「サァリーディは一人しか客を取らない娼妓だ」

「だからって客の方まで、女を一人に絞らなきゃならないわけじゃない。嫌ならお嬢がそういう男を選ばなきゃいいだけの話だ」

タギの正論に、シシュは押し黙る。

確かに他の人間が口を挟む話ではない。全てはサァリと、相手の男の問題だ。

――ただサァリを買う男はただの客ではない。この街の主に捧《ささ》げられる神供《しんぐ》だ。ならば他の二つの神供のように、この街にいる間だけでも神へのまったき想いがあってしかるべきではないのか。

シシュは人混みの向こうに男を見ながら顔を顰《しか》める。赤い灯《ひ》に照らされた男の横顔は、穏やかな表情ではあったがどこか物憂げにも見えた。タギが、険しい目のシシュを揶揄《やゆ》する。

「あんたも大分アイリーデに毒されてきたくちか？　巫をありがたがる神供三家じゃあるまいし。お嬢はただの娼妓だろ」

「……分かっている」

誰よりもサァリーディ自身がそう振る舞っているのだ。

むしろ彼女を娼妓以外の存在として扱うのは周囲の人間たちで、シシュもまたその一人かもしれない。場違いな求婚に、いつかヴァスから聞いた話が影響していないと言えば嘘になるだろう。

ただシシュは、彼女の意思を尊重したいと、おそらくこの街の誰よりも思っている。だから徒《いたずら》に、私情で彼女の領域に踏みこむべきではないのだ。

平常心を唱える青年の横で、タギは当然のように嘯《うそぶ》く。

「口出ししたいなら、自分でさっさとお嬢を買えばいい。それで解決だろ？」

「既に断られている」

「まじか」

シシュの答えは、珍しくタギの意表をついたらしい。男は目を丸くしてシシュの顔を覗《のぞ》きこんだ。

「え？　断られたってまじで？　どうしてそうなった」

「求婚したら不興を買った。月白に出入り禁止になった」

黙っておきたいことの気もするが、変に隠して後で面倒なことになっても厄介だ。シシュが噛み潰した苦虫をじっくり味わっていると、一拍置いて隣からは噴き出す声が聞こえてきた。続く遠慮のない笑い声に、シシュはより一層平常心を唱える。笑い転げている男が異様なのか、行き過ぎる客たちが振り返ってきた。

それらの視線を他人事のように無視しているシシュは、だがふと思い出すと何かを言われる前に訂正する。

「出入り禁止ではあるが、要請はきちんと通ると思う。まだ要請をかける状況にはなっていないが」

「そりゃ当然だ。にしても相変わらずお嬢は馬鹿だな。しょせん懲りないガキってことか」

「サァリーディは悪くない」

「ならずっとやってろ」

どうでもいいような答えを最後に、二人の間には沈黙が流れる。

タギは見るともなしに、店の軒先に並ぶ灯《あか》りに視線を走らせた。どこの国でもない空気を持つ街に、男の声は静かに響く。

「ま、あんたがそんなだから、お嬢にとってもあんたの代わりはいないんじゃねえのか」

それは一体どういう意味なのか。王都から来た面白い人材ということなら確かに合っているが、多分そうではない。

結局、何がまずかったのかサァリ本人に聞かなければ分からないのだ。迷惑にならないように会える機会を作って尋ねるしかないだろう。

前を行くベントは、自分の後方にいる二人の会話になど気づきもしていない。ただの遊客のように目を細めて辺りを見回している。シシュは、男が右手の妓館を見上げたのに気づいて、その視線の先を追った。うっすらと笑っているベントが、誰か娼妓でも見ているのかと思ったからだ。

だがそこには誰の姿もない。シシュが肩透かしに思った時、けれど館の中からは女の悲鳴といくつかの怒号が上がった。

「ひいいいぃ！」

ぎょっとした顔で辺りの人間たちが足を止める中、タギが真っ先に走り出す。彼は刀に手をかけながら館の中へと駆けこんだ。わずかに出遅れたシシュは、その後を追いつつ人の波を振り返る。だが集まってくる人々の間にはもうベントの姿は見えない。それ以上探しているわけにもいかず、彼は館の敷居をまたいだ。

騒ぎは二階で起こっているらしい。

シシュは靴を履いたまま、一足飛びで艶《つや》やかな階段を駆け上がった。

短い廊下の先、開け放たれた襖《ふすま》の向こうからは既に、剣戟《けんげき》の音が聞こえてきている。先に行ったタギが敵と交戦しているのだろう。シシュは連続して聞こえる金属音の中に、チリチリと小さな音が混じっていることに気づいた。澄んだその音は上に幕でもかぶせられたようにくぐもってはいたが、彼の耳には何故かしっかりと届く。覚えのある音の正体を青年はすぐに理解した。

「鈴か！」

言いながら軍刀を抜いたシシュは、広い座敷へと踏みこむ。

まず目に入ったのは天井にまで届く鮮血だ。畳の上には護衛らしき二人の男の死体が転がっている。部屋の隅には娼妓を盾に蹲《うずくま》っている中年の男がいた。

彼らを背に立つタギは、招かれざる三人の客を前に笑っている。

「この街で調子に乗るとはな。いい度胸だ」

低い恫喝《どうかつ》にも、相手方は怯《ひる》む気配がない。

それぞれ刃物を携えている三人の刺客。

一人は顔色の悪い痩身の男だ。そしてもう一人は着物姿の少年。最後の一人は小柄な若い女だ。

黒尽《くろず》くめではない彼らは、そろってありふれた通行人の服装をしている。ただ表情だけは面を付けているかのように平坦《へいたん》で、感情が窺《うかが》えなかった。

シシュは三人のうちの一人、短刀を手にした女が左手に摘まんでいるものに気づく。

鈍く光る銀色のそれは、間違いなくサァリが術をかけた鈴の一つだ。今にも飛び跳ねていきそうな鈴を血濡《ぬ》れた指で押さえて、女は口を開く。

「――お前たちの中に、冷たい血を持つ者はいるか」

「何だそりゃ」

呆《あき》れたように返事したのはタギで、けれど突然の問いの意味を理解したのはシシュの方だ。

軍刀を抜いた青年は、一瞬で思考が冷えたのを自覚すると前に進み出る。

「そのようなことを聞いてくる者に、こちらも聞きたいことがある」

外見こそ先日の者たちとは異なるが、今いる三人もおそらく「同種」だ。

捕らえて吐かせて、誰が背後にいるか確かめねばならない。

シシュが軍刀を構えると、女もまた片手で脇差を構える。薄く細められた黒い目は、先日の黒尽くめたちよりも意志のようなものが感じられた。

普通の刺客が相手であれば、三対一でも凌《しの》ぎきることは可能だろうが、鈴が反応しているということはまともな人間ではない。

シシュは油断を挟まぬ摺《す》り足で更に半歩前に出た。その隣にタギが無造作に並ぶ。

「なんだこいつら。知り合いか？」

「この前の黒尽くめと同じものだ」

「ああ、あいつらか」

まるで茶の銘柄を聞いたように興味のない返事だ。だがシシュは、男の持つ気が一段険しくなるのを感じ取った。あの時刺客たちと交戦した彼も、尋常な相手ではないと分かっているのだろう。よく磨かれた業物《わざもの》の切っ先を、タギは三人へと向ける。

三人のうち、洋装姿の女が首を軽く傾けた。

「黒尽くめ？　ああ、別の隊のものか」

「別の……複数いるのか！」

シシュは思わず声を上げる。

サァリ自身、自分の血がどれだけの人間に与えられたのか心配していたのだ。

しかし女の口ぶりからすると、少なくともその人数は十をくだらないようだ。青年はちりちりと震え続ける鈴を睨《にら》む。

女はそれを、細い指先で握り潰して捨てた。右手の脇差を自分の体に引きつけて構える。

「お前はどうやら、我らの探す者に心当たりがあるようだ。切り刻んでから問うてやる」

「……それはこちらの台詞《セリフ》だ」

研ぎ澄まされた空気が無音を作る。

血と泥で汚れきった畳は、後で全て替えなければならないだろう。シシュは頭の隅でそんなことを考えながら意識を研ぎ澄ませる。血の匂いが濃くなっていく座敷で、二人の化生斬りはそれぞれの戦意を立ち昇らせる。

そんな中、潰された鈴はひとりでに畳の上を転がっていくと、月光の当たる場所でそっと止まった。

※

「――かかった」

ぽつりと呟いた言葉に傍《そば》にいた下女が顔を上げる。他に客もいない玄関先で、幻聴を聞いたかもと思ったのだろう。彼女は上り口にいるサァリを振り返ってくる。

「主様？　何か仰《おっしゃ》いました？」

「少し」

反射で答えながら、サァリは右手を上げる。

場所を変えている時間はない。即座に動かさねば逃げられてしまうだろう。だから彼女は自身にしか見えぬ糸を指で手繰る。紅《あか》く塗られた唇をそっと開け、古き呪《しゅ》を吐き出した。

「……縛《ばく》」

街中に広がる鈴への糸。その上を、細く縒《よ》られた力が風よりも早く走っていく。

そうして全ての糸の大元に立つ神は、冷え切った息を小さく吐くと、舞うような仕草で右手を強く

――引いた。

※

三人の刺客は、やはり異様な身体能力を持っている。

恐ろしい速度で次々突きこまれる脇差を弾《はじ》きながら、シシュは嫌な予感を覚えて天井を仰いだ。そこに着物姿の少年が逆さにしゃがんでいるのを見て、咄嗟《とっさ》に後ろへ飛び下がる。

ほぼ同時に前髪を掠《かす》めるようにして、天井から突きこまれた刀が畳に突き刺さった。その柄《つか》の上に片足で降り立った少年は、体重がない者の身軽さでシシュに飛びかかってくる。

何も持っていない両手。だが暗い緑に染まっている指を見て、シシュは舌打ちした。

「毒手か！」

絶えず毒液に漬けこんで作るという暗殺者のその手は、触れられれば致命傷は免れない。

シシュは更に下がろうかと考えたが、すぐ後ろには娼妓と蹲る客がいる。彼は一瞬で決断すると、向かってくる少年に向けて刃を振るった。

突き出された両腕への一閃《いっせん》を、しかし少年は宙で身をよじって避ける。

人とは思えぬ身のこなしに戦慄しながらシシュが身を斜めにした時、だが少年は腹を蹴られて後ろに弾き飛ばされた。隣で痩身の男を相手にしていたタギが、鼻で笑いながら足を引く。

けれどその間にも、脇差しを手にした女が左から回りこんできた。

――迷っている時間はない。

シシュは追いこまれる前に、自ら踏みこんで女へと相対した。

体の死角から突き出される脇差しを紙一重でかわす。服の袖を掠めていく感触にも構わずに、軍刀を最短の軌跡で振るった。

その切っ先が、彼に飛びかかろうとしていた少年の右手を払う。緑に染まった手の指が二本、斬り落とされて畳の上に飛んだ。

しかし、少年はまったく痛みを感じていないかのように、身を屈《かが》めるとシシュの足を払おうとする。

それを反射的に跳んでかわした青年は、だが代わりに喉元へ向かってくる脇差しを「完全には避けきれない」と判断した。左手を犠牲にすることを決断して……けれどそこで、三人の動きが止まる。

ピン、と糸が張る音に似た気配が響く。

時間自体が静止したような空隙はほんの一瞬で、すぐに場には変容が訪れた。

――少年の指の切り口から、猛然とどす黒い血が溢《あふ》れ出したのだ。

あまりのことに場の全員が虚をつかれて固まる。

そんな中でシシュだけは、異様な現象の意味を即座に理解した。

どうやってかサァリがこの場に干渉してきているのだ。おそらく先日黒尽くめがそうなったように、体内に混ぜられた彼女の血が吐き出させられているのだろう。

シシュは、我に返ろうとする少年へと刀を振り下ろす。避ける間もない速さの攻撃は、少年の首を半ば切断してのけた。未だ毒に侵されていない深紅の血飛沫《しぶき》が、大きく噴き上がり天井にまで届く。

その間にタギもまた痩身の男を正面から斬り捨てていた。堰《せき》きって溢れ出す血は尋常な量ではない。タギは跳び下がりながらも気味が悪そうな目を向けた。

「何だこいつら。今まで人の血でも吸って溜めこんでたのか?」

「巫が何かをしているのだろう。最後の一人は生かして捕《と》らえたいが……」

この様子ではかすり傷でもつけたが最後、失血死されてしまいそうだ。刃を突きつけて降伏するような相手であればよいが、この身体能力ではそれは望めないだろう。シシュは無手での攻撃を考える。

だがタギは逆に、女に向けて刀を構え直した。

「ならちょっと傷をつけてやりゃ、それで終わるな。床板まで染みこみそうだけどよ」

「待て。殺しては話が聞けない」

「って言われてもなぁ」

大雑把な性格に見えるタギだが、シシュの意見を聞いてくれる気はあるらしい。わずかに引かれた刃先に女は逡巡《しゅんじゅん》の目を見せた。逃げられるかどうか計っているのだろう。その様子を見て、シシュは更に考えこむ。

結論はすぐに出た。

「分かった。殺そう」

「おい」

呆れたような声で突っこまれたが、何も投げやりになっているわけではない。

シシュは軍刀を握り直しながら補足する。

「この特殊な刺客は一定数以上増えない。数が多くても限度があるんだ。情報が得られるに越したことはないが、そうでなくとも一人ずつ始末していけばそのうち絶えるだろう。手をこまねいて逃がしてしまうよりはその方が確実だ」

「へえ。あんたのことだから、女は殺したくないとか言い出すかと思ったぜ」

「そんなことはない」

できるなら女子供を殺したくはないが、何事にも線引きはある。相手が敵国からの刺客で、サァリの血を取りこんで変質した上に彼女を狙っているとなれば、それはもう迷うことなく敵だ。見逃して不安の芽に繋《つな》げることはできない。

女に向けて距離を詰める青年に、だがタギは軽い制止の声をかけた。

「まぁ待てよ」

「殺すことに問題でもあるのか？」

「いや。どうせ殺すなら吐かそう」

「それは……できるならそれに越したことはないが」

死ぬと分かっていて情報を洩《も》らす人間がいるだろうか。

懐疑的な表情のシシュを置いて、タギは一歩進み出た。極々自然に上から見下ろすような、力を振るう者の目で笑う。

「今の話聞いてたな？　じゃあ、てめえに選ばせてやるよ。苦しんで死ぬか、楽に死ぬかだ。どうせ死ぬんだから、後のことはてめえにゃ関係なくなる。なら、使われて犬死にする最後の最後に、反吐《へど》吐いてのたうちまわる方を選ぶか、一瞬で痛みも感じずに死ぬ方を選ぶか——好きな方を選べ」

タギは刃紋のない刀を女に向ける。

嗜虐《しぎゃく》も、残忍さもない笑いは、だがその分、現実を知らしめる率直さがあった。

シシュは軽く驚いている自分に気づくと、頷《うなず》く代わりに畳の上に足を滑らせる。女の退路を立つよう、自然と脇に回りこんだ。

女はそれまで、緊張を漂わせた真顔であったが、二人の男に刀を向けられると口の端を上げて笑った。脇差しを顔の横に引くようにして構える。

「二対一だからと言って、もう勝った後の算段か？　ずいぶんと自信家だな」

「そりゃてめえの方だ、女」

タギの足が、じっとりと血に濡れた畳を踏む。男の体重で染み出す赤黒い血は、人の業を表す色そのものだ。シシュは自身も踏みこんでいるその上に立ち、無言を保った。

彼が考えていることと同じことを、タギは笑って口にする。

「てめえはどうやら、おかしな動きをできるだけの力に相当自信あるみたいだけどな。俺たちにとっちゃただの獲物だ。――アイリーデの化生斬りは、はなっからそういう奴らばかりを相手にしてる」

化生が実体を持つこの街において、化生斬りが相対するものは皆、人ならざる力を持つ者だ。サァリの血を悪用した刺客たちが飛び抜けた能力を得ていようとも、驚くには値しない。ただいつも通り戦うに過ぎない。

二人の男の態度からもそのことを察したのか、女は軽く顔を強張《こわば》らせる。

避けようのない死へ向けて、果たしてどの道筋を選ぶのか。躊躇《ためら》いさえも許さない力が、人の形を取って彼女の目前に迫っていた。

※

鳴っている鈴が潰されたならその場所を辿《たど》れるようにはしていたのだが、下女に店を任せて駆けつけたところ、大通りに面した妓館はちょっとした騒ぎになっているようだった。

灯り籠が下ろされ、二人の用心棒が人払いをしている様を、サァリは眉を寄せて見やる。

「あれ、どうなってるんだろ……」

中に入って様子を確かめたいが、ひょっとしたら思いもかけずまずいことになっているのかもしれない。何と言って通してもらおうか迷っていたところで、けれどサァリは中から出てきた男に発見され、逃げ出したくなった。

頭から水でもかぶったかのような姿のタギは、彼女を見るなり舌打ちする。

「お嬢、畳と壁と天井を弁償しろよな。おかしな術のおかげで部屋が一つ使い物にならなくなった」

「……畳はともかく天井までは勘定外だったのですが。どのような斬り方をしたのです」

「てめえの男に聞け。聞き出した話の内容もな」

「聞き出した？」

サァリは軽く首を傾《かし》げたが、水を滴らせてもなおお血臭がこびりついているタギは、彼女を無視して通りの向こうへ消えていった。

代わりに遅れて出てきた青年が、サァリの後ろに立つ。彼女はやはり水浸しのシシュを振り返った。

「ね、どうしてそんななの？」

「返り血を浴び過ぎた。とりあえず水で流してはみたが」

「……風邪引くよ。せめて着替えないと」

サァリは彼の体越しに妓館の中を覗きこんだが、自警団員が数人あわただしく行き来しているそこは、どうやら着替えを借りられる状況ではないようだ。彼女はずぶ濡れの青年をもう一度見上げると、困惑しながらもその袖を引く。

「行こ。ここじゃ目立っちゃうし」

このまま店の前で立っていても、周囲の視線を浴びて妓館の評判に影響するだけだ。

二人は大通りを避け路地に入ると、月光に照らされた小道を歩き出す。月白のある北に向かいかけていたサァリは、振り返ってシシュの後に水が滴る道ができているのに気づくと足を止めた。

「うん、うん……これじゃ月白までは行けないね」

「巫に迷惑をかけるつもりはないんだが。それより話し合いたいことがあるから、もしよかったら今から少し時間を取ってもらってもいいだろうか」

「シシュが乾いたら聞くよ……」

　このままではあちこちに薄い血の臭いを振りまいて、本人も風邪を引いてしまう。サァリはそう判断すると、近くにあった貸し座敷に事情を話して部屋を借りた。渋るシシュをまず浴室に押しこみ、脱衣所に必要なものを用意しながら、こっちに寄越して。着替えは浴衣《ゆかた》置いとくから」

「服脱いだら洗うから、こっちに寄越して。着替えは浴衣《ゆかた》置いとくから」

「……自分で洗うからいい」

「血抜きが必要だし、いいから頂戴。早くくれないと私が中入って脱がすよ」

「………………」

　風呂の木戸越しに、深い溜息《ためいき》が聞こえたのは気のせいだろうか。

　ややあって引き戸が小さく引かれて桶《おけ》に入った制服が差し出されると、サァリは当然のようにそれを受け取った。「裏で洗ってくるね」とだけ言い残して部屋を出ていく。

　古い貸し座敷の裏には、通用路に面した小さな庭がある。袖を上げ前掛けを借りたサァリは、井戸から水を汲《く》みだして服の血抜きを始めた。すぐさま血臭が立ちこめる桶の水に、ばつの悪さを覚える。

「これじゃ、本当に部屋の方は再起不能になったかも……」

　畳を貫通して床板にまで血が染みこんでいたなら、直すのは容易ではない。サァリは自分のかけた術の予想以上の結果に反省した。

　だが実のところ、今の彼女ではあれ以外の対策は難しい。単なる捕縛も化生と違い、相手が人間ではすぐに振り切られてしまうだろう。サァリは桶の水を換えながら首を捻《ひね》った。

「単に目印をつけるだけに専念してみた方がいいのかな……でも戦況がまずいと人死にが出ちゃうだろうしな……」

できれば相手の力を削《そ》いで、なおかつ周囲が汚れないようにしたい。自分に操れる程度の術でそのようなことが可能か、サァリは悩んだ。悩みながら丁寧に制服を押し洗いしていく。

その時、小道を近づいてくる足音が聞こえて、彼女は顔を上げた。

「こんな時間に洗濯ですか、お嬢さん」

低い木塀を覗きこむようにして挨拶してきたのは、初老の男だ。品のある穏やかな眼差しを、サァリはどこかで見た気がして目をまたたかせた。身に染みついた習性で微笑を作る。

「少し急ぎの汚れ物が出まして。いつものことですわ」

「そうですか。だが変わった血の匂いだ」

洗濯をする手が止まる。

サァリは表面的な微笑のまま初老の男を見上げた。

深緑を基調とした洋装に、皺《しわ》と同化した笑顔。なんらおかしなところはないはずのその姿に、けれどサァリは既視感の正体を直感する。彼女は桶の水を捨てると立ち上がった。

「王都からいらっしゃったのですか?」

「ええ。神話時代からあるという享楽街を一度訪ねてみたく思いまして」

客商売に携わる人間特有の、真意を見せない笑顔。

人なつこいとさえ錯覚させる目で、テセド・ザラスは笑った。

※

サァリと話がしたいと思っていたのだが、濡れていたせいで風呂に放りこまれてしまった。

小さな風呂場で髪に染みこんだ血を落としながら、シシュは嘆息する。

彼女に話したいことはたくさんある。

神の血を取りこんだ刺客が、少なくとも二部隊はいること。

彼らは命じられた暗殺をこなしながら、冷たい血の持ち主を探していること。

彼らの主人はどうやってか血の持ち主を「アイリーデにいる女」と確定している。

そしてその主人は――既にアイリーデ内に入って来ている、と。

以上が、刺客である女から聞き出した内容だ。これはサァリと共有した後に、敵の炙《あぶ》り出しをどうするか相談する必要がある。

ただそれとは別に……彼女と話したいこともあるのだ。街の治安に関する話ならサァリはいつでも聞いてくれるだろうが、私的な話は別だ。月白の館内に戻られたら出入り禁止の彼には話す術《すべ》がなくなる。だから今のうちに、とは思っているのだが、刺客たちの話に先んじては言えないし、濡れている状態ではサァリはそもそも話を聞いてくれない。

だから肝心なのは、彼女が時間を取ってくれるうちに急いで風呂から上がることだ。シシュはぬるい湯で髪を流すと、湯舟には沈まず浴室を出た。用意されていた浴衣を着て、座敷に戻る。

だが二間《ふたま》ある座敷のどちらにも彼女の姿はない。制服の血抜きをしてくれているのだろう。このような貸座敷は本来客が娼妓を連れて来るところで、シシュは前にも一度「自分と一緒に来るのはよくない」とサァリに苦言を呈しているのだが、彼女はこの街で育っているとあってまったく頓着がない。化生を追う途中で着物を汚した時など、彼を連れて部屋を借りてしまう。

そんな常識からしてまったく違う女なのだ。否《いな》、これに関してはシシュの方がまったくアイリーデの気風とは違う、ということだろう。

ただサァリはおそらくお互いの違いを気にしていない。なら彼女が気にしているのは何なのか、彼女本人に聞かなければ分からないのは申し訳ないが、一つ一つそうやって理解していきたい。

その結果、彼女が自分を選ばないのだとしても。

彼女に想いを費やしたことを悔いはしない。もし今のように、誰かが彼女や彼女の愛するこの街を害そうとするならば、アイリーデに残って戦い続ける。そうして人知れず彼女や、彼女が産む娘を守って一生を終えてもいい。

彼女が一生を幸福に笑って過ごせるなら、それは自分の幸福と同じだ。

「サァリーディ？　どこに洗い場があるんだ……？」

シシュは部屋の戸を開けて廊下に出る。今のアイリーデであまりサァリを一人にはさせたくない。洗い物なら手分けしてやればいいだろう。

そう思いながら左右を見回した彼は……次の瞬間、鈴の音を聞いた。

※

サァリは笑顔のまま思考を巡らせる。

テセド・ザラスと直接顔を合わせたのは一度だけ、シシュに王都を案内されていた時に、訪れた茶屋の主人と客としてまみえただけだ。

だが相手はサァリの顔をよく覚えているのだろう。下女のような格好の彼女を物珍しげに眺める。

「あの時は見習い娼妓ということでしたが、今もそのままなので？」

「時と場合によって、ではございますが。若輩らしく励んでおりますわ」

「これはまたご謙遜を。最古の妓館の主ともあろう方が」

——表情は崩さない。

わざわざこんなところにまで現れたのだ。調べられることは調べてきているのだろう。

サァリは美しく作られた微笑を、テセド・ザラスへと向ける。

「主だからといって、水仕事をしないわけではありません。己の不始末なら尚更です」

「そのように仰るとは、殿下とは相変わらず親しくていらっしゃるようだ」

「…………」

一体どこから見られていたのか。

サァリの目から笑みが消えた。

そのまま威圧さえ漂わせ始める彼女に、けれどテセド・ザラスは変わらぬ柔和な表情のままだ。木塀越しに彼女と向き合う男は、何の変哲もない世間話のように続ける。

「元より殿下はあまり人前にお出にならない方だとは思っておりましたが、まさかこの街で化生斬りなどをなさっていたとは。いささか驚きましたよ」

「……あの方は、王よりこの街にお借りしている方。余計な手出しは無用です」

「ほう。陛下も変わったお方だ。国の内外が戦乱で揺れ動いている時に、懐刀である殿下をお傍から離したままとは。……それとも、そうまでして守らなければならない『何か』が、この街にはあるのでしょうか」

先の丸い刃を差しこむに似た問いに、サァリは口端を軽く上げただけで応える。

テセド・ザラスが何を狙っているのか、はっきりとしたところは分からない。ただこうして現れたのだから、無事に済ますつもりもない。

穏やかならざる空気を漂わせ始めた女に気づいてか、テセド・ザラスは苦笑する。

「聖娼《せいしょう》でありながら巫というあなたは、どうやら殿下を配してでも確保しておきたい存在のようだ」

「何のお話でしょう。心当たりがございません」

「別に構いませんよ。殿下にお聞きすればよいだけですから」

テセド・ザラスの視線が、木造の建物を見上げる。

どの部屋に彼がいるかまで把握しているのか。サァリは静かな怒りが湧いてくるのを自覚した。

――不遜の対価は如何《いか》なるものか。

どこまでも艶美な圧力が、冷気を帯びて立ち昇る。彼女は温度を失って白い指先を男へ向けた。

「二度言わされるのは好きではありません。あの方に手出しは無用。それさえご理解頂けるのなら、わたくしも手荒な真似はいたしませんわ」

「これはこれは。勇ましいことだ」

小娘が、とでも揶揄したいのだろうか。

サァリが目を細めると、テセド・ザラスは軽く手を挙げた。

りん、と小さな鈴の音がして、入り組んだ路地のあちこちから顔を隠した黒尽くめが現れる。

サァリの左右にも音もなく二人の刺客が降り立ってきた。彼女はそれらを冷ややかに一瞥《いちべつ》する。

テセド・ザラスの両脇に二人、サァリを挟むように二人、合計四人の刺客は体格からいって大人の男だろう。だがそろって泥人形のように個を感じられない。彼らはここに来るまで何をしてきたのか、全員が薄い血臭を漂わせていた。

近くに置かれているのかちりちりとうるさく鳴る鈴を、サァリは軽く手を振って止める。

そうしている間に、テセド・ザラスが近くの木戸を開けて中に入ってきた。彼女は銀の睫毛を揺らして男をねめつける。

「どういうおつもりです？　このような者たちで私をどうにかできるとでも？」

「大した自信だ、お嬢さん。それとも、この者たちを無力化するだけの力が、あなたにはあるのかな」

「試してご覧になればよろしい」

神の血を取りこんだ人間など、彼女にとってはただの血袋と変わらない。

その事実を目の当たりにして、誰も彼も己の愚かさを顧みればいいのだ。

サァリは力と同義である息を、深く遠く吸いこむ。テセド・ザラスはその様子を検分するように注視していたが、やがて何かを命じるように口を開きかけた。

――しかしそれより早く、サァリの目前に白刃が現れる。

間髪いれず、男の手が彼女を強く後ろに引いた。

「何をしている？　よくこの国に顔を出せたものだな」

濡れ髪に浴衣姿のシシュは、サァリを自分の背に回してテセド・ザラスを睨む。

テセド・ザラスに動揺する様子はない。或《あ》るいは単に、建物に背を向けていたサァリが気づかなかっただけで、男たちには割りこんでくるシシュの姿が見えていたのかもしれない。

「ご無沙汰しておりますな、殿下。ご壮健のようで何よりです」

テセド・ザラスの声に、サァリは驚きから覚めると、あわててシシュの浴衣を引いた。

「シシュ、駄目だよ。下がってて」

「それは俺の言いたいことだ。中に入っていてくれ、サァリーディ」

「駄目だってば」

サァリは彼の背を叩《たた》いたが、シシュは退《ひ》く気配がない。

――このままでは、自分を守ってシシュが酷いことになってしまうかもしれない。

そんな危惧にとらわれサァリが青ざめた時、すぐ右にいた黒尽くめが動いた。軍刀を持つシシュの肩へ拳を振るう。

青年はそれを、前を見たまま体を斜めにして避けた。そのまま軍刀を返して黒尽くめを斬りつけようとする、寸前でサァリが叫ぶ。

「身の程知らずが！　下がれ！」

無形の力が、彼女から男に向けて破裂する。

次の瞬間、シシュに殴りかかった刺客は、口から大きく血を吐いて崩れ落ちた。

突然の血飛沫はシシュの浴衣に降り注ぎ、それだけでなく足下の桶へぽたぽたと滴る。前髪にまで飛沫がかかった青年は、背後の女を低い声で呼んだ。

「サァリーディ……」

「あああ、ごめんなさい」

これではまた弁償洗濯の連鎖だ。サァリはままならない力加減に当惑したが、相手はその緩みを見逃さなかった。未《いま》だ笑顔のまま、目だけは笑っていないテセド・ザラスが残る刺客へ命じる。

「行け」

その声に応えて、更に二人の黒尽くめたちが向かってきた。

左右から挟撃するように飛びかかってくる男たちに、サァリは逡巡《しゅんじゅん》する。

その間に一歩前に出たシシュが軍刀を振るった。空を切る速度で振るわれた刃は、左から来た刺客の両眼を正確に切り裂く。はぼ同時に振り切られた軍刀の切っ先が、右の刺客へと突き立った。獣に似た瞬発力で飛びこんできた男は、突如進路上に現れた刃を避けきれなかったのだ。

喉元を突かれた刺客は、だがすんでのところで踏み留《とど》まると後ろに飛ぶ。よろめきながら体勢を整えようと体を揺らした。

シシュは男から視線を外すと、テセド・ザラスを凍りつくような目で射抜く。

「お前たちは、いくつかの部隊に分かれてこの街に入りこんでいるそうだな」

「おや、誰にそんな話を聞きましたか」

「誰でもいいだろう。アイリーデでお前たちは、対立する陣営の邪魔者を排除しながら、『冷たい血』の持ち主を捜している。——お前が彼らの雇い主か?」

シシュの確認に、後ろにいたサァリは息をのむ。

やはり彼らは、血の大本たる彼女を探しているのだ。それが人を惑わす花と同じく、自分たちのよい道具になると思って求めている。

だがどうしてアイリーデにいることが分かったのか。表情を変えないよう努める彼女に、テセド・ザラスは笑いかけた。

「どうですかな。冷たい血など、まるで夢物語のような話でしょう。ほんの一匙《さじ》で人間を作り変えてしまう液体など……想像するだけで身が震えます。実在するとしたら、それはもう神の領域でしょう。——そう思いませんか、お嬢さん?」

彼女の体の奥までを突き刺すような目線。

知っている、と如実に漂わせてくるテセド・ザラスの言葉に、サァリは蔑みきった眼差しを向けた。

シシュの背中に半ば張りつきながら、彼女は初老の男を睨む。

「神の領域だから何だというのです、回りくどい。言いたいことがあるのなら、さっさと言いなさい」

シシュの軍刀はテセド・ザラスに向けられている。彼らの左右にいる刺客のうち、左の刺客は斬られた両目を押さえて片膝をついており、喉を突かれた右の刺客はふらふらとよろめいていた。

どちらも普通の人間であれば戦えないくらいの致命傷だが、まだ油断はできない上、無事な黒尽くめが一人残っている。サァリはいつでも彼らの動きに対応できるよう意識を集中させた。

一転して不利な状況に足を踏み入れたテセド・ザラスは、けれどまだ焦りを覚えているようには見えない。苦笑混じりにサァリへと返す。

「言いたいことですか。私の希望としては、お嬢さん、あなたにはこちらに来て頂きたい。叶《かな》うなら殿下もですが」

「断る」

シシュの即答に、テセド・ザラスは軽く笑った。

「ならば仕方ない。お嬢さんだけ来てもらいましょう。なに、ご心配なく。こちらも手荒な真似をするつもりはございませんから」

白々しい言葉に、サァリは自分を棚に上げて美しい眉を寄せる。彼女を背に庇《かば》う青年が、苛立たしげに吐き捨てた。

「戯言《ざれごと》を吐くな。巫は連れて行かせない」

「引き下がっては頂けませんか」

「無理だ。殺されようとも退く気はない」

「ばっ……そういうこと言っちゃ駄目だってば！」

先視《さきみ》を思い出させるようなシシュの発言にサァリは暴れたが、まったく彼は聞き入れる様子がない。

このまま後ろにいては、ただ出遅れてしまうだけだ――そう判断したサァリは、青年の背に囁く。

「もう全員破裂させるでいいよね。やるからね」

「待て、サァリーディ……」

「大丈夫。弁償はするし洗濯もするから。シシュは気にしないでお風呂入りなおして」

また血塗《ちまみ》れになってしまうかもしれないが、それはそれ、これはこれだ。彼自身の無事と比べられるような問題ではない。割りきった彼女をシシュの呆れ声が引き留める。

「そういう問題じゃないと思うんだが」

「だって、この人たち放っておいても増えないでしょ。だったら一人一人破裂させていけば、いつかは全滅するはずだよ」

「人の口から改めて聞くと酷いな……」

しみじみとした述懐に、サァリは「人じゃないもん」と反駁《はんばく》したくなったが、さすがにそんなことは口にできない。彼女はシシュの動きを妨げないよう半歩下がりつつ、テセド・ザラスを見据えた。

「大丈夫だって。あの人だけ残れば充分でしょ」

「それはそうかもしれないが」

「あと、ここで変に逃がしたら、またアイリーデのどこかで誰か殺されそうだし。どうせ血が流れるなら、ここで出しきった方がいいよ。ね、そうしよう」

反論を挟む余地なく言いきって、サァリは右手を上げる。

力の灯《とも》る指、神の息吹が集まっていく掌を見たテセド・ザラスは、ふっと苦笑した。

「やれ怖いお嬢さんだ。加えて殿下がついているとあっては、確かにこちらに勝ち目はなさそうですな。何しろ殿下は元々、飛び抜けて優れた剣の腕をお持ちだった方だ。更にお嬢さんの血の助力まで受けていては、まったく手のつけようがない」

「っ、この方にそんな必要は……」

「待て、サァリーディ」

むきになって反論しかけた彼女に、シシュからの制止が飛ぶ。

反射的に口をつぐんだサァリは、遅れて自分がかまをかけられたことに気づいた。思わず口を押さえてテセド・ザラスを見る。

——間に合ったかと一瞬期待しかけたが、期待するだけ無駄だろう。

最初に聞き返さなかったことが既にまずい。「お嬢さんの血」と言われたことに、サァリは引っかかりを見せなかったのだから。

テセド・ザラスは、少しだけ困ったような顔で二人を見た。

「予想通りではありますが、なんだか申し訳ない気分にもなりますね」

「……そう思うなら、残りの血を置いて命乞いをなさったらどうです？」

「そうしたくとも、あれはもう私の手元にはありませんので」

「え？」

「どこにやった？」

シシュが一歩前に出る。

その時には既に、両眼を斬られた刺客と喉を突かれた刺客が、やや安定しない体勢ながらも青年に向けて構えを作りつつあった。彼女の血を得た彼らは、普通の人間よりも自然治癒力が高いのかもしれない。サァリは残る三人の刺客をいつでも破裂させられるよう、一歩退いて視界内に入れる。

テセド・ザラスは肩を竦《すく》めた。

「さあ、どこでしょう。それをお知りになりたいなら、私と一緒にいらっしゃいますか？」

「断る」

「決裂ですか。残念なことですね」

何故か楽しそうな男をサァリは薄気味悪く思ったが、それ以上に不快が勝った。彼女は桶に飛び散った血の飛沫を見下ろす。

とろりと粘り気を帯びた深紅の血——この中に一体どれだけ自分の血が含まれているのか。

サァリがそんなことを考えている間に、シシュが詰問の声を上げる。

「もう一度だけ聞く。お前の仲間と残りの血はどこだ?」

「さて、教えて差し上げたい気持ちもなくもないのですが、私は全てを存じ上げてはいないのです」

それは一切譲る気がないということだろう。肩を竦める男にサァリは頷く。

「そう。いいわ。なら殺すから」

「……人の口から聞くと酷い」

げっそりしているシシュはともかくとして、初めから半分以上サァリはそのつもりだ。そうでないのなら王に突き出そうと思っていたが、情報が得られないのでは生かしておく意味もない。

サァリはテセド・ザラスに向けて一歩を踏み出す。

軽い足音に反応したのか、傷ついた刺客二人がほぼ同時に庭土を蹴った。彼女に向かって飛びかかろうとする一人に、シシュは無言で軍刀を一閃《いっせん》させると、その喉を先ほどよりも深く斬り払う。

遅れて夜の闇の中、サァリが浮き立って白い指を弾いた。

研ぎ澄まされた小さな仕草。それだけで、残る二人の刺客は声もなく弾き飛ばされる。一人は地面に叩きつけられて動かなくなり、もう一人は木の塀に背から衝突して崩れ落ちた。

新たな血がまた庭へと染み出す。

人間を踏み外した者たちの呆気《あっけ》ない結末に、サァリは内心、同量の不快と憐憫《れんびん》を抱いた。

けれど表面的には、彼女は身も凍る眼差しでテセド・ザラスを射抜く。

「あとはあなただけです」

「そのようですな」

「ずいぶん余裕そうだが、一体何を企んでいる？」

死を目前にして落ち着き払った男の様子に、シシュは懸念を覚えたのだろう。問われたテセド・ザラスは人の良さそうな笑顔を見せた。

「私自身は何も。ただの捨て駒でございます」

「捨て駒？」

「ええ。私は以前、大事な花畑を枯らしてしまった罪を償えておりませんで、結果として今回このような役割を仰せつかりました。――すなわち、私がここから生きて帰ろうともこのまま死のうとも、そこのお嬢さんが冷たい血の持ち主であることが確定されるようにと」

「……え？」

遅れて理解したサァリは、思わず身を震わせる。

テセド・ザラスが彼女の前に現れたことは、彼女自身が思う以上に計算ずくのことだったのだ。彼を逃がしてしまえば、テセド・ザラスは仲間たちにサァリのことを報告するだろう。逆に彼が帰らなければ、待っている者たちはサァリを「当たり」と見なす。どちらに転んでも問題ないように最初からなっていたのだ。

どうすればいいのか、神である女は血臭が漂う夜の庭を見回す。だがそこで、動揺する彼女をシシュの返答が支えた。

「それが何だというのか。いずれにせよ、お前たちを全て排除することには変わりない」

「そこのお嬢さんが危険に曝《さら》されても構わないと？」

「俺が守る」

この命に懸けても、と。

彼女の芯にまで、シシュの宣言は響いた。

サァリは雷に打たれたかのように立ち尽くして、青年の背を見やる。

息がつまるほどの思いが、自分のものであるのか彼のものであるのか分からない。

ただ初めから分かってはいたのだ。彼がこういう人間であると。

だから惹《ひ》かれた。譲らず立ち続ける頑《かたく》なさと、何をも押しつけない誠実さが好ましかったからだ。

それは彼女にとって初めて見るもので、透き通る水晶に似てありのままに綺麗《きれい》だった。

だから、どうか変わらずにいて欲しいと思っていたのだ。

なのにどうして、己の身を惜しんで欲しいなどと無理な願いを抱いていたのだろう。


――臆病だったのは、受け入れるべきは自分の方だ。


サァリは軽く噛んでいた唇を開く。

そうして彼女は後ろからシシュの袖を引いた。青年が怪訝《けげん》そうに振り返ると、サァリはその頰に飛び散ってしまった血を、指を伸ばして拭い取る。そして同じ指先で彼女はテセド・ザラスを指した。

「いいだろう。帰ってお前の仲間に伝えるがいい。私こそが、お前たちの探すものであると」

「サァリーディ!?」

「ただし、鈴付きでだ」

リン、と小さな音が響く。

背後の建物の軒先から、銀に光る鈴がふわりと浮かび上がった。それは宙を滑るとテセド・ザラスの耳下に素早く食いこむ。苦痛の呻《うめ》きを上げて鈴を取り出そうとする男に、サァリは付け足した。

「お前がどこへ逃げ帰るのか、その鈴が私に教えてくれるだろう。……ああ、急いだ方がいい。最後には頭を突き破ってしまうからな」

ささやかに、だがはっきりと鈴は鳴っている。

小刻みに震えるそれは、少しずつ男の肉の中へと潜りこもうとしているようで、彼女の隣にいるシシュでさえも啞然《あぜん》と言葉を失った。

テセド・ザラスは恐慌に陥りそうな視線を辺りにさまよわせる。痛みもあるだろうに、悲鳴や泣き言を口にしないのは、高い矜持《きょうじ》のゆえなのかもしれない。彼は定まらない眼差しを、最後にサァリの上で留めた。根源を覗きこむようにして問う。

「……あなたは、はたして人間ですか」

「いや？　残念ながら否だ」

アイリーデを治める神は、貝殻に似た瞼《まぶた》を閉じる。

サァリはそれきりテセド・ザラスの姿が消えるまで、一言も口をきかなかった。


決心に、長い時間を必要としたわけではない。

むしろ結論は、当然のもののようにあっさりと降ってきた。ただ無言でいたのは、彼が警戒を解くのを待っていたからだ。

サァリは頭上からの溜息が聞こえると、ようやく目を開けて顔を上げる。そもそも鈴の音を聞きつけて走って来たのだろうシシュは、血がついてしまった濡れ髪を手でかき上げた。

「死体を片づけねばな」

「私がやるよ。先にシシュはお風呂入り直してて。風邪引いちゃいそうだし」

「普通は逆だ。それに、外で一人にならない方がいい。奴らがいつ来るか分からない」

「多分まだ平気」

テセド・ザラスが無事仲間のもとに行きつけたとしても、他の人間が来るまでにはもう少し時間がかかるだろう。それだけでなくサァリは、初老の男が仲間を守るために、一人ひっそりと死ぬ可能性もあると考えていた。

時に人間は、そのように己の命よりも何かを貴《たっと》んで動くのだ。

賞賛の念に値する潔さにサァリはほろ苦い感情を思い出す。失ったものを振り返り――だがもう、不安に駆られて立ち止まるのはやめようと思った。

彼女は相反する熱をのみこむと、シシュに手を伸ばす。

迷いが陥穽《かんせい》を引き寄せるのなら、一息に踏み越えるだけだ。

彼女は背伸びをすると、青年の浴衣の合わせ目を両手で握りしめる。

「――あなたにする」

「何がだ？　どうかしたのか」

「私の神供を。あなたにします」

人ならざるものの未来は見えないと、先視の巫は言った。

ならば思うままに運命を打ち払うまでだ。

恐れる必要はない。それだけの力が彼女にはあるのだから。


生まれた沈黙は、放っておけばいつまでも続いていきそうだ。

一応場が落ち着くのを待ってから口にしたにもかかわらず、驚いて固まってしまったらしいシシュに、サァリは戸惑いを覚えて首を傾げる。

「あれ……もう駄目？　遅かった？」

「そんなことはない、が」

「本当？　なら私の客になって」

夜を共にして温度を交わして、そうして神供を受け取ったなら、もはや何物にも傷つけさせない。神であろうと退ける。それだけの誓約を込めて、サァリは腕を広げると青年の体をきつく抱き締めた。

彼の胸にもたれて目を閉じる。

月が白い。

鈴の音は聞こえない。

遠慮がちに背に回された腕の温度は、溶けてしまいそうなほどに優しかった。

※

シシュは自分に抱き付いている女を見下ろす。

小柄な彼女がそうしていると、子供がしがみついているようにしか見えない。だが彼女は彼女なりに思うことが多いのだろう。シシュは黙ってその背を支えた。小さな吐息が胸にかかる。

壊れ物を思わせる柔らかな躰《からだ》。その体を彼は力をかけぬよう気をつけて抱いた。伝わってくる温かさに、驚きが少しずつ別の感情に変じていく。

自分を選択肢の一つに置いて欲しいとは思っていた。

ただ実際のところ、彼女が自分を選んでくれるとは思っていなかった。周りは色々揶揄してきたが、余所者《よそもの》である自分は物知らずで失敗も多い。気が利かずに彼女に無礼なことをした回数は、おそらくこの街で右に出る者がいない。鷹揚《おうよう》にサァリが笑ってくれるのが不思議なくらいだ。

そしてそれ以上に——シシュにとって彼女は結局のところ、自分よりも貴い存在だ。

遠く、高い処《ところ》に座す女。

その彼女が自分を選んでくれた。彼の想いを拾い上げてくれた。

どうしてなのか、と思いもするが、答えは出ない。

そんな思考より先に、感情が揺れる方が早かった。彼女の背に回した手に、ひとりでに力がこもる。

喉を焦がす感情が、止めようもなくじんわりと全身に広がっていった。

すぐ下に見える折れそうな首の白さにシシュは目を細める。微かに漂ってくる甘い香りに、陶然とした気分を誘われた。この頼りない身体を守らなければと思い、同時に滑らかなその肌に触れてみたいという欲求が灯る。まったく度し難いと、自分で自分を蹴りたくなった。

求婚をした返事が「客になって欲しい」というものであったことに、不満はない。

彼女の立場では、最初から普通の婚姻は難しかっただろう。むしろそれについては、自分が言いたいから言っただけで、アイリーデのやり方にあわせるつもりだ。

そうしたいと思ったのだ。気丈に己の役目を果たそうとする彼女の傍にいて、支えになりたいと。

——ただ、神供として選ばれたなら、そこから先どうすればいいのか。

このまま彼女を借りた部屋に連れ帰ってもいいのだろうか。口に出して問うことが憚《はばか》られる疑問に、シシュは無言で悩んだ。

悩みながら、けれど自分が動かなければ駄目なのだろうと、彼女を抱き上げようとしたところで、サァリが顔を上げる。

「あの、色々準備があるから、何日か待ってもらえる？」

「準備？」

「専用の膳を準備するのとか、神楽舞《かぐらまい》の衣裳《いしょう》出したりとか。あと他の神供二家に連絡したりとか」

「ああ……分かった」

名目上は客取りであっても、実質的には彼女に神供を捧げるための儀式なのだろう。

確かに以前彼女は「正式な段階がある」と言っていた。それらを一つ一つ踏まえていくのだろう客取りは、彼女にとっては婚礼の儀に相当するのかもしれない。

シシュは、彼女の兄である友人がこの話を聞いたら何と言うか、若干の頭の痛さを予感した。

表情の変化を気づかれたのか、サァリが首を傾げる。

「シシュ？　何かまずい？」

「いや。大したことじゃない」

「ならいいけど……あ、風邪引いちゃわないでね。体力落ちてると死ぬかもしれないし」

「待て。そんな話も初耳だ」

「本当にお風呂入りなおした方がいいよ。それとも一緒に入る？」

「心臓を痛めそうだから嫌だ……」

真面目にそう返すと、サァリは冗談と取ったのかころころと笑った。だがすぐに青い目に憂いが宿る。淡い月光の中で、彼女は淋《さび》しげに笑った。

「ね、シシュ」

「何だ?」

「もし嫌じゃなかったら、死ぬまで私と一緒にいて」

それは微《かす》かで切実な願いだ。白い指が、彼の手をきつく握る。

暗い庭には澄んだ夜気が広がり、それは初めからそうであったように、見えない波となってシシュの足下を浸した。

神に触れている——そのことが、初めて彼女の真実を知った時のことを思い出させる。

シシュは応えられなかったあの時のことを振り返り、頷いた。

「分かった。約束する」

それを聞いてサァリは、嬉《うれ》しそうに顔を綻《ほころ》ばせて笑った。


テセド・ザラスの死体が街の外れで見つかったのは、その翌日の朝だった。

5. 誰彼

それは謳《うた》う。

そこには少なからず悦《よろこ》びが混ざっていた。地上より少しずつ染みこんでくるものを味わいながら、低く、地の中に這《は》う声。

「……もう少しだ」

それは、同じことを呟《つぶや》き続ける。

「もう少しだ」

恋焦がれるように。長い間燻《くゆ》らせてきた情念を以《もっ》て頭をもたげる。

――今代の月は、そうせざるを得ないほどに強く、美しい。

脈々と流れ続けてきた存在が一度失われかけたせいか、その娘は類を見ないほどの光を持って生まれた。彼女の存在が成長し定まるほどに、人も、神も、動かざるを得なくなる。無視できなくなる。

彼女を手中にしようとし、或《ある》いは排除しようとする。

「もう、すぐだ」

無数の人間の感情によって汚染されたかつての神。

地中に眠る古《いにしえ》の蛇は、黒い頭をもたげて今は見えぬ月を想う。

その呟きを、地上に在りながら聞く陽の青年は「お互いとんだ妄執《もうしゅう》ですね」と皮肉げに笑った。

※

——巫《ふ》の客とはつまり、夫と同義だ。

そう昔、別の化生斬《けしょうぎ》りから聞いたことがある。この街に来て間もない頃の話だ。

当時まだサァリは未成熟な少女で、シシュ自身はあくまで、王の臣下としてアイリーデの視察に来ているという意識が強かった。

だからあの時は、想像もしなかった。

自分が彼女の選ぶ、生涯ただ一人の客になるのだということは。


「やっとだな。これで俺の胃痛も減る」

客に選ばれたという話を、嫌々ながら彼女の兄であるトーマに話した際、返ってきた言葉はそんなものだった。

以前から散々「お前が神供《しんぐ》になれ」と言って憚《はばか》らなかった男は、喜ぶというより肩の荷を下ろしたような反応だ。礼儀だから、とトーマを呼んで挨拶したシシュの喉元には、言いたいことの数々がせり上がってくる。

トーマはささいなことを気にしない強引な性格だからそんなことを言うのだろうが、当事者のシシュとしては、本当に今回のことは望外の幸運だった。サァリと意見が割れたことも、シシュには原因が分からないまま臍《へそ》を曲げられたことも何度もある。トーマが思っているように「結果は見えていたけど時間がかかった」などというものでは断じてなかったはずだ。

そんな感情が面《おもて》に出ていたのか、トーマが呆《あき》れ顔になる。

「お前……サァリはもうすぐ十八だぞ、十八」

「そうだな。祝いの品を考えてる」

「そこじゃない。時間がかかったって言ってるんだ。お前たち二人は色々考える割に口に出して擦《す》り合わせをしないいんだよ」

トーマはそこで言葉を切って椀《わん》に口をつける。二人がいるのはアイリーデの料亭の座敷だ。サァリの親族に挨拶するのだから、とシシュが予約を取ったのだが、それを聞いたトーマは「お前って……」と何か言いたげで、でもその言葉をのみこんでいた。だから結局のところ「思ったことを口に出さない」というのは他の人間も皆そうなのだろう。自分は気が回らないからその傾向が強いのかもしれないが、サァリは街の主だ。立場上口に出さないことが多くて当然だ。

というようなことを面倒なので口に出さないまま、シシュは本題を切り出す。

「今日は、結納品《ゆいのう》についても相談したいと思っているんだが」

「そうか。今回は俺も『どうせ変なことを言い出すんだろう』と覚悟の上で来たからな。予想の範囲内だ。要らない」

「……アイリーデ固有の品があるか、決まった店で用意するのかが聞きたかったんだが」

「要らないっつってんだろうが。面白いからやめろ」

面白いと思うのなら真顔で言わないで欲しいのだが、表情に乏しいのはどちらかと言えば自分の方だ。以前「求婚の立会人は要らない」と言われたこともあって、シシュの方も一応不要だと言われる予想はしてきた。それはそれとして気になるので更に問う。

「だが、結納品が要らないと言っても何かは要るだろう？　巫にとっては一生に一度のことだ」

「いや、花代があるだろ。並の結納品の十倍はかかるぞ」

「あ」

「まあ、サァリは花代も要らないって言いそうだけどな。巫の客がみんなそれだけの金額払えるわけじゃないから、飛び抜けた花代はていのいい断り文句みたいなもんだ」

「そういうものなのか……」

確かにシシュも正確な額を聞いたことはないが「家が建つ」と言われているのを聞いたことがある。払えない客がいるのも当然だろう。ただ自分は絶対に納めよう、とシシュは頭の中に書き留める。

トーマは品の良い所作で小鉢に手をつける。

「大体、なんでお前は自分が嫁に取る側のつもりなんだよ。逆だ逆。お前が迎えられる側なんだよ。選んだのはサァリの方だからな」

「あ」

「ただし、お前側は何も得られない。捧《ささ》げられる供物だからな。神との契約なんてそんなもんだ。だから変に自分から何かしようと思わないで、こっちに任せとけばいいのさ」

「と言われても」

「面白いことをするな。逃げ出さなきゃそれで充分だ」

「それは……」

期待されている程度が低すぎる、とシシュは言いたくなったが、その期待さえ果たせなかったのがトーマたちの父なのだ。口にする前に思い出せた青年は口を噤《つぐ》む。

――とは言え、人の身にとっては「逃げ出さない」ということでさえ重い荷なのかもしれない。

遠い天の神を、人の傍《そば》に繋《つな》ぎ止めるための供物。それが彼らに課せられた役目だ。人間同士の間にあるような平等な契約はなく、神供個人には何も返ってこない。悪く言えば生贄《いけにえ》だ。けれど自分に関してはまるで違うともシシュは思っている。彼女の客になれば、彼女から想ってもらえる。そしてそれが一番大事だ。得たいと思って得られるわけではない幸運だ。だから自らも誠意を尽くしたいと思う。これは個人的な感情だ。

「俺としては誠意を形あるものにしたいんだが……」

「そうかそうか。お前のその考え方は、時間をかけてサァリと擦り合わせろ。お前の娘が客を選ぶ年齢になる前にな」

「……娘？」

馴染《なじ》みのない単語に、シシュは箸を伸ばしたまま首を傾《かし》ぐ。その反応に、トーマは今度こそ呆れ顔になった。

「なに他人事みたいな顔してるんだ。サァリが産むお前の娘が、次の月白《つきしろ》の主だ。けどお前が娘の客にその調子で色々注文つけたら誰も残らなくなるぞ」

友人の忠告は、今までで一番非現実味を持ってシシュに響いた。

だが言われてみれば当然のことだ。月白の主は一人しか客を取らない。そうして産む子が次の主になるのだ。シシュは宙で止まっていた箸を下ろす。

「そうか……そこまで考えていなかった」

「正直に言うな。ちょっと予想はしてた」

「正直ついでに言うと、俺自身父親と縁がなかったので指摘されてもなお想像しづらい……申し訳ない……」

「ああ、なるほど。父親は亡くなったとか聞かされてたのか」

「いや、『いない』とだけ言われたから、そういうものだと思っていた」

「お前の妙な受け入れの良さは、その頃からか……」

感心したように言われても、シシュにとって父親は「いないことが当たり前」で本当のことを教えられてからは「できれば関わり合いになりたくない」相手だ。母が意識して徹底的な排除をしたわけではないだろうが、母子二人の家では父親の席は最初から存在しなかった。

そこに次は自分が座るのだと言われても、まったく実感がない。これはいささかまずいのではないか。そう思いかけたのを見透かすように、トーマが口を挟む。

「それに関しちゃサァリも同じだから気にすんな。というか、月白の巫に父親がいることの方が稀《まれ》だ。けどお前はサァリの傍に残るんだろ？」

「ああ」

「なら二人で相談してやっていけ。あ、あんまりあいつを甘やかすなよ」

小鉢を手に取る男は、年が離れていることもあってサァリの父親代わりでもあったのだろう。両親のいない彼女にとって、兄がどれだけ支えであったか想像するに余りある。

シシュはしみじみとしかけて、ふと聞かなければと思っていたことを思い出した。お茶を飲むトーマに切り出す。

「そう言えば、王族の地位を返上しようと思うんだが」

言った瞬間、男はごふっと大きく咳《せ》きこんだ。お茶が気管に入ったのか、トーマはしばらく噎《む》せ続ける。シシュはそれを大人しく待った。しばらくして男はようやく返してくる。

「なんだそりゃ……どうしてそうなったんだ」

「以前にヴァスに言われたことがあって――」

サァリに普通の結婚をさせたいから、客に身分は要らない、と言われたことをシシュは説明する。サァリの生家であるウェリローシア重視の考え方だが、確かに客が無名の人間であった方が、サァリの二重性は露見しにくい。

それにシシュは、できればヴァスの願いを叶《かな》えたいと思っている。彼女を大事にしていた青年の望みを、自分は一端だけでも託されている。だからこそと思うのだが、トーマは複雑そうな声を上げた。

「やー、ヴァスの言ったことだから、っていうお前の気持ちは分かるし、それで実行しようとするのは相変わらずすごいとは思うんだが、お前のその身分は一長一短あるからなあ……。ウェリローシアに聞いた方がいい気もするが……いやややっぱりサァリか」

出会ってから一年半が経《た》つが、トーマがこんなに困惑しているところは初めて見た気がする。シシュが面白く眺めていると、男はがしがしと乱暴に自分の頭を掻《か》いた。

「悪い。これに関しては俺がどうこう言える話じゃないから、サァリと相談しろ。一人で勝手に動くな。こっちも王と揉《も》めたいわけじゃないからな」

「分かった」

「あ、一応先に言っとくけど、ウェリローシアに挨拶にとか行くなよ。あっちはサァリの客取りに関してまったく権限がない。そういう住み分けなんだ」

「…………」

「図星か。言っといてよかった」

「いやでも、サァリーディの家族だろう」

「だからって事前に挨拶に行くな。せめて事後だ。サァリが蔵明けに行く時にでも一緒に行けばいい」

「そういうものなのか……」

「そういうもん。あ、客取りは正式な日程が決まったら五日前から精進潔斎《しょうじんけっさい》が始まる。そっちの方を気にしとけ。後で連絡するから」

「神供だからか。分かった。絶食か?」

「なわけないだろ。どうしてお前はそう行き過ぎるんだ。獣肉を避けろってだけだ。前日は水以外取れないけどな。息に穢《けが》れが混ざる」

「なるほど?」

「あとは床入りなんだが……今は他の二柱がいるからな……」

トーマは考えこむように天井を見上げたが、すぐにかぶりを振った。

「まあいいか。言い出したらきりがない」

「何の話だ?」

他の二柱――ディスティーラとヴァスは姿を見せていないままだ。

それ以外では、アイリーデに出没していた刺客はテセド・ザラスの死後、二人ほどが街中で斬り捨てられたのを最後に現れなくなった。彼らを捨て駒にした仲間は誰か不明だが、自警団が捜索を続けているにもかかわらず怪しい人間は見つからない。油断ならない状況と言えばそうだが、こちらから打てる手がないのも現状だ。

テセド・ザラスは確かに己が死を以て神の追及から仲間を守った。その死の意味を彼の仲間がきちんと理解したなら、この街から立ち去るだろう。

トーマが考えていたことはそれに近いのか遠いのか、あっさりと自己解決したようだ。

「気にするな。お前がいた方が心強い。サァリも安定するだろうしな。それよりお前は体調崩さないように気をつけとけ。死ぬかもしれん」

「巫にも言われたんだが、どうして死ぬんだ？」

「サァリの力が強いからだ。お前が頑丈なやつでよかったよ」

きっぱりと言われたがよく分からない。ただ話を聞くと総じて普通の婚礼とは違う。むしろ神事だ。これこそが神話の享楽街アイリーデの、もっとも深奥にあるものなのかもしれない。

シシュは箸を置くと、向かいの男に頭を下げた。

「分かった。色々と勉強させてもらう。よろしく頼む」

「お前のその堅さも癖になってきたな……」

トーマはふっと笑うと、自らも頭を下げる。驚くシシュに穏やかな声が届いた。

「我儘《わがまま》娘で苦労をかける。……お前でよかったよ」

安堵《あんど》の声に淡い旧懐が混ざる。

それは紛れもなく、サァリを子供の頃から見てきた家族の言葉だった。

※

月白の主が迎える客取りは、神膳と神楽舞《かぐらまい》、そして床入りの三段階を経ることになっている。客となる相手の男は五日前から潔斎をして前日は水以外を断つ。そして当日、神膳を取ることで身体を清めるのだ。その後客は、神楽舞によって神たる存在に相対し、床入りとなる。

これらの儀は巫の力の強さによって、月が満ちている時に行われるか、逆に欠けている時を選ぶかが決まるが、サァリはその力の強さから、まず新月に行うことになるだろうと祖母から言われていた。

だが、結局のところそれも相手次第だ。腕の立つ化生斬りとあって、あちこちから体の頑健さを保

証されたシシュは結局「いつでも大丈夫だろ」というトーマの言葉で、話が持ち上がってから十日後の晩に月白へ招かれることになった。

種々の支度を手配しつつ「絶対外で一人になるな」と厳命されているサァリは、どことなく浮足立った気分を抱えて日中の通りを行く。

主の客取りがあるからといって、館自体が休みになるわけではない。客に出すための茶菓子を下女と買い出しに来た彼女は、ぼんやりと昼の空を見上げた。菓子の入った袋を抱き締めて呟く。

「なんだか現実味ないなあ……」

「客取りのことですか？」

「ええ」

いずれはこんな日が来るだろうとは思っていたが、まったくもって実感が湧かない。

相手が彼であるということも、曖昧な浮遊感に拍車をかけている気がした。よく知っているはずの道が綿でできているような気がして、サァリは陶然と呟く。

「何もないところで転んでしまいそう」

「きっと待ち遠しいからでしょう」

「そうなのかしら」

刀を取る無骨な指。彼女が触れるといつも気まずげに、だがそっと握り返してくれる彼の手のことをサァリは思い出す。あの手に触れて欲しいと、少女の憧れに似た感情が囁《ささや》く。

サァリは微笑してしまいそうな口元に気づいて、片手で顔を覆った。

「そうなのかも」

「あとたった二日です」

「実感が湧かない……」

もちろん、準備は着々と進んでいる。神楽舞の衣裳《いしょう》も蔵から出され、神膳に使う食器一式や寝具も支度部屋に広げられているところだ。いつも停滞した時が流れているような月白の館が、今だけはざわざわと落ち着かない空気に満たされている。サァリも空き時間さえあれば神楽舞のおさらいをしていた。

神供の男の前だけで舞う神楽舞は、祖母が存命だった頃に散々叩《たた》きこまれたのだが、今となってはまずいところがあっても注意してくれる人はいない。一生に一度のことだというのにとても不安だ。

「あ、そういえば主様」

下女は何かを思い出したように、ぽんと手を叩く。

「玄関に鈴が一つ落ちていました。拾って戸棚に置いておきましたけど」

「あれ。ありがとう」

以前、玄関に散らばってしまった時に全て集めたと思ったのだが、どうやら残っていたものがあったらしい。直前の会話のせいかぼんやりと返したサァリは、だが次の言葉を聞いて意識を引き戻した。

お茶の包みを持った下女が首を傾げる。

「あの鈴、勝手に鳴りだしたので見つけられたのですが、何か術のかかったものなのですか？」

「……え？」

――鈴にかけられた術は、サァリ以外で彼女の血を持つ者が近づけば鳴るというものだ。

それが鳴ったということは、やはり刺客が月白に近づいたのだろうか。

サァリは厳しい表情になると、下女に聞き返す。

「それっていつのことです？」

「昨日の夕方です。主様がミディリドスに出向かれていて、火入れの時にいらっしゃらなかったでしょう？　あのあたりです」

「火入れの時？」

確かに昨日は客取りの打ち合わせで外出していたが、そう長い時間店を空けていたわけではない。

サァリが戻って来た時、特に店に異常は見られなかったし鈴も鳴っていなかった。彼女は全ての鈴が三和土《たたき》に広がってしまった時のことも振り返り、眉を寄せる。

「その時、何か怪しい人影とか見ました？」

「特にそういうものは……」

あの日その時間、花の間に客が入ったという記録はない。一時期は火入れ直後に毎日のようにやってきていた商人の青年も、目当ての娼妓《しょうぎ》に振り向いてもらえないと分かったのか、いつのまにか姿を見せなくなっていた。

サァリは首を捻《ひね》って――ふと一つの心当たりに行き当たる。確定できる要素は何もないが、ささやかな疑念が生まれる。

「もしかして……」

「あ、主様」

注意を促す声に、彼女は顔を上げる。見ると通りに面した茶屋から、一人の男が出てくるところだった。続いて客を見送るために着物姿の女が出てくる。

どちらも見知った顔で、だが二人一緒にいるというのは意外だ。サァリは門前払いの常連であるベントと、月白にいたこともある女、ミフィルの二人を十数歩離れた場所から眺めた。思わず口の中で本音を洩《も》らす。

「これは会うのが気まずい取り合わせ……」

できれば客取りから日が経つまで顔を合わせずにいたかった。

そんなことを考えながら、さりげなく気配を殺そうとしたサァリは、だが次の瞬間振り返ったミフィルと目があって、己の不運を実感する。

けれどサァリは、瞬時に主としての微笑を表面に載せると、ミフィルに一礼した。ミフィルは朗らかな笑顔でそれに返す。サァリは内心ほっとした。

実のところ、客取りの話はまだほんの一部の人間しか知らないことなのだ。だからそう身構える必要もないのだが、これは罪悪感とのみこみきれていない嫉妬の両方のせいだ。客取りの話が決まってからシシュに過去のことをねちねち聞くつもりはないし、聞いたら聞いたで「なんだ、そんなことか」と言ってしまう未来が見える。だからここは黙って消化するのが一番だ。

ミフィルはまだ他に客がいるらしく、ベントに頭を下げると、そのまま茶屋の中へと戻っていった。

それだけで終わればよかっただろうに、サァリたちに気づいたベントが嬉《うれ》しそうな表情で近づいてくる。彼女と下女の進路を阻むように立ち塞がった男は、身を屈《かが》めて笑った。

「サァリ、久しぶりだな」

「と、言われるほど日にちが開いていたとは思いませんが」

「近頃は行ってもいないことばかりだ。顔が見られなくてつまらなかった」

「色々あるのですわ。このように必要なものを買い出したりなど」

抱えている袋をサァリは軽く上げて見せる。彼女はそれ以上の間を与えず「では、失礼致します」と頭を下げたが、相手はそこで終わる気はないらしい。角を曲がるサァリに当然のようについてきた。

若干どころではない煩《わずら》わしさを覚えながら、サァリはだが、いい機会かもしれないと思い直す。

月白の二人と客ではない男の三人は、並んでアイリーデの水路脇を歩き始めた。サァリは周囲の気配を窺《うかが》いつつ口を開く。

「この後はどこかへお行きになるのですか？」

「月白に行こうと思っている。せっかくサァリに会えたのだからな」

「まだ火入れをしておりませんわ。女たちも起きておりませんし」

「サァリがいる」

「わたくしは、己の客取りの準備がありますから」

——さてどう出るだろうか、とサァリは男の横顔を見ぬようにして窺う。

辺りはまだ明るい。下女もいる。人目を気にする人間なら暴れたりはしないだろう。

サァリはさりげなく、下女と男の間に自分の体が位置するよう歩みを調整した。だがそうして次の反応を待っていた彼女は、予想よりも大分穏やかな男の声を聞く。

「客取り？　サァリが客を取るのか？」

「ええ。つい先日決めたことですが」

「その相手に断られたらどうするんだ」

「……断られておりません」

あまりにも堂々と言われて、サァリはむっと口元を曲げる。

相手があのシシュとあって一瞬不安になってしまったが、多分断られてはいない。いないはずだ。

自分の中で念押しするサァリに、ベントは心底不思議そうに言う。

「今、断られていなくても。すぐに捨てられることになったらどうする？　サァリが嫌になることだってあるだろう。そうなったら別の男を選ぶのか？」

「選びません。わたくしの客は一人ですから」

「どんな男であっても？」

「私が選んだ男です。途中で変えることはありませんし、変えることもできません」

神供とは、神にもっとも近しい伴侶に相当するものだ。

それは彼女たちの存在を人の世に繋ぎ止める契約の一環で、神供の男こそが楔《くさび》だ。少なくとも子供が生まれるまでは、一度結んだ約を反故《ほご》にはできない。

ましてや部外者が口を挟む余地などないのだ。いささか不快を表情に滲《にじ》ませたサァリに、下女ははらはらした視線を向けてきた。

ベントは前を見たまま頷《うなず》く。

「そうか。――ならよかった」

鈍い衝撃に、サァリの体は傾いだ。

「……っあ……？」

倒れそうになるのを咄嗟《とっさ》に踏み留《とど》まった彼女は、自身の脇腹に刺さったものを見下ろす。

それは、鈍い銀色に光る太い棒だ。

脇差よりも短いそれを握る男は、サァリに向けて屈託のない笑顔を見せる。

「それならば話は早いな、サァリ」

「っ……！」

激痛が全身を走る。彼女の腹に刺さっている棒は初めて見る種のもので、表面には何かの紋様がびっちりと彫りこまれていた。

先端がどうなっているのかは分からないが、それは内臓を貫く一歩手前で止まっている。

だからこそ彼女も意識を失わないでいられるのかもしれない。サァリは震える両足に力を込めると、意志の力だけで右手を上げた。冷気を迸《ほとばし》らせて男を打とうとするその手を、だがベントは難なく摑《つか》み取る。うっすらと光り始める女の両眼を、男は珍しい虫でも見るように観察した。

「やはりお前が人外だったか。古き神など驕《おご》った話だが」

「……なぜ、それを」

「ぬ、主様！」

悲鳴を上げようとする下女を、ベントは棒から手を放して殴りつける。少女は悲鳴を上げて崩れ落ち、棒の重みがかかったサァリは思わず痛みに呻《うめ》いた。

苦痛が思考を塗り潰《つぶ》す。

眩暈《めまい》と吐き気がこみあげてくる。

集中しようとする端から意識も力も流れ落ちていく、そんな苦悶《くもん》の中で、だがサァリは顔を上げ男を睨《にら》みつけた。喉の奥から怒りの声を絞り出す。

「貴様……よくも」

「どうした、サァリ。オレを疑っていなかったわけじゃないだろう。テセドを殺して色々聞き出したのだろうしな」

「……え」

テセド・ザラスは、何も言わなかった。

主人である男のもとにも戻らずに死んだのだ。

だからサァリがベントのことを疑ったのは、先ほど下女から鈴の話を聞いた時が初めてだ。

――血を飲まずに隠し持っていただけなら、鈴は反応してもサァリ自身は気づかない。

そして、火入れ直後にやって来ていたのはいつも彼だ。三和土の全ての鈴が転げ落ちたあの日も確かにそうだった。

荒い息を吐く彼女を、ベントは笑って覗《のぞ》きこむ。

「それとも、急にこんな手段に出るとは思わなかったのか？　自分の力に自信があったか。お前たち人外はいつもそうだ」

嘲笑が、昼のアイリーデに軽く響く。

男の手に半ば吊《つ》り下げられているサァリは、脇腹に刺さった棒を力なく見やる。

棒の食いこんだ場所からはうっすらと血が滲んできていたが、その量は刺さっている深さの割にはわずかなものだ。ずるずると体内の血を吸い上げられる感覚に、サァリの意識は更に遠くなる。

耐えきれず小さな頭を落とす彼女を、ベントは顎を摑んで上向かせた。

「お前にもこれは効くみたいで何よりだ。力を封じて血を吸い上げる――お前のようなモノを狩るための道具だ。こちらの大陸には存在しないものだから、用心もしていなかったんだろう？　愚かなところが可愛《かわい》らしいな、サァリ」

「ほざけ……」

サァリは小さく吐き捨てたが、男が言うように腹に食いこんでいる棒は重く影響している。今は余計なことに体力を使うことはできない。彼女はとめどなく流出しそうな力を体の中に留め始める。

そうして意識を集中させるサァリの耳に、突如大きな羽ばたきが聞こえた。

目を開かなくても分かるそれは、銀色の羽を持つ大きな鷹《たか》だ。いつか通りで彼女に襲いかかり、腕に傷をつけ髪を引き抜いていった鷹。鷹はベントの肩にとまると翼を畳む。じっとサァリを観察する鳥の目は、自分に与えられた血の大元を冷やかに観察しているようだ。

「お前、か……」

テセド・ザラスの屋敷近くで流した血で、どうしてアイリーデが突き止められたのか。この鷹がサァリの血と髪を持ち帰ったのだろう。何故あの時鷹を見逃してしまったのか、サァリは歯噛《はが》みしたくなるも、眩暈がして頭を落とす。

その時、地中からじわりと黒い気が湧き出した。

穢《けが》れた気は彼女の足下に絡みつき、垂れていく血に吸いつこうとする。よく知るその気配から、サァリはようやく事態の本質を把握した。

――これは、思っていたよりもまずいかもしれない。

せめて突き刺された棒を抜かねばと、彼女は震える手を動かす。耳元で男の声が囁いた。

「安心しろ、サァリ。これから長く飼ってやる。男を替えることができないお前は、オレに繋がれて生きるしかなくなるんだからな」

そう言った男は、彼女の手を無造作に払う。刺さっていた棒が、より深く腹の中に捻《ね》じこまれた。くぐもった悲鳴を上げるサァリを、ベントは両手で抱え上げる。路地の影に目配せすると、そこから出てきた二人の男が気絶している下女を抱き上げた。下女の額は割れて血が垂れている。サァリは翳《かげ》の差す視界にその姿を見て、怒りではなく無に似た冷たさが満ちてくるのを自覚した。

「貴様ら……」

少しずつ体温が下がっていき、人の世界が遠くなる。自身の変質を彼女は芯で感じ取った。

――このままいけば、全てを凍りつかせて壊すことさえできるだろう。

そうしたい。そうしてしまえばいい。人が自らの意志で彼女を傷つけたのだから当然の報いだ。人との約など断ち切ってしまえばいい。そうすれば、今の手傷でも関係なく力が振るえる。

サァリは氷の息を吐く。

氷片の混じるそれは、彼女の腹を這い、血を啜《すす》ろうとしていた黒い気を払った。

体内で凝《こご》っていく力が、人を消し去るための純粋な光へと変じかける。それは目に映るもの全てを薙《な》ぐ力だ。彼女に手を伸ばそうとする黒い気も、地の深くまで焼ききって終わらせる。

だがそこで、わずかな迷いがサァリの脳裏をよぎった。

もう一度完全に変わってしまったら、自分はもう人の世に留まれなくなるかもしれない。

そうなればきっと、彼の手を取ることはなくなる。自分を引き留めてくれた命をも踏み躙《にじ》ってしまうだろう。幼い頃から今まで、自分に手を差しのべてくれた何人もの顔を、サァリは思い出す。

息を小さく吸う。

――まだ大丈夫だ。

まだ終えてしまうには早い。怒りに身を任せるのも、自分の甘さが元であるなら愚かしいだけだ。

本当に恐れているのは彼の死で、だが今はそうではない。ならば自分が傷つく状況など大したことではないのだ。まだどうにでもなる。運命を変えられる。

サァリは短い間にそう決断すると、意識の変質を留めた。代わりに目を閉じて、血の流出を防ぐ。

彼女の体温の低下に気づいているのかいないのか、歩き出していたベントが笑った。

「逃げようなどと考えるなよ。歯向かえば下働きの小娘を殺す」

サァリは答えない。

男は路地に面した空き家の一つへと入っていく。古い畳の臭いは彼女にとっては慣れ親しんだものだ、だが今はそれより錆《さ》びた鉄の臭いが気に障った。

意識を手放したかのように、ぐんにゃりと力を失ったサァリの体を、ベントは奥の間の床へと下ろす。脇腹に刺さったままの棒には触れず、男は白い着物の衿《えり》に手をかけた。

「すぐにオレに逆らうこともできなくなる。一人しか選べない相手だ。存分に尽くせ」

傲慢な宣言にサァリは力なく笑った。薄く目を開けて男を見据える。

「……だとしても身籠もったら用済みだ。殺してやるから楽しみにしていろ」

「そうしたら、誰かがお前の腹を裂くだろうな」

無遠慮な手が、彼女の喉元に伸ばされる。

直に触れてくる肌は、彼女が傷を負っている以上、男の生気を吸い上げることになるだろう。だが
その効果がいつ出るかは分からない。それよりも彼女が気を失う方が早いかもしれない。

サァリはのしかかってくる重みに激痛を覚え、悲鳴をのみこむ。自分の血を、力をしゃぶりつくそ
うとついてきた黒い気を、視界の片隅で確かめた。

――あと二日で客取りだったのに、こんなことになってしまったのは、自分が馬鹿だったせいだ。

それでもまだ、最悪な状況ではないだろう。

サァリは自嘲を込めて口の中で呟く。

「シシュを怒らせると、怖いんだからね」

ささやかな意趣返しの言葉に重なって、玄関を蹴破る音が聞こえたのはその直後のことだった。

6．美味

昼のアイリーデは、夜と比べて問題も半減する。

それは店や客層からして、夜とは微妙に異なることが原因だろう。

とは言え揉《も》め事がまったくなくなるわけではない。いつものように軽く見回りをしていたシシュは、しかしながら賑《にぎ》わう通りの中に見知った姿を見つけて、ぎょっと足を止めた。黒い洋装に身を包んだ青年は、シシュと目が合うと社交的な笑顔になる。そして何と言うことのないように、彼を手招いた。

充分に人がいる大通りで、シシュは緊張を覚えつつ相手の方へと近づいていく。周囲の喧噪《けんそう》が、まるで一枚幕を隔てているかのように思えた。

シシュが目の前に立つと、青年は食えない微笑になる。

「お久しぶりです。今、少し付き合ってもらえますか」

「……何のつもりだ」

用心を隠さずシシュが問うと、サァリの従兄であった青年は皮肉げに片目だけを細めて見せた。

「立ち話もなんなので、歩きましょう」というヴァスの提案によって、二人は大通りを歩き出す。

確かに自警団の人間が険しい顔で話しこんでいると、周囲の店に迷惑をかけてしまうかもしれない。苦い顔を崩さぬシシュの隣で、ヴァスは目を細めて行き過ぎる人の波を追っていた。その眼差しはどこか懐かしげなもので、不思議と元の人間だった彼を思い出させる。

一連の事件の最中に行方不明扱いとなったウェリローシアの青年は、歩き出してしばらく、唐突に口を開いた。

「外洋国には人外の血を引く種族がいくつかいると、ご存じですか？」

「人外の血？」

突然何を言い出すのか。相手の意図を摑《つか》みかねてシシュは眉を寄せる。対するヴァスは軽く頷《うなず》いて続けた。

「何であるかは分かりません。私たちのような【天の理《ことわり》】ではないでしょう。可能性があるとしたら蛇のようにこの地に存在する【人の神】か、それともまったくの異種か。どちらにせよ、あちらの大陸にはそういう者たちがいて、人から隠れて生きているのだそうです」

「それが、サァリーディと関係があると？」

「どうでしょうね。ただ彼らが隠れ忍んで生きているのは、人外の血を持っていると知られると、その血を吸い取られてしまうからなのだとか」

「は？　血を……？」

不穏が胸中に生まれる。表情を変えたシシュに、ヴァスはわざとらしく肩を竦《すく》めて見せた。

「ええ。その血は薬や毒になるらしく、あちらの或《あ》る国には人外から血を抜き取るための道具が伝わっているらしいのです。人の血肉を溶かした炉で精製された呪具で、人外の異能を封じ、その血を吸い上げるとか。恐ろしい話ですね」

「何が言いたい」

シシュは素早く聞き返しながら、だが己の中で確信が大きくなっていくのを感じる。

何故テセド・ザラスが、手に入れたサァリの血を利用することを思いついたのか。

それは、似た前例を知っていたがためのことではないか。今、大陸をかき回している一派の首謀者は、別大陸から来た人間の可能性ではないかという。もしそうだとしたら、彼らはサァリの存在を知って故郷の大陸にいるのと同じ「獲物」と判断したのではないか。

――今すぐサァリの無事を確かめに行きたい。

けれどそう思いながらシシュは、隣を行く青年の存在もまた「見逃すことのできない脅威」と看做《みな》していた。ヴァスはサァリについて「また迎えに来る」と言ったのだ。それがいつのことになるのか、可能なら居場所が分かっている今、芽を摘んでおきたい。

腰の軍刀を意識するシシュに、ヴァスは何も気づいていないかのように続ける。

「まぁ、私たちであれば、そんな相手にみすみす捕まりはしない……と言いたいところですが、彼女はあの通り、不器用ですからね。いいようにつけこまれてしまうかもしれませんね」

「……だとしても、サァリーディは、敵に容赦することはしない」

「そうですね。彼女の気性はあれでなかなか苛烈ですから。ただ月白《つきしろ》の主には、純粋な人間にあまり大きな力を行使できないという制約がありますからね。少しの刺激で割れてしまう血袋と、ただの人間は違うのです」

「何が言いたい」

「人間は、あなたが思っている以上に狡猾《こうかつ》だということです。私にとっては好都合ですがね。そのような罠《わな》にかかれば、彼女は制約を破って人に反撃せざるを得なくなる。そうなれば人との繋《つな》がりも希薄になります。人との暮らしを捨てることになるでしょう」

「それは……」

彼女が人間に大きな力を振るうには、枷《かせ》を外さねばならない。

ただその代償に軛《くびき》のない神になってしまうとしたら、サァリはそんな選択をするだろうか。『彼』の犠牲で踏みとどまった立場を捨て去るだろうか。

シシュが推察する答えは、「余程の窮地でなければありえない」だ。彼女に近しい誰か、もしくはこの街そのものがかかっている状況でもなければ、彼女はそんな選択をしない。自分が傷つくだけなら平然とのみこんでしまうだろう。サァリは、よくも悪くもそういう強さと己への酷薄さを持っている。

青ざめるシシュに気づきもしていないかのように、ヴァスは軽い口調で続けた。

「彼女は天を構成する一部です。自分を食い物にされて黙っているなど、愚かの極みでしかないでしょう。それで誰が得するわけでもありませんし」

「サァリーディは……」

条件反射で言い返しかけたシシュは、だがそこで、少し先の路地からよろめき出てきた女に気づいた。彼と旧知の間柄である彼女、ミフィルは、男物らしい紙入れを手に握っているが、それを今にも取り落としそうなほど足を震わせて周囲を見回している。

助けを求めるような視線がシシュのものとぶつかった時、彼女は半ば以上引き攣《つ》れた声を上げた。

「た、たすけて……！　主様が、さ、刺されて……」

もつれるような訴えは周囲から怪訝《けげん》そうな目を集めたが、シシュは一瞬で意味を理解した。彼女に駆け寄ると、その肩を支える。

「場所は？」

「こ、この先の水路の、でも、連れていかれて……」

「分かった」

それ以上を待たずにシシュは走り出した。ミフィルの出てきた角を曲がり、先に見える水路近くへ飛び出す。左右に伸びる路地に人の姿は見えないが、青年はすぐに月白に向かう方角を選んで駆け出した。まもなく揉み合ったかのような足跡を見つける。

複数の足跡は、数を減らして先へと続いている。シシュはその後を追って更に走った。刺されたと聞いたにもかかわらず一滴も落ちていない血が、かえって事態の陰湿さを感じさせる。

薄い足跡はそう遠くない、路地に面した古い空き家の中へ続いていた。

シシュは何の誰何《すいか》もせず、薄い木の戸を蹴破る。上がり口に座っていた二人の男が、ぎょっとした顔で腰を浮かしかけた。奥の座敷には気絶した下女が転がされている。

すぐさま状況を把握したシシュは、流れる動作で腰の軍刀を抜いた。二人の男の間を駆け抜けながら刃を一閃《いっせん》させる。崩れ落ちる彼らを見もせず、彼は下女の脇を抜け奥の間へと踏みこんだ。

「サァリーディ！」

見えたものは、敷布の上に広がっている銀髪と彼女の上から体を起こしかけた男の背だ。

予想はついていた、と言ったら嘘《うそ》になるだろう。だが、シシュがベントの姿に驚かなかったことは事実だ。何を問うこともせず、シシュは男の首を狙って軍刀を横に薙《な》ぐ。

触れれば骨まで断ったであろう刃を、だがベントは刹那《せつな》の判断で横に転がってかわした。べっとりと血に塗《まみ》れた己の口元を押さえて彼は振り返る。忌々しげな視線が、倒れているままのサァリへと向けられた。

「貴様……」

「おや、女に噛《か》まれるのは初めてか？」

嘲弄《ちょうろう》を隠しもしない彼女は、蒼白《そうはく》な顔を横に向けて笑む。その口元にも血がついており、だがそれ以上に異様であるのは、彼女の左の脇腹から鈍い銀色の棒が生えていることだった。

うっすらと着物には血が滲《にじ》んでいる。「刺された」というミフィルの言葉を思い出し、シシュは肝が冷えるのを実感した。それは血が煮えるほどの怒りと混ざり合って、純粋な殺意へと変じていく。

彼は一片だけ残した理性を以て、アイリーデの主へと問うた。

「サァリーディ……これは、生かしておかなければならないものか？」

「ううん。好きにしていいよ。……あ、でも、生かしておいた方が王様喜ぶかな」

「構わない」

——彼女にとって不要であるなら僥倖《ぎょうこう》だ。

理由としてはそれだけで充分で、だからシシュは躊躇《ためら》いもなく一歩を踏みこんだ。普段よりも遅く振るった刃が、剣を取りかけていたベントの腕へと食いこむ。骨に触る直前で引かれた軍刀に、男は苦痛と罵りの声を上げかけた。

だがその喉に、深々と追撃の刃が突き刺さる。怒りを押し殺した声が宣告した。

「口をきくな」

これ以上一言でも何かを聞けば、自分が自分でいられなくなる気がする。

シシュは面のような無表情のまま手元で軽く軍刀を返した。ベントの体が弓なりに揺れ、広げられた傷口からぼたぼたと血が畳に落ちる。

これまで、相対した敵をあえて嬲《なぶ》ろうと思ったことはない。

ただ今だけはこの男に、相応の苦痛を与えたいと思った。

無言のままシシュは、男の喉元から愛刀を抜き去る。そうして血を払って上げた刃を、彼は瞬間目で追った。磨かれた刀身に痛ましい女の姿が映る。

着物の胸元をはだけさせられた彼女は、だが毅然《きぜん》を感じさせる美しさのままだった。震える手が、己の脇腹に刺さる棒をなんとかして摑もうとしている。殴られたらしく赤くなっている片頰を見て、シシュは吐ききった息を止めた。何がもっとも大事で、何が些末《さまつ》であるのか。失われかけた理性が問うてくる。

——時間をかける意味もない。好きにしろというのなら、他に選ぶ余地もないのだ。

シシュは目を閉じて露ほどに残る冷静さを引き戻す。

振るわれた刃はそうして、彼女の目前で男の命を刈り取った。

「すまない、遅くなった」

「全然遅くないよ。ありがとう。むしろどうして気づいてくれたの？」

「たまたま近くにいて、巫《ふ》が連れ去られたと聞いた」

額に脂汗を浮かべているサァリは、酷い怪我《けが》ではあるのだろうが、刺さっている棒の角度からして命に関わるほどではなさそうだ。彼女の傍に膝をついたシシュは傷口を検分してそう判断すると、棒を抜こうとする彼女の手を留めた。

「ここで抜くと出血が酷くなる。清潔な場所で止血の道具を用意してからの方がいい。我慢できるか？」

「できるけど、これあるとうまく力出ない……」

「それは……」

外洋国に伝わるという、人外の異能を封じ、その血を吸い上げる道具――ヴァスから聞いた話を思い出し、シシュは眉を顰《ひそ》める。一度は沈みかけた激情が、悔悟の念と混ざり合って喉の奥を這《は》い上がった。薄い背を抱き起こしかけた手が強張《こわば》る。

「……どうして捨てなかった？」

「え？　なにを？」

「人との契約をだ。そうすれば、ここまでされることはなかっただろう。周囲がどうなろうとも巫は無事で済む」

神である彼女が、人の不遜を甘んじて受けることなどないのだ。踏み躙《にじ》られて黙っている必要などない。この街自体、初めから彼女を歓ばせるためにあるのだから。

青年の真剣な眼差しに軽く瞠目《どうもく》したサァリは、だがすぐに目を閉じて微笑する。温度のない息が白い胸元に落ちた。

「そんなの、捨てられないよ」

「捨てていい。巫を傷つける人の世など捨てられて当然だ。我慢する必要などない」

結果、彼女に去られたとしても、それは当然の報いでしかないだろう。彼女に苦痛を耐えさせるよりずっといい。そうして欲しいと思う。

己の隙を噛み締めるシシュに、けれどサァリは澄んだ声で笑った。

「でも私、あなたを捨てたくない」

飾りけのない愛情。

青い瞳がじっと彼を見つめる。白い指が頬に触れる。

その手が初めて胸を突いた時と同じ、否《いな》それ以上の震えにシシュは息をのんだ。

――ここに至るまで、自分は彼女の想いを分かっていなかったのかもしれない。

前を向く誇り高いその目が、己にも強く注がれているのだと理解していなかった。ただ自分だけが気負っていた。そのままで神供《しんぐ》になるつもりだったのだ。彼女を守りたいと思いながら。

軽い自失の後、シシュは振り返って己を恥じると、そっと抱き寄せた彼女に囁《ささや》く。

「……すまない」

「なんで謝るの」

「いや……」

かぶりを振ろうとして、しかしシシュは背後に新たな気配を感じた。片手でサァリを支えたまま、片手で軍刀を取る。

入って来た足音はしない。だが、そこに誰がいるのかは分かっていた。

灰色の髪の青年は、座敷の入口に立ったまま蔑みの目をサァリに注いでいる。虫の行列を眺めるような無関心さを以《もっ》て、冷めた感想が投げられた。

「やはり貴女はそうですか」

「ヴァス……」

「まぁ、捨てる気がないなら仕方ありませんね。貴女は元々人の言うことを聞き入れないたちですし」

ヴァスは腰に下げた直剣を抜く。

光の波が走る切っ先がサァリの顔へと向けられた。色褪《いろあ》せた畳がうっすらと赤く照らされる。

抜いた直刃を二人に向けた青年は、その刃に走る赤い光とは対照的に冷めきった貌《かお》をしていた。転がる男の死体に一瞥《いちべつ》もくれず、二人に対しても大した関心がないかのようだ。ただ義務の残滓《ざんし》であるように、彼はサァリに向けて口を開く。

「在るべき場に連れ帰ろうと、思っていたのですけどね」

「……私は帰りません」

「どうやらそのようですね。そこまで決意が固いなら無理強《じ》いもできないでしょう。こんなこともあろうかと代わりは確保しておきましたし」

「代わり？」

思わずシシュは聞き返したが、ヴァスは薄く笑っただけで答えない。その剣も相変わらずサァリの顔へと向けられたままで、シシュはやはり「前の彼とは違うのだ」と冷厳な事実を噛み締めた。

以前ネレイの時に、サァリは「人格を塗り潰《つぶ》された」と言っていたが、今のヴァスもそれと同じなのだろう。化生斬《けしょうぎ》りの青年は、歯噛《はが》みしたい衝動に駆られて軍刀を取る。そうしてシシュは、かつて共に神と相対した青年に向けて、刃を構えた。

「代わりがいるというのなら、サァリーディのことはもういいだろう」

「それが、そうもいかないんです。彼女をここに置いておくということは、同じ存在が人の世に生み出され続けるということですからね。それでは意味がないでしょう。またいつ面倒事が起きるとも分かりません」

青年は、冷めきった目で微笑《ほほえ》んだ。

「だから貴女は、人と共に死になさい」

酷薄な宣告。

これ以上ない決別を意味するそれは、半ば予想はできたものでもシシュの心を冷やしめた。

できればサァリには聞かせたくなかった、と思い、もっと自分が上手く立ち回れればよかったと後悔する。ただそこでサァリに服を引かれた彼は、夜の湖面に似て静かな女の目を見て意識を改める。

——サァリは、既に覚悟を決めている。自らを排そうとする兄神と戦う気でいるのだ。

相手はヴァスの姿形をしているが、その中身は神だ。もう彼女を守ろうとしていた二人の青年はいない。その分自分が動かねば、彼らの思いを無にしてしまう。

シシュは感情の混迷を押し殺すと、サァリから手を離し立ち上がる。彼女を庇《かば》ってヴァスの前に立ち、軍刀を構えた。

「ならばまた退けるだけだ。お前が人の世に関わるのをやめるまでな」

「人の身で殊勝なことですね。一人で何ができるとも思いませんが」

「——シシュ、この棒抜いて」

疲労が窺《うかが》える、だがはっきりとした声が背後から囁く。シシュは目の前の神を見たまま逡巡《しゅんじゅん》した。

ヴァスが目を細めて微笑する。

「それを抜いたら、どのみち出血で倒れますよ。無駄なことはおやめなさい」

「シシュ、いいから抜いて」

「サァリーディ……」

陽の光を宿す直刃に、隙は見られない。

今振り返って身を屈《かが》めれば、ヴァスの剣は容赦なく彼を両断してくるだろう。

だが、サァリを後ろに庇ったままのこの状況で、神と対等以上に戦えるかも分からない。

そんなシシュの迷いを見抜いたかのように、青年は穏やかに笑った。

「そのままでいなさい。……楽に死なせて差し上げますから」

「抜いて！　早く！」

伸ばされる白い手。

シシュはその手を摑んで引き寄せる。

打ちこまれる直剣を、右手の軍刀で受け流した。サァリを抱きとめると突き刺さった楔《くさび》を摑む。

――そして彼の視界は、眩《まばゆ》い閃光《せんこう》に焼き尽くされた。

神同士の力がぶつかりあう余波が、古い空家を大きく揺らす。白い冷気の帯をたなびかせて立ち上がったサァリは、細く長く息を吐いた。銀に光る爪でヴァスを指す。

「いいだろう……受けて立ってやる」

下ろされた長い銀髪は、それ自体うっすらと光っている。

駒無地の白い着物は裸身と変わらぬほどに乱れて、だがそれさえも女の美しさに拍車をかけていた。完成された凄艶《せいえん》な貌に、サァリは静かな戦意を滲ませて青年を睨《にら》む。隣で彼女を支えるシシュはけれど、自分が左手を回し押さえている傷口からみるみる血が広がり始めたことに、焦燥を抑えることができなかった。早くヴァスを退けて止血をしなければならないと思い、だが焦りは隙を生むだけだとも思う。

シシュは数秒にも満たぬ間に考えると、左にサァリを支えたまま、その身体の前に軍刀を構えた。攻撃のための姿勢ではない。彼女を守ることだけに専心する構えだ。サァリにもその意図は伝わったらしく、彼女は吐息混じりに頷く。

「すぐ終わらせるからね……待ってて」

「気にしなくていい。これ以上の傷はつけさせない」

今、この瞬間を乗り越えられねば、先には何もない。

ただでさえ不利な状況なのだ。判断を誤れば、即全てを失いかねない。

そしてもっとも優先されるべきは、彼女の命だ。だからシシュは攻撃を全て彼女に任せ、自分はその身を守ることを選んだ。

一対として相対する二人を、ヴァスは感情のない目で眺める。

「面白い。その体でどこまでできるのか見ものですね」

「見ものと言うなら黙って見ていろ」

冷え切った言葉と共に、サァリの手の中に白銀の光が膨れ上がる。

近づくだけで肌を切る冷気の塊は、そうしてヴァスに向けて何の警告もなく打ち出された。対する青年は少しだけ煩《わずら》わしげな表情で剣を上げる。

目には見えない。だが何らかの防壁がそこに張られたのがシシュにも分かった。サァリの力が壁に衝突し、氷片混じりの暴風が座敷に吹き荒れる。くたびれた襖《ふすま》がたわんで裂け、倒れ伏したままの死体に霜が張った。

「っ……」

力を振るう反動が傷に響くのか、サァリが小さく呻《うめ》く。

だがそれでも彼女は歯を食いしばって腕を上げているままだ。研がれた力が白刃となって続けざまに放たれる。

シシュはその中を縫って向かってくる、金色の礫《つぶて》を斬り払った。刃に触れたそれらは粒となって四散し、冷たい風の中へ掻《か》き消える。ぶつかりあい、相殺しあう二つの力は、そうしてゆっくりと一つの渦を生み出しつつあった。

サァリは己の体重をシシュに預けて荒い息をつく。

「――支えてて」

これで終わりにするつもりなのだろう。彼女の銀髪一本一本に、青白い輝きが宿った。

白い胸の前に小さな光球が現れる。サァリは持てる力を全てその球に注ぎこむつもりなのか、光球はまるで小さな月であるかのように、またたく間にその力の密度を増していった。

いつのまにか瞳が金色に変わっているヴァスが、舌打ちせんばかりに顔を顰《しか》めるのが見える。

サァリはふっと息を切ると、ほろ苦く笑った。銀の爪が青年を指す。

「……疾《と》く去《い》ね」

白光が膨れ上がる。

だがそれが打ち出されるより早く、ヴァスの背後から、小さな黒い影が畳すれすれを跳びこんできた。ウェリローシアの青年が顔色を変え、サァリもまた体を震わせる。

「っ、シシュ！」

彼女の声が聞こえた時には既に、シシュは足下に跳びこんできたその影を軍刀で斬り払っていた。

だが影は四散しながらも、落ちていた銀の棒に絡みつく。澄んだ音が鳴り響き、表面の紋様に深い亀裂が走った。中からどろりとサァリの血が流れ出す。

棒の中にどれほど吸い上げられていたのか、畳の上に広がった血はしかし、異様な速度で地下へと吸いこまれていった。血の跡も残らぬ畳をシシュは唖然《あぜん》として凝視する。

わずかに漂う黒い影の残滓が、小さな蛇の形になり――嗤《わら》った。

『美味』

地の底から這い出ずる言葉。

忌まわしきそれは、シシュの記憶にあるものと同じだ。この街に来て初めて出くわした事件において、蛇に操られていた呪術師のことを彼は思い出す。

まるでその考えが伝わりでもしたかのように、小さな蛇はしゅるしゅると畳の上を這うと、サァリからもヴァスからも等距離の壁の前で止まった。色褪《いろあ》せた畳から更に黒い気が染み出し、蛇に加わってぼんやりとした人形《ひとがた》になる。どこからともなく飛来した鷹《たか》が、おぼろげなその肩にとまった。

人形は空気を震わせまた笑う。

『甘露の如《ごと》き白月《しらつき》の血よ。小細工を弄《ろう》した甲斐《かい》があったわ』

「黙れ、小賢《こざか》しい蛇が……」

力なく吐き捨てるサァリに驚いた様子はない。

黒い影の出現に意表をつかれていたシシュは、彼女の傷口を押さえている手が、いつのまにか冷えきっていることに気づいた。サァリが止血を試みているのだろう。か細い体は今にも倒れそうで、シシュはそれを他に気取らせないよう彼女を支えた。

ヴァスが、すっかり空っぽになった銀の棒を一瞥《いちべつ》する。

「貴女はどうせぎりぎりで感づいたのでしょうがね。そこで死んでいる男を使嗾《しそう》してアイリーデで暗殺者を暴れ回らせたのは蛇ですよ。その男は外洋国の王族でしてね、こちらの大陸に属国を作るための下地作りをしに来ていたんです。その過程で貴女のことを知って野心を持った――その思惑を蛇は利用したんです。貴女がテセド・ザラスを調べて飛び回っていた時のことを逆手に取ったんでしょう」

自業自得だと、言外に示すヴァスの口ぶりは、かつての彼を連想させるものだ。

実際、彼がヴァスのままでいたなら、今の事態は防げていたかもしれない。ウェリローシアの実務を担う青年は、情報を集める能力に長《た》け、またサァリの危なっかしい様子に口煩《くちうるさ》くもあった。かつてはそうして周りの人間たちが、サァリを陰日向になって支えていたのだ。

――今は失われた彼らの思いを汲《く》めばこそ、ここで彼女を傷つけさせるわけにはいかない。

シシュは凍りつくような冷たさにも構わず、サァリの傷を押さえる手に力を込める。

ヴァスは直剣の先で、黒い人影を指した。

「それの思惑通り、貴女は散々街のあちこちで血袋をぶちまけてきたようですから。夥《おびただ》しい量の人の血と貴女の血が染みこんで、今頃さぞ地下は面白いことになっているでしょう。私にとってはまぁ、どうでもいいことですが」

「………」

サァリは答えない。その青い瞳にちらついているものは、傷ついているような苛立《いらだ》ちだ。シシュは敵である二者を前に息を詰める。

――これまでのことが、人間を利用してサァリを追いつめるための布石なのだとしたら、既に完全に後手に回ってしまっている。シシュはもちろん、サァリもまた地上のことだけに気を取られていたのだ。化生《けしょう》が近頃ほとんど出現しない原因も、シシュは他の二柱がアイリーデに潜んでいるからではないかと疑っただけだった。

だがもしそれが、密《ひそ》やかに蛇が力を蓄えるための空白だったのだとしたら――

シシュはサァリをほんのわずか、力を込めて抱き寄せる。

この状況でヴァスと蛇の両方を下すことは難しい。できてサァリを逃がすことくらいだろう。

けれどそれこそが、為《な》さなければならないことだ。サァリに隙を生んでしまったのは人間たちの欲望が原因で、それも本来この街には関係ないことが発端だった。

なればこそ、ここで彼女にそのつけを回すことはできない。主君から下された命もまた「彼女を守れ」というものだったのだから。

シシュは短い間に決心する。

足音は立てない。だが静かに重心を移動させたことを、寄り添うサァリは気づいたのだろう。彼女はシシュにしか聞こえぬ小声で制した。

「駄目。置いていかないいし、傷つけさせないからね」

「だが……」

「駄目」

疲労の滲む声で、しかしはっきりとサァリは断言する。彼女は顔にかかる銀髪を気だるげに掻き上げると、黒い人影を睨んだ。

「面白い。策を弄して私を食らおうと言うのか」

『今までの礼だ、白月よ。最後の一滴まで生き血を啜《すす》ってくれよう』

「ならば好きにしろ」

軽い音を立てて、銀の鷹が爆《は》ぜる。

羽根が天井にまで舞い上がり、汚れた木の壁と畳に血肉が飛び散った。

けれどそれらは瞬く間に黒い影の中へと吸いこまれていく。ヴァスが軽く左目を細め、シシュは素早く懐から投擲《とうてき》用の針を抜いた。

放たれたその針が人影の眉間に突き刺さると同時に、サァリはシシュの腕だけを掴んで絶叫する。

「――――っぁああぁっ！」

言葉にならぬ声。

荒ぶる力の奔流《ほんりゅう》。

全方位に放たれた白光は全てを塗り潰す。

一瞬で骨までを凍りつかせるかと思えたそれは、凄《すさ》まじい圧力を感じさせながらも何一つ傷つけることなく、まるでただの風のようにシシュの中を通り過ぎた。

代わりに壁際にいた黒い人影が、白い波の中で四散する。それだけでなく力の濁流はヴァスにもまた襲いかかり、青年は直剣を上げて純粋な力を防御しようとした。

――だがそこに鋭い白刃が突きこまれる。

シシュのものではない新たな一振りは、ヴァスを背後から串刺そうとして現れたものだ。

ウェリローシアと月白の両方の紋を鞘《さや》に持つ、神殺しの剣。研ぎ澄まされた刃を振るう男は、寸前で身を躱《かわ》したヴァスを、冷めきった目で睨む。

「大したざまだな。それとも、その姿で我が物顔に歩き回るな、と言った方がいいのか?」

「トーマ!」

友人の名を呼んだのはシシュの方だ。サァリは彼の腕の中でぐったりとしており、青い瞳も精彩を失って半ば閉じられていた。だが彼女の意識はまだヴァスの方へと向けられている。それは畳の上に広がる霜からも明らかだ。彼女の力はこの部屋を支配下に置いている。

ヴァスは避けきれなかった力のせいで罅《ひび》の入ってしまった剣身と、すっかり凍りついた自身の右半身を見下ろした。うっすらと血が滲み始めている体は、まだ人のものに近いのかもしれない。

サァリの周囲をたなびく冷気が、いくつもの鋭い穂先を作る。それらを向けられた青年は、体勢を整えると小さく溜息《ためいき》をついた。

「参りましたね。全員殺しても構わないのですが、余力はできるだけ残しておきたいですからね……」

考えこむような陽の目は、この場にいない存在をも勘定しているようだ。消え去った黒い影も、その大元である蛇はまだ地下に潜んでいる。他にも懸念はあるのかもしれない。

青年は、シシュに抱えられたサァリを一瞥した。

「仕切り直しにしますか」

賛同を求めるような言葉に、しかし三人の誰もが答えない。

サァリは銀色の睫毛《まつげ》を軽く上げて、神兄であり従兄でもあった青年を見返す。ヴァスはその目に穏やかとも言える微笑を見せた。

そうして彼は軽く肩を竦め――そのままふっと消え去った。

同時に崩れ落ちるサァリの体を、シシュがあわてて抱き直す。ずきりと鈍い痛みが右腕に走り、そこでようやく彼は、軍刀を握る右腕がひどい火傷《やけど》を負っていることに気づいた。ヴァスの攻撃を防いだ時に飛沫《ひまつ》に触れたのだろう。服は焦げ落ち、皮膚は爛《ただ》れて肉の上に血が滲んでいる。出血のせいか、軽く痺《しび》れて妙に重い。

剣を鞘《さや》に収めたトーマが顔を顰めた。

「火傷か。とりあえず何か巻いとけ。あとでサァリに治させる」

「ああ……悪い。これでは彼女の着物を汚してしまうな」

「もう充分汚れてる。気にするな」

そう言いながらもトーマが妹を引き取ったのは、シシュの怪我《けが》を気遣ってのことだろう。トーマは気を失ったサァリを自分の外套《がいとう》で包むとそっと抱き上げた。畳の上の凍りついた死体を一瞥する。

顔の下半分を破壊された男は、畳の上に大きな血溜《ちだ》まりを作ってそこに没していたが、その血も今は固く凍っていた。先ほどの残滓か、小さな黒い影が飛び散った血肉の上に薄く漂っている。

今、外で起こっている戦争において、影の扇動者たる外洋国の要人は何故か、先視《さきみ》や遠視《とおみ》にほとんどかからないのだという。シシュはその話を聞いて、人外がそちらについているのではないかと疑ったのだが、ひょっとして単に、当の人物がサァリの支配するこのアイリーデにいたからこそ、先視に映らなかっただけのことなのかもしれない。今となっては、本人に確かめることはできない推測だ。

トーマもさして興味はないのだろう。すぐに死体から視線を外すと、何も言わず部屋を出ていく。

——不遜がゆえの死に与えられる言葉はない。

アイリーデという街の結論が、立ち去る男の背には冷然と負われていた。

7. 履行

空き家にはすぐに他の自警団員たちも駆けつけてきた。トーマは二人のもとに来る直前まで、件《くだん》の刺客の掃討に関わっていたらしい。その戦闘中に、ミフィルからの通報が入ったのだという。

二人はひとまず下女を診療所に連れていくよう自警団員に預けると、サァリを連れて月白《つきしろ》へ戻る。

その道中、二人のもとにはラディ家の下男や自警団員たちから次々報告が入ってきた。中には「刺客と思しき者たちが次々爆《は》ぜた」という話もあり、シシュは気を失ったままのサァリを見やる。

「先ほどの巫《ふ》の力の余波が及んだのか？」

「いや、用済みと看做《みな》されたんだろ」

――何に、とは聞かない。答えは明らかだからだ。

人の争いを利用してサァリを狙ったのは蛇だ。ベントをこの街に呼びこんだことさえ、蛇が手引きした可能性が高い。この街では化生《けしょう》は実体を持てるのだ。人のふりをして蛇が動くことさえできる。

蛇としてはそうしてベントたちをアイリーデに招いた結果、彼女の血が得られれば充分成功で、そうでなくとも神と人の血が混ざりあって街を穢《けが》せば、やはり蛇の力となる。どちらに転んでも悪くない結果で、アイリーデからすれば企みに気づいたとしても刺客を排除する他に道はない。

結局は人の欲望が、彼女を食らおうと動いただけなのだ。

シシュは意識のないサァリを一瞥《いちべつ》して溜息《ためいき》をつく。

「外の揉《も》め事を持ちこんですまない。後のことは城に調査を依頼させよう」

「気にすんな。どっちみちこっちにはヴァスの奴がうろついてるからな。神同士の仲間割れなんて、蛇にとっちゃ見逃せない好機だ。今回の件がなくても、別の伝手で仕掛けてきただろ」

「だが……」

「それより、ここから先の話だ。人間絡みの話は城に押しつけられるとして、あとの二つだな。相手同士で潰《つぶ》しあってくれりゃいいんだが、難しいだろうな」

蛇とヴァス、両方ともがサァリの命を目的としているのだ。彼女を無視して争いあうとは思えない。むしろヴァスなどは彼女の死が目的の分、蛇の後押しをしても問題ないくらいだ。相手が片方でも厳しい戦いにもかかわらず、同時に複数とまみえることになるかもしれない。

その時に彼女を十全に守りきれるのか、シシュは人の身には高い壁を前に緊張を覚える。

月白の門が見えてくると、そこには既に数人の女が待っていた。サァリと下女が襲われたという連絡が入っていたのだろう。火入れ前の時間だというのにイーシアをはじめとして女たちが駆けてくる。

イーシアはぼろぼろのサァリを見るなり絶句した。

「どうしてこんな……」

「話は後だ。下女は診療所に運ばせた。で、今日は店を閉めといてくれ」

トーマの指示に、イーシアは頷《うなず》いて周囲に指示する。

相変わらず意識のないサァリは兄に抱き上げられたままで、シシュは青白い女の顔を見ながら門をくぐった。内に敷かれた石畳に足を踏み入れた時、怪我《けが》をした右腕がずきりと痛む。

トーマは辺りを軽く見回して言った。

「離れ……じゃない方がいいな。主の間でいいか。シシュ、お前も来い」

「最近、出入り禁止になっているんだが」

「知るか。どっちみちあと二日で客取りだ。今入ったって何が変わるわけでもないだろ。それより今は離れてる方がまずい」

「……確かに」

ヴァスは仕切り直すと言っていたが、それがいつになるかは分からない。少なくともサァリが回復するまで共にいた方がいいだろう。シシュは巻いた布越しに火傷《やけど》を押さえ、館の中へと上がった。

主の間の寝所に妹を寝かせると、トーマは大きく息をつく。

「しかし、なんか面倒なことになっちまったな。元々すんなり行くとは思ってなかったが」

「蛇のことは気づいていたのか？」

「いや。ただおかしな奴らが入りこんでサァリを狙ってるみたいだったからな。網にかかったら一掃してやろうとは思ってた」

「それで今日動いたのか」

「ああ」

客取りの情報をベントが得ていたかは分からないが、サァリを襲ったのをきっかけにまだ残っていた刺客たちも行動に出たのだろう。或《あ》いは彼女を得た後は、用のなくなったアイリーデから退却するつもりで、街に陽動を起こすつもりだったのかもしれない。

だがそんなことになれば、アイリーデの全てが彼らの敵に回っただろう。どれほどの惨事になったことか、シシュはぞっとして寝所の入口に立ち尽くした。

サァリの枕元に胡坐《あぐら》をかいているトーマが、そんな青年を見上げる。

「ま、俺も王都のあちこちから情報もらってたから動けたってのはあるけどな。城もウェリローシアも、人外の動きまでは読めなかったってことだ。――ここから先は、アイリーデの問題だ」

冷えた戦意が、男の精悍《せいかん》な横顔によぎる。

妹を見下ろすその顔は、普段の余裕や軽妙さがない、抜き身の刃を思わせる貌《かお》だ。

神に仕える神供《しんぐ》三家――その一つを担う者としての冷徹さに、シシュは自然と居住まいを正す。自らもまた、彼女の神供であることを思い出したからだ。

トーマは妹の顔を見たまましばらく何事か考えていたが、不意に顔を上げるとシシュを手招いた。

「悪い。ちょっとサァリ見ててくれ。ミディリドスと話してくる」

「構わないが、一人で外に出て平気か？」

「こっちに呼んである。そろそろ来るだろ。客取りについて予定変更を伝えないとならないし」

「ああ……確かに先延ばしにした方がいいな」

シシュ自身の怪我はともかく、サァリも負傷している。いくら彼女が傷を塞げると言っても、しばらくは安静にした方がいい。

だが頷くシシュに、トーマは立ち上がりながら呆《あき》れ顔になった。

「違うっての。早めるんだよ。最低でも明日だ。できれば今夜」

「は？」

「他に打てる手がない。今のままじゃ戦力が足りないからな。っつっても、サァリ次第だ。今日中に起きなかったらどのみち明日になる」

――意味がよく分からない。

分からないのだが、トーマはシシュの肩を軽く叩《たた》いて部屋を出て行こうとする。我に返って呼び止めようとする彼に、トーマは振り返ると思い出したように釘《くぎ》を刺した。

「あ、分かってると思うが、そいつに触るなよ。サァリが早く回復しても、お前の生気が削られちゃ客取りができなくなるからな」

「……いや、話についていけてないんだが」

「後で説明する」

容赦なく襖《ふすま》が閉められる。廊下を去る足音が遠ざかると、シシュは困惑を強めた。とは言え、追いかけて聞き直すのも憚《はばか》られる。彼は先ほどからひどく傷む腕を押さえて、彼女の隣に座った。

サァリはまるで人形のように顔色がない。いくら非常事態とは言え、怪我をしてそのままなのだ。止血はされているようだが、傷の手当もしていなければ着替えもしていない。今ここに女手があれば少しは何かできるのだろうが、唯一部屋にいる人間は「触るな」と厳命された自身だけだ。

シシュはままならなさに落ち着かなくなって、枕元に畳まれていた薄い手布を拾い上げた。直に触れぬよう注意しながら、それでそっとサァリの口元の血を拭《ぬぐ》う。小さな苛立《いらだ》ちが胸で疼《うず》き、右腕がますます傷んで痺《しび》れた。

溜息が言葉になる。

「もし俺が――」

最初の彼女の顕現時に、神供になることを受け入れていたら。

彼女は今のような苦境には追いこまれていなかったのかもしれない。少なくとも今日のことは防げたはずだ。あんな風に腹を刺され、血を吸い出されるような扱いを受けることはきっとなかった。

腕の傷が痛む。陽の力に焼かれたそこは、今は酷く彼を苛《さいな》むようだ。じくじくと肉を溶かし、その下の骨にまで響く。嫌な痺れに指先までも感覚がなくなっていく気がして、シシュは思わず顔を顰《しか》めた。

喉が渇く。

からからとした乾きに眩暈《めまい》がする。

サァリの首に指が触れた。どろりとした感情が蠢《うごめ》く。

脳裏に染み出した血の赤さが甦《よみがえ》り、幻の甘い香りが鼻をついた。

あの血の、馨《かぐわ》しさ。味。

それはまるで、甘露のような。

「っ!?」

意識の変質にシシュは遅れて気づく。

彼は己が右手を見た。布の巻かれた腕、いつのまにか指先に黒い影がまとわりついている。

「まさか……」

彼はあわてて巻いた布を取る。その下の傷はそのままだったが、焼けた肉の上に滲《にじ》んでいるのは、先ほどまでの赤い血ではなく黒いどろりとした液体だ。

「な……」

いつからこうだったのか、シシュは懐から小刀を取り出すと、黒い液体が染み出す箇所をすっと切ってみる。と、そこから溢《あふ》れ出してくるのはやはり血ではなく黒い何かだ。それだけでなく切った部分を開いてみると肉自体も黒く変色しており、シシュはさすがに絶句した。

右手にまとわりつく実体のない化生に似た影。そして黒く変じつつある右手。

これがなんであるか、シシュはよく知っている。

――先ほど四散したはずの蛇の気が、傷の中に入りこんで侵食していのだ。

おそらくは月白の結界を越えるために、サァリに近づくために人の体内に潜んだのだろう。以前そうやって街の外から来た呪術師が蛇に侵され人の体でなくなったのを、見たことがある。

或《あ》いは蛇の企てはここまでを狙っていたのかもしれない。サァリは人間にあまり強い力を振るえない。だからこそ隠れるのなら「人間の中」が安全だ。そして同じ人間の中でも、彼女の窮地に傍《そば》にいる人間こそが、彼女が弱っている時にも近くにいると踏んだのなら――その思惑を叶《かな》えてしまった。

シシュは、サァリから離れるため立ち上がろうとする。

けれどそれより早く、右手の五指が柔らかな喉を摑《つか》んだ。容易《たやす》く折れてしまいそうな首元に、爪が独りでに食いこむ。

「っ、ぁ」

女の体がびくりと震える。

「サァリーディ！」

手を引こうとするも、肘から先に感覚がない。自分の意志で動かせない。それをシシュは左手で摑むと無理矢理彼女から引き剝《は》がした。サァリが小さく咳《せき》こんでうっすらと目を開ける。

だがシシュの意識は彼女の青い眼よりも、首に滲《にじ》む血の赤さに引きつけられていた。

「……ぁ」

――欲しい。

眩暈を呼び起こすほどの飢餓を誘う色。その香しさ。

今すぐ柔らかな肌に歯を立てて、彼女の血を啜《すす》りたい。一滴も残すことなく食らって、自分のものとしたい。頭の中がぐらぐらと揺れている。これが蛇に毒されるということなのか。

シシュは押さえつけている右腕を見やる。やたらと熱を持つそこが病巣であることは明らかだ。このまま放っておけば完全に蛇に侵食され人ではなくなってしまう。

だからこそ――決断は容易かった。

シシュは右手を押さえたまま畳の上を後ずさってサァリから距離を取る。そうして自由の利く左手を離すと、襖の傍に置いてあった軍刀を取った。

サァリはまだ完全に目覚めていない。ぼんやりとした目で天井を見上げている。

シシュは、自分の右手が貪欲に彼女の方へ伸びるのを見ながら軍刀を抜いた。その先端を畳に突き刺し、左手で柄《つか》を握る。軍刀の刃が右肘の少し上に落ちるよう角度を調整した。

「……シシュ？」

半分夢にいるような女の声。

その声を聞きながらシシュは、摑んだ軍刀に体重をかける。

右腕を切断すべく落ちる刃。

その刃がかかる寸前に、サァリが叫んだ。

「っ、駄目！」

彼女の声と同時に、神の力が放たれる。

それはやすやす軍刀の刃を砕き、それだけでなくシシュもその場から跳ね飛ばされた。

彼の体は襖に衝突すると、襖ごと隣の間の畳に叩きつけられる。全身を襲う衝撃に息が詰まり、内臓を通り過ぎていった冷気の余波に喘《あえ》いだ。

すぐには起き上がれないシシュを見て、サァリがよろよろと畳の上へ這《は》ってくる。

「シ、シシュ、だいじょうぶ……？　咄嗟《とっさ》で加減ができなくて……」

彼女の顔色は蒼白《そうはく》で、伸ばされた手は微《かす》かに震えている。今の一撃で彼を殺してしまったかもと思ったのだろう。喪失の恐怖に揺れる青い目がシシュを見た。白い指が恐る恐る彼の顔に触れようとするのを見て、彼は囁《ささや》く。

「逃げろ、サァリーディ」

「え？」

「蛇が来ている」

言いながらシシュは、左手でとん、とサァリの肩を突く。軽い体が後ろに転がる間に、近くに落ちていた鞘《さや》を手に取った。

神の力を受けた余波か右手はまだ痺れている。だが、それも長くはもたない。

今の一撃をもってしても、やはり彼の肉体を盾にした蛇は消えないのだ。シシュは黒い液体が滲み出してくる右手を見やる。

ずきり、と頭が痛む。

「渇きを満たせ」と欲望が膨らむ。彼自身の欲や感情を煽《あお》り膨張していくそれは、少しずつ全身に広がっていくようだ。

だが、蛇の気が完全に彼を変質させたとしても、サァリはきっと彼を壊すことを選べない。それをシシュは先ほど思い知った。

彼はだから、鞘から長い仕込み針を抜く。化生を殺すためのそれは、王の巫の術がかかったものだ。

シシュはその針を、迷わず右手の甲に突き下ろした。骨のない場所を選んだ針は、彼の掌《てのひら》を畳の上へと縫い留める。

大きく目を見開くサァリへ、シシュはできるだけ穏やかに、優しく言った。

「サァリーディ、悪いがこの部屋を出てトーマを呼んでくるんだ。そして巫は、トーマがいいと言うまで戻ってきてはいけない」

彼女の兄なら、きっと情に流されず最善を選べる。シシュの腕を落とすでも首を落とすでも決断できる。サァリを守ることを第一にしてくれるはずだ。

けれどサァリは、黒い影のまとわりつく右手を見て絶句しただけだ。

「あ……これって……」

美しい双眸《そうぼう》に理解がよぎる。それはすぐに怒りへと変わった。

彼女はきっと唇を結ぶと両手を伸ばしてくる。そうして縫い留められたシシュの右手に触れた。

その指先から力を注ぎ……けれど凍りついた肉の表面が、ぼろぼろと崩れ落ちるのを見てぎょっと手を引く。

「な、なんで……」

半ば予想していた結果に、シシュは何と声をかけようか迷う。

蛇の力に侵食されきった肉は、彼女の力に耐えきれない。

そしてまだ侵食されていない部分には、蛇の気を根絶しきれるほど彼女の力が振るえない。

つまり彼女の力は、人に入りこんだ蛇の気を根絶するには相性が悪いのだ。

シシュが言葉に迷う間に、彼女もそれを理解したのかみるみる青眼に涙が滲む。自らが傷ついても傲然《ごうぜん》と振る舞っていた彼女のそんな表情に、シシュは後悔を噛《か》み締める。

「サァリーディ、大丈夫だからこの部屋を出るんだ。体が辛《つら》い時にすまない」

「そ、そうじゃなくて！　こんなの……ひどい……」

何と言って説得すればいいのか。ぽろぽろと泣き出してしまった女にシシュは困り果てる。

その時、戸が開く音がして呆れたような声が聞こえた。

「――何やってんだ、お前ら。ちょいうるさいぞ。館壊す気か」

「トーマ！」

サァリが兄の名を叫ぶと、がらりと襖が開かれる。

「本当に何やってんだ？　喧嘩《けんか》か？」

入って来たトーマは、へたりこんでいる妹と、その前で肩を落としているシシュを見て顔を顰めた。

壊れた襖とそこかしこに血が飛び散っている有様に苦言を呈してくる。

「なんでお前らは、ちょっと二人にしただけで流血騒ぎになるんだ。今は無駄な体力使うな」

「……トーマ」

「うん？　本当にどうした？」

兄の顔を見て、気が抜けたサァリは声を上げて泣き出す。

そこでようやくシシュの手の針に気づいた男は、無言のまま溜息を噛み殺した。

※

「——人の死っていうのは、どういうことだと思う？」

トーマの声音に、説教じみたところは感じられなかった。彼の声に漂っているのは体力を吸い取られる疲労感であり、わずかばかりの自嘲だ。

月白の離れにあるサァリの部屋で、妹の体を膝上に抱きこんでいる彼は、答えを求めて壁際の床に座るシシュを見る。手の甲と肘の裏側を針で刺され、更に細い白縄で右腕と体を拘束された青年は、首を傾《かし》いだ。

「どういうことと言われてもな。肉体の死……もしくは人格の喪失だろうか」

それが死なのだとしたら、今の自分は両者ともに向かって緩やかに進んでいるのかもしれない。

蛇の侵食を、針と神縄で一時的に留《とど》めてはいるが、いつまでもこのままでいられないことは分かる。

シシュはサァリの泣き顔を思い出し、気鬱《きうつ》になった。

その彼女は今、トーマの膝上で小さくなっており、うっすらと目は開いているが起きているのかは分からない。妹の髪を撫《な》でながらトーマは頷いた。

「ま、そうだな。ほとんどの人間が、肉体の死を迎えて死ぬ。極わずかな者が人格を塗り潰されて死ぬ。――でも『人間の死』ってのは、この二つだけじゃないと俺は思うわけだ」

「と言うと?」

この話が今の状況にどう関わってくるのか。シシュは友人を見上げる。

サァリはやはり眠っているのかもしれない。この状態に落ち着くまで、彼女はシシュが死ぬことを極端に恐れて錯乱気味だったのだ。今何も言ってこないということは、失われた体力を取り戻すことに専念しているのだろう。虚《うつ》ろな瞳は硝子《がらす》玉のように焦点が合っていなかった。

トーマは腕の中の妹を一瞥する。

「なんで今、兄神が現れたのかってな。ちょっと考えたけどやっぱりサァリが不安定な巫だから、ってのに尽きると思うんだ」

「不安定とは、力が強すぎるということか?」

「それもあるけど、こいつの母親はあれで、神が一代抜けてるって状態だったろ? こいつが生まれるまでも数年かかったし、生まれたら生まれたで母親不在だ。そりゃ俺とか祖母がいたけど、やっぱり一代抜けてるってのはちょっと違うんだ」

トーマの表情に、普段両親に対して見せるような軽侮はない。それは今この話において感情を向ける価値さえ両親にはないと思っているような、男の冷厳さを思わせた。

「お前も知ってる通り、月白の巫ってのは神供を迎えるまでの間、宙ぶらりんの不安定な状態にある。

それを留めるのは『人の血肉を介して生まれた』って事実と、アイリーデの主人という座しかない。でもこいつの場合、もともと力の大きさの割に不安定にならざるを得ない状況で……そういう隙が他を呼び寄せたのかと、思う」

「だとしても、サァリーディが悪いわけではないだろう」

シシュが思ったままを率直に言うと、トーマは微笑した。肯定するわけでも否定するわけでもない。ただ大きな手が妹の体を抱き寄せる。とても大切な宝物を守るように、か細い神を支えて男は続けた。

「だから俺は、実は昔から、こいつのために一人は死ぬことになるかもな、って考えてた」

「それは……」

その予感は的中したと言えるのかもしれない。彼女に関わって死んだ者は一人ではないのだ。だが何故今そのようなことを言うのか、もしサァリが聞いたなら傷つくことは明らかだ。憤慨に似た気分を抱いたシシュは、友人の言葉を訂正させようと口を開きかけた。

けれどトーマは、苦言を察したかのように苦笑して付け足す。

「お前の思ってるような意味じゃないさ。俺の言うそれは――神供のことだ」

「神供?」

だとしたら、今の自分の状況だけが友人の想定内だったのだろうか。

シシュが困惑していると、トーマは笑ってサァリの頭に手を置いた。

「一人で充分なんだ。こいつのために死ぬのはな。……どういうことか分かるか、サァリ?」

「わからない」

彼女の返答に、眠っているかもと思っていたシシュは驚く。

サァリは動かない。目も虚ろなままだ。ただ彼女は確かにそこに在る。

男は頑《かたく》なな子供に言い聞かせるように重ねた。

「分かるだろう。それでいいんだ。こうなっちゃ他に方法もないしな」

「でも……」

「大丈夫だ。もう、先視《さきみ》に怯《おび》える必要もない」

サァリは黙する。ただ少しだけ長い睫《まつ》毛《げ》が震えた。

そうして目を閉じた彼女から視線を外し、トーマはシシュを見る。

「な、シシュ。こいつのために死ぬ覚悟はあるか？」

「ある」

間髪いれず返すとトーマは笑う。少し寂しげな、だが嬉《うれ》しそうな笑顔は、客取りの話をした時と同じだ。男はけれど一瞬でその表情を消すと、もっともらしく頷く。

「なら決まりだ。シシュ、お前はサァリに殺されて、三番目の死を迎える。そう難しいことじゃない」

「三番目の死？」

――肉体の死でも人格の死でもないそれは何か。

何とはなしに己の右腕を見る青年に、トーマは微苦笑した。

「単純なことだ。『人』の死だからな。今晩お前は、人として死んで――サァリと同じものになるんだ」

※

人として死ぬ。そして神に成る。

――まるで妄言にしか思えない言葉だ。

この街で、彼女の兄が言ったのでなければ、到底信じられなかっただろう。

離れの部屋から、月白の母屋にある浴室へと移されたシシュは、冷水を浴びせられながら問う。

「しかし、本当にそんなことが可能なのか？」

「可能さ。元々神供の男ってのは神と人を繋《つな》ぐ軛《くびき》だ。神が次代を身籠もるまで一番神に近い存在だ」

言うなりまた、桶《おけ》から冷水がぶちまけられる。顔面にかけられたそれに、シシュは一瞬息を止めた。

恨みがあるのではないかと思われるほどの水攻勢は、一応禊《みそぎ》であるらしい。本来ならば時間をかけた精進潔斎《しょうじんけっさい》が必要だが、今はとにかく時間がない。神縄を解《と》くわけにもいかないということで制服のままのシシュは、先ほどから遠慮ない水責めを受けて潔斎としていた。

迂闊《うかつ》に口を開けば気管まで注ぎこまれそうな水は、木の湯船から汲《く》み出されていて特別なものには思えない。ひょっとしたら単に、巫の兄である男の憂さ晴らしなのかもしれないが、疑いだしたらきりがないので、シシュは黙って前髪から滴る水を眺めていた。

トーマがまた身を屈《かが》めて桶に水を汲む。

「神供の男は、そもそも疑似的な半神半人とも言える。神との交合によって人から半分ずれるからな。そうやって巫を人の世に縫い留めるんだ。これは神が返礼を受け取ったことの証《あかし》でもある。もっとも、疑似的なものだから子供が生まれれば只人《ただびと》に戻るけどな」

「なるほど……」

「で、お前の場合はそれを全部ずらしてみようというわけだ。サァリの存在に同期させて永続的にな」

「そんなことが可能――」

激しい音を立てて水が顔にぶつかる。閉口するシシュに、トーマは平然とした顔で返した。

「可能だろ。相手はサァリだし、アイリーデには前例もある」

「前例があるのか！」

「ある。百年くらい前のことだ。当時の巫は体が弱くてな。出産後まもなく亡くなったが、客だった男が巫から力の委譲を受けて、娘を長じるまで守った。極めて稀《まれ》な例だ」

トーマは次の水を、シシュの右半身にぶちまける。

「今回も危急時だからな。お前がそうなればちょうど戦力になる。サァリ一人じゃいくらなんでもきついからな。お前をサァリに紐《ひも》づけちまえば、相手が同時に来ても二対二だろ？」

「戦力って……確かさっきもそう言ってたな。まさか最初からそのつもりで――」

今度は水ではなく空の桶が飛んできた。首を傾けて桶を避《よ》けたシシュは、笑顔のトーマと目が合う。

「いやいや、肝心なのは結果だろ？」

「桶は」

「手が滑った」

「…………」

色々と言いたいことがないわけでもないが、トーマにとっても蛇が彼を蝕《むしば》んでくるとは予想外のことだったはずだ。このままでは遅かれ早かれシシュは侵食されて死ぬ、となれば強行するしかない。

壁から跳ね返ってきた桶を拾い上げたトーマは、一息つくとずぶ濡《ぬ》れの友人を検分する。

「……もうちょいかけとくか？」

「さすがにそろそろ風邪を引きそうなんだが」

「どうせ死ぬんだから別にいいだろ」

ひどい会話だが反論しようがない。シシュは少し考えて、もっとも率直と思える問いを投げかけた。

「死ぬことになるとは、どういうやり方で存在をずらすんだ？」

もし一度死んで蘇生《そせい》されるのだとしたら、死ぬまでにサァリの手を煩《わずら》わせたくない。色々重なって不安定になっている彼女だ。できれば死ぬところではなく、死体になってから落ち着いて見てもらった方がいいだろう。

そんなことを考えているシシュに、男は当たり前のことのように返した。

「何言ってんだ。今までの話聞いてなかったのか？」

「聞いていたが」

「なら分かってることを聞くなっつの。――神供は神と交わることで変質する。お前を殺すのも戻すのも、どっちもサァリだ」

言われたことを反芻《はんすう》する。

それはつまりどういうことなのか。のみこみきれぬまま、シシュは黙りこんだ。すかさず遠慮ない水責めが再開される。淡々と水を汲んではかけてくる男は、ようやく手を止めると青年に問うた。

「で、どうだ？　右腕動くようになったか？」

聞かれてシシュは、自分の右腕に視線を落とす。神縄と二本の巫針によって封印されていたそこは、これまでまったく動かせなかったのだ。

シシュは冷えきった指を緊張しつつ意識する。感覚がほとんどない指先は、だが拍子抜けするほどあっさりと動いた。彼は指を握って開き、腕を上げてみる。

「元通り、みたいだ」

「おう。もう縄と針外していいぞ。しばらくはもつだろ」

用心しながらも針を抜き、神縄を外したシシュは、枷《かせ》がなくなっても異常がないことにひとまず安心した。火傷はそのままだが、今は冷えきっているせいか多少ひりひり痛むくらいだ。

シシュは動くようになった右腕で、濡れそぼった前髪をかき上げる。

「冷水のおかげか。ちゃんと効果があるんだな」

「当たり前だ。嫌がらせでかけてるとでも思ったか」

内心を見抜かれていたシシュは無言を保つ。もっとも腕が動くようになったと言っても一時的なものだ。シシュはまた気鬱になりながら、とりあえず水を吸い過ぎた上着を脱ぎ始めた。その様子を見たトーマが、ふと思い出したかのように付け足す。

「そうだ。これ大事なことだけどな」

「なんだ」

「客取りの儀礼時って身籠もりやすいんだ。でも身籠もらせるとサァリの力が落ちるから我慢しろ。あいつがやるようにさせて、お前は手を出すな」

言われたことを、シシュは再び反芻《はんすう》した。

――意味が分からない。

上着を脱ぐ手を止めた彼にトーマは意地悪く笑う。

「つまり、生殺しを味わえ」

それが最後の嫌がらせであるように男は宣告すると、呆然《ぼうぜん》とするシシュを前に、空になった桶を湯船に投げ捨てた。

8. 新床

「……嫌」

主の間には、襖《ふすま》を取り換えるため職人たちが出入りしていた。

その足音を聞きながら、奥の部屋の隅でサァリは膝を抱えている。彼女の前にしゃがみこんでいる兄ががりがりと頭を掻《か》いた。

「あのなあ、サァリ。このままだとどの道シシュは侵食を受けて死ぬ。分かってるだろ」

そんなことは百も承知だ。だがそれでも嫌なのだ。浴衣《ゆかた》に着替えたサァリは掠《かす》れた声で反論する。

「完全に人から変えなくてもいいでしょう……私と交われば蛇の気が祓《はら》えるかもしれないし」

「それじゃ確実じゃないだろ。いざ駄目だった時の代償がでかすぎる。蛇の気は人間と親和性が高いんだ。特にシシュは、お前への執着が強いって点で蛇と共通してる。一番安全なのは、あいつを人間じゃなくしちまうことだ」

「でもそれは、私の都合に合わせるためのものでもあるじゃない……」

蛇とヴァスが狙ってきているから、戦力としてシシュの存在を強化したい、そんな勝手な都合で人である彼を殺そうというのか。

「私に存在を紐《ひも》づけるって、それ存在として私の一部になるってことと同じでしょ……。本当に死ななきゃなれないじゃない……」

「ああ」

兄の断言にサァリはびくりと震える。

神楽舞《かぐらまい》の支度をせねばならないのにこうして愚図っているサァリは、膝を抱える腕に力を込めた。

そんな妹に多忙を縫って付き合っているトーマは、きっぱりと言う。

「でもあいつは、お前のために死ぬ覚悟がある」

「っ、」

「サァリ、お前一人で全部を背負おうとするな。シシュはちゃんとお前の力になる」

サァリはその言葉に押し黙る。以前の一件において、自分一人で全てを引き受けようとした彼女は、結局のところ一人での神性合一が裏目に出て幼馴染《おさななじみ》と従兄を失ったのだ。あの時もシシュはちゃんと手を差し伸べようとしてくれていた。その手を取っていたら、もっと違う状況になっていただろうか。

「神と人で結ぶ約も、あいつが人から外れる以上、常よりは弱いものになるかもしれんが、あいつはその分、お前をきちんと人の世に繋《つな》ぎ止めてくれるよ。人だろうがお前と一緒になろうが変わらない。あいつ自身が、善性を持った人間そのものだからだ」

他者を尊重し、敬い、理解しようとする心。

誠実を貫き、愛情を持って生きようとする姿。

その高潔さこそ人間が長い歴史で育ててきたものだ。だから彼はきっと人でなくなっても変わらない。サァリを守り、この街に留《とど》める楔《くさび》になる。彼を見る度、サァリは人の美しさを思い出すだろう。

そういう相手に彼女は恋をした。そうして己の生涯ただ一人に選んだのだ。

「……分かってる」

ぽつりと落ちたものは、涙と同じだ。

本当は覚悟もできている。他の誰の手でもなく、自分の手で彼を終わらせなければならないという覚悟が。ただ「望んでなかった」と吐き出したかっただけだ。彼に「そのまま変わらないでいて欲しい」と誰より願っていたのは、最初から彼女なのだから。

サァリは潤んだ目を伏せる。

「私、嫌われちゃわないかな」

「何言ってんだ、お前。そのための神楽舞だろう。一生で一番美しいところを見せてやればいい」

「お母さんはそれでお父さんに逃げられたでしょ」

「一緒にするな。客としての器が違いすぎる」

自分たちの父親を酷評して、トーマは笑う。

「お前はお前らしく、愛らしく、毅然《きぜん》と、艶《あで》やかな花であればいい。それだけであいつは一生、お前から離れられないさ」

「……無責任なこと言ってる」

けれど、それを信じたいとは思っている。

兄を信じるのではなく、自分を妻に望んでくれたシシュのことを。

サァリが人でないことを知っても、我儘《わがまま》で癇癪《かんしゃく》をぶつけても、彼は常に彼女に向き合ってくれた。

だからその想いを信じる。一人で不安になっていないで彼と共に生きようと決めた。

サァリは袖で目元の涙を押さえる。

「分かった……やる」

そう心を決めたのなら、彼に悲しい顔は見せられない。

今朝までそうであったように、客取りが待ちきれなかった正直な心を見せよう。彼と一生添い遂げることを希望に、美しい笑顔で迎えよう。

それがおそらく、彼女のために命を払う青年への、一番の返礼になるはずだ。

のろのろと立ち上がるサァリに、兄はふっと微笑《ほほえ》むと耳を寄せて囁《ささや》く。シシュが聞いたのと同じ注意を聞いて、彼女は目を丸くした。

「え。それはそうなんだけど、でもいいの?」

「どっちみちその方がお前も集中できるしいいだろ。仕方ない」

「私は助かるけど、嫌われちゃわない?」

「あいつなら平気だろ」

兄はサァリの肩を叩《たた》くと部屋を出ていってしまう。本当にやることが多い中、付き合ってくれていたのだろう。サァリは頬を膨らませたまま兄の背を見送る。

「もう、好き勝手に言って……。私の旦那様なんだからね」

甘やかに拗《す》ねた言葉を吐いて、サァリは背筋を伸ばす。その目が神話の館主のものへと変わり、少女のような空気が、冷厳な静謐《せいひつ》さに取って代わった。

——この夜を境に、自分は彼の運命を変える。

神の傲慢《ごうまん》だ。人と共に生きたいと願いながら、その軛《くびき》を自分の側に引きずりこむ驕慢《きょうまん》。

けれど、それを選ぶに至った想いだけは一生変わらないように。

彼のために、己の愛を全てを捧《ささ》ぐのだ。

※

禊《みそぎ》を済ませたシシュは、墨染めの着物に着替えた。

準備ができるまで待機を言い渡されている彼は、蛇に汚染された状態なので無暗《むやみ》に動けない。

結果として、花の間で自分が淹《い》れたお茶を所在なく飲んでいたシシュは、窓の外が暗くなり月光が差し始めた頃、ようやく迎えの声をかけられた。

「お待たせいたしました、シシュ様」

扉を開けて深々と頭を下げた下女は、いつもの色無地ではなく薄紅の振袖姿だ。驚くシシュに、下女は恥ずかしそうにはにかむ。

「今日は主様の晴れの日ですので。わたくしどもも皆晴れ着なのです。ただ自室の外に出られるのは案内を仰せつかりましたわたくしだけですが」

「そうなのか……」

感心して少女を見ていたシシュは、けれどすぐに気づいて頭を下げた。

「すまない。それなのに急な日程変更で迷惑をかけてしまったな」

「お気になさらないでください。もっと早くこの日が来るかもしれないとは皆思っておりましたので」

下女は一礼すると、シシュを先導して磨かれた廊下を歩き出す。

いつもと違い玄関の戸は閉ざされている。

灯《あか》り籠《かご》は代わりに三和土《たたき》に吊《つ》るされており、ぼんやりと白い光が辺りを照らし出していた。

館内はしんと静まり返って暗く、廊下のところどころに置かれた籠灯だけが暗闇を柔らかく切り取っている。それは普段の月白《つきしろ》とはまったく異なる神域の姿で、シシュは自然と居住まいを正す。

彼は下女に連れられて二階への階段を上っていった。踊り場で下女は足を止めると彼を振り返る。

「ここからはお一人で、二階は無言でお進みください」

「分かった。ありがとう」

礼を言ってシシュは二階へ上がる。主の間がどこにあるか彼はもちろん知っているが、客室で占められた月白の二階はこの時、主の間に至る側にだけ廊下の籠灯に火が入れられていた。

その火に導かれて彼は館の最奥へと向かう。

長い廊下の突き当たり、主の間へと足を踏み入れたシシュは、あらかじめ聞いていた通り戸を開けた先、襖の前で正座をする。それを待っていたように襖は向こうから開かれた。

シシュは主室である座敷に、一礼して立て膝で入室する。

主室にいたのは四人だ。

正面にはラディ家のトーマとミディリドスの長《おさ》、そしてミディリドスの次の長と言われるトズが、儀礼装に身を包んで座していた。シシュの右手、部屋の隅には留袖姿のイーシアが正座しており、彼女が襖を開けてくれたのだと分かる。

室内の空気は細い糸をぴんと張り詰めたかのように神聖なものだ。

トーマの前には銀色の盃《さかずき》だけを乗せた塗り膳が置かれている。テンセが四弦を、トズが鈴と鼓《つづみ》をそれぞれ携えており、それぞれの楽器にはミディリドスの紋であろう根つきの草が彫りこまれていた。

神前に漂う粛々《しゅくしゅく》とした雰囲気は、まぎれもなくアイリーデのもう一つの姿だ。我に返ったシシュは座敷の中央に進むと、そこに座す。入れ違いに立ち上がったトーマが、重々しい所作で塗り膳を彼の前に置いた。透き通る酒をシシュは一礼して口に含む。

——言葉はない。

息は穢《けが》れに繋がるのだと聞いた。だからトズも今日は笛を持たない。鳴り始める楽の音に、シシュはつい隣の襖を一瞥《いちべつ》した。

寝所であるそこには、今はサァリが一人でいるはずだ。

神楽舞に楽はない。それは彼女だけが舞うもので、今鳴らされている音は、冷水や神酒と同じくシシュへの禊の一つだ。

強く、そして弱く。嚥下《えんげ》した酒と混ざり合って体の内に広がっていく楽に、彼は黙って聞き入る。

王都で生まれ育った自分が、今このような場にいることに、気づいてしまうと複雑な感慨が膨れ上がった。初めて月白に足を踏み入れた時、玄関で出迎えてくれた少女の姿をシシュは思い出す。

綺麗《きれい》な娘だと思った。思わず見惚《みと》れた。

銀の髪と白い着物は月光が染みこんでいるようで、蒼《あお》い双眸《そうぼう》は深い水底を思わせた。

彼女が巫《ふ》であると聞いて、さもありなんと思ったのだ。

どこの国でもない、神話を継ぐ街アイリーデ。

聖娼《せいしょう》で知られる妓館《ぎかん》に佇《たたず》む少女は、いつか咲き誇る日を待ってまどろんでいるように見えた。

その「いつか」とは、今夜のことなのだろうか。

音が止《や》む。

針が落ちる響きさえ聞こえそうな静寂に、過去を振り返っていたシシュは顔を上げた。

トーマたち四人は、無言で一礼するとそれぞれの道具を持って主の間を出て行った。

一人きりになった青年は、神がいるであろう部屋の方を見る。

名を呼ぶ必要はない。

音もなく、ゆっくりと襖が開いていき――その向こうには、一人の女が座して深く頭を下げていた。

白い薄絹を何枚も重ねた舞衣。広がる裾に縫い留められた鈴は、一つ一つが澄んだ銀色に光っている。長い銀髪は二本の簪《かんざし》で上げられており、簪の先には大粒の真珠が嵌《は》めこまれていた。シシュは見覚えのある真珠が、自分の贈ったものであることを思い出す。

前に重ねられていた白い両手が引かれる。

肩に垂れていた銀髪の一房がさらさらと動いた。小さな頭が上げられ、神の眼差しが彼を見る。

澄みきってどこまでも遠い青。孤独と情愛を孕《はら》む瞳はシシュにとってよく知るもので、だが今は初めて目の当たりにする静けさを湛《たた》えていた。

凄艶《せいえん》な美貌は夜の翳《かげ》を帯びて、生粋の娼妓《しょうぎ》のようにも、無垢《むく》な作り物のようにも見える。

離れていても分かる神の気が急速に部屋を冷やし、畳のあちこちがぴしぴしと音を立てた。

瞬く間に彼女の支配下に置かれた部屋で、シシュは無意識のうちに緊張する。

サァリはそんな彼を見てふっと微笑むと、絹袖に包まれた右腕を上げた。縫いつけられた鈴が波に似た音を立てる。細い身体が立ち上がり、すべらかな素足が一歩を踏み出した。

足音は聞こえない。ただ鈴の音だけがついてくる。

彼女はそうして、ただ一人のための舞を始めた。


鈴が鳴る。

その音は一つ一つが波紋を描いて広がるようだ。

宙《ちゅう》に重なるそれらは彼女の力の現れであり、神の楽だ。

薄絹を引いて、しなやかな四肢を伸ばして、女は舞う。

小さな爪先が畳を踏む度、そこには掌《てのひら》ほどの氷花が咲いた。冷気が白帯となり、翻る舞衣と重なる。

サァリは笑わない。

妖艶に、可憐《かれん》に。細い腕を絡めて天へと伸ばす。露《あら》わになる脚が花を生む。

遠ざかり近づく鈴の音だけが響き、紅《あか》い唇が小さく息を継いだ。

指が冷気を纏《まと》わせて空を掻《か》く。繊細な仕草の一つ一つに、シシュはただ呆然《ぼうぜん》と見入る。

溜息《ためいき》も忘れるほどの神楽舞はひたすらに美しく――それ以上に、神が持つ力に溢《あふ》れていた。

細い指先が自分の方を向く度に、青い目と視線が合う度に、魂から圧されていく。

息が苦しくなり、気が遠くなる。

小柄な彼女が、天に輝く月にも等しく思えた。

己が深遠なる者に対しているのだと、意識を背けたくとも根底から思い知らされる。全てを強烈な光に照らし出されるようで、その光に己が焼きつくされてしまいそうだ。

無数の鈴が鳴る。

その響きが天のごとく広がる。

人が初めて神に触れるのは、本来ならこの神楽舞の時だという。現にサァリの父親は、ディスティーラの舞を見て、震えて許しを請うた。あまりの存在の違いに心が耐えきれなくなったのだ。

だがシシュは威圧されながらも、それら全てをのみこんでいった。

何もかも違う彼女が、何もかも違う自分を選んだ。そのことが純粋に――当然のように彼を支えた。

サァリが彼を見やる。

小さな唇が淋《さび》しげに笑み、広げられた腕が下ろされた。細い脚が伸ばされ、気づけばすぐ目の前に、彼女が立っている。

神である女は時を戻したかのように畳に膝をつくと、初めの時と同じく体の前で両手を揃《そろ》えた。重々しく頭《こうべ》を垂れ、サァリは舞を終える。

張りつめていた空気の中で、けれど彼女はすぐに顔を上げた。恥ずかしそうに、不安そうに問う。

「どうだった？　おかしくなかった？」

「いや……」

いつもの調子に反射的に答えかけてシシュは口を噤《つぐ》んだ。もう普通に話していいものか分からなかったのだ。だがサァリはじっと彼を見上げて答えを待っているままだ。シシュは多少の決まりの悪さを抱えて頷《うなず》く。

「綺麗《きれい》だった。……とても」

不器用な賛辞に、彼女は安堵《あんど》したように微笑んだ。


神楽舞の余韻は、まだ体の中に残っている。

彼女が鳴らした鈴の波紋はそれぞれ透明な響きを持ち、シシュの中で幾度も跳ね返り続けていた。自分の存在があやふやに思えるような不思議な浮遊感。無音の耳鳴りが感じられるような現実味のなさに、シシュは軽く頭を振る。

サァリはそれを見て微苦笑すると、両手を彼に差しのべた。

「連れてって」

子供がねだるようなその仕草は愛らしくも艶《なま》めかしい。シシュは何かを言いかけて、だがそれをのみこむと立ち上がった。花のような女を抱き上げる。

奥の寝所に巫である彼女を運びながら、彼はできるだけ平静を心がけて口を開く。

「実は、トーマに忠告されている」

「私も聞いたよ。でもシシュなら大丈夫だよね？」

「……あまり信用しないでくれ」

こんなことで彼女の信頼を裏切りたくはないが、状況によっては割と自信がない。

しかしサァリはくすくすと笑っただけだ。シシュは平常心を唱えつつ奥の間に入る。

今まで何度か入ったそこは、普段とまったく趣を変え、まるで彼の知らない部屋のようだ。

昏《くら》い寝所を照らすものは、隅に置かれた小さな行灯《あんどん》だけだ。ささやかなそれに加えて、障子越しに白い月光が差しこんでいる。

昼の血の痕は拭われたらしく見当たらない。襖も調度品も全て整え直されており、皺《しわ》一つない敷布の上にはうっすらと月白の紋が描かれているのが見えた。

シシュは沢山の鈴に注意しながら、サァリをその上に下ろす。彼女は膝立ちになると、自分の隣をぽんぽんと叩いた。

「座って」

「ああ」

彼女のやるようにさせろと、言われたことを覚えているシシュは大人しく従う。

その間にサァリは自分の首の後ろに手を回すと、舞衣を止めていたたくさんの紐《ひも》を解《と》き始めた。

衣擦《きぬず》れの音と鈴の音がさざめく。一枚、また一枚と薄衣が敷布の上に落ちていくのを見て、シシュは途中から目を閉じた。まったく関係ないことを考えようとする。

しかし無情にも、サァリの声が現実を呼び戻した。

「仰向けに、横になって。あ、帯解いといて」

「……それは、死ぬ時に着物が汚れるからとかか？」

「違います。どうしてそんな勢いがいい死体になるつもりなの。別に結び目を横に回すだけでもいいけど。寝ると痛いでしょ？」

「そういうことか」

理解したシシュは帯を回すと、目を閉じたままサァリにぶつからないよう横になる。

このまま首を絞められでもするのだろうか、と考えた時、体の上に柔らかな重みがかかった。思わず目を開けたシシュは、月光が照らし出す女の姿に言葉を失う。

簪は抜かれ、艶《つや》やかな銀髪は全て下ろされている。薄絹の舞衣は脱ぎ捨ててしまったのだろう。今は紗《しゃ》織りの襦袢《じゅばん》を一枚羽織っているだけで、帯は解かれ合わせ目が大きく開いていた。

裸身と変わらぬ姿の彼女は、彼の上に跨《また》がって腹に両手をついている。

細い首筋に透き通る膚《はだ》。柔らかな膨らみから細い腰までは染み一つなく、露わになっている躰《からだ》全てが先の舞を思わせる美しい曲線を描いていた。

狂おしく扇情的な眺めだが、その姿は人に劣情を抱かせぬほど神秘と威圧に満ちている。

――けれどシシュは不味《まず》いことに、神としての彼女に慣れてしまっていた。

普通の男であれば萎縮したかもしれない状況だ。けれど彼にとっては元々あまりない自信を横殴りされたに等しい。自失から抜け出したシシュは目の上で両腕を交差させると、掠れた息をついた。

「できれば何か着てくれるか、下りてくれると嬉《うれ》しい……」

「着ると感覚が鈍るから我慢して」

「だが……」

全てを言いきる前に、ひんやりとした手が着物の合わせ目に滑りこんでくる。

ぞっと背筋が震えたのも束《つか》の間、着物の前が割り開かれ、女の躰が重なってきた。

触れた場所から溶け入りそうなしなやかな肌は、人ならざる冷たさではあったが、彼にはそれも馴染《なじ》みある温度だ。直《じか》に触れ合う身体に理性が焼きつきそうになる。

――この客取りが、普通の夜であったらどれ程よかったか。

シシュは眩暈《めまい》を伴う欲動にもう一度口を開いた。

「サァリーディ……早く死にたいんだが」

「すごいこと言わないで。少しずつやらないと危ないの」

「これ、気絶してたら駄目なのか？　意識を失いたい」

「駄目」

素肌にかかる息が心臓の動悸《どうき》を早めていく。乗られていること自体がそろそろ不味い。細い体を抱きしめたくなる。

シシュは大きく息を吸って目を閉じると、両眼を覆っていた腕を下した。

「……はじめの国が生まれし時、晃の柱と木白木の火が地を照らし――」

「史書の暗誦《あんしょう》とかやめて！」

「握り潰《つぶ》しても構わない鉄棒とかが欲しい……」

「私の脚握っていいから」

「それは事態が悪化する」

サァリは小さな溜息をついて、緩やかに上体を起こす。彼女はそうして心音を確かめていた場所へ両手を伸ばし――そっと十指を皮膚の下へと潜りこませた。

呪《しゅ》を打つ時と同じ、だがそれよりも深く。

神の指が直接彼の心臓に触れる。

冷たいその手から、剥《む》き出しの力が中へと注ぎこまれた。

「――っ！」

衝撃に、シシュの体は弓なりになる。

それは上に乗っていた女にも影響し、手を埋《うず》めたままのサァリは転げ落ちそうになった。

シシュは瞬間でそのことを思い出すと、咄嗟《とっさ》に右腕で彼女の体を支える。サァリはあわてながらも慎重に手を抜くと、青年の顔を覗《のぞ》きこんだ。

「痛かった？　ごめんね」

「いや……大丈夫だ。体が反射で動いた」

「なら、もっとゆっくりやる」

言うなりサァリはまた体を重ねてくる。だが今度は胸に耳を当てた時とは違い、すり寄るようにしてシシュに顔を寄せた。

青い瞳が彼を見つめ、そして閉じられる。

穏やかに、ごく自然に、彼は彼女の頬に手を添えた。銀の髪に指を絡めて甘やかな口付けを受ける。

初めの一度は、ついばむような軽いものだ。

唇が離れた時、サァリが小さく微笑んだのが分かる。細い両腕が彼の頭を抱いた。

そして次の一度は――神の息を吹きこむためのものだ。

冷気が喉を駆け下りる。体の中に広がる力は心臓と共鳴し、手足の隅々にまで軽い痺《しび》れを走らせた。

悪寒を覚えるような寒さではない。

ただひんやりと、どこかへ下っていくような気がする。

シシュは目を開けると、すぐ上にいる女を見つめた。

「不思議な感じがする」

「死に近づいているから」

淋《さび》しげに微笑むサァリは、泣き出しそうな顔にも見えた。

彼女はけれど、その表情に気づかれたと分かると兄に似た笑顔を作る。

「本当は交わっている時に変えるの。そうするとちょっとのことには気づかないでしょう?」

「別に気づいてもいいと思うんだが。これぐらいなんでもない」

「嫌われたくないの」

――サァリはそう言ってまた彼に口付ける。

吹きこまれる力が、ゆっくりと遠いところに自分を引いていくようだ。

か細い声が耳元で聞こえる。

「……殺したくなかった」

弱々しい囁き。シシュは小さな頭をそっと撫《な》でた。

「これくらいなんともない」

彼女はそれを聞いて、また淋しそうに微笑《わら》った。柔らかな唇が彼の瞼《まぶた》に触れる。重なる素肌を通じて、また波のように彼女の力が染みこんでくる。

真綿で首を絞められるというのは、こういうことを言うのかもしれない。

心臓に触れる指と、吹きこまれる息。

繰り返し重ねられるそれらに、少しずつ自分が世界から遠ざかっていくのが分かる。

これが死だというのなら、まるで月夜の水底に沈んでいくような緩慢な死だ。

女の冷たい体が心地よい。柔らかな体を抱きしめてしまいたいと煩悶《はんもん》する。そんな欲さえものみこむように、眠りに似た鈍重さが心身を絡めとる。

どこか遠い場所へゆっくりと引かれていく。
遠くへ、か細い糸のような繋がりだけを残して離れていく。
優しく、穏やかに。
愛されるように。
そして彼の意識は、ふっと途切れた。

「――シシュ」

彼の名を耳元で囁く。

けれどその呼び声に反応はない。

サァリは体を起こすと、まだわずかに血の気が残って見える彼の顔を見下ろした。閉ざされた瞼を、その唇を、そっと指でなぞる。

これが彼の死だ。人として生まれて、おそらくは愛されて、真っ直ぐに育った男の命の果て。

彼自身に瑕《きず》は一つもなかった。ただ神を当たり前のように想ってくれた、その結末がこれだ。

「やさしい人……どうして全部を私にくれたの？」

堪《こら》えようとしたのに問う声がわななく。ぽたぽたと、彼の顔に涙が落ちた。

これが最善なのだとは分かっている。蛇の侵食を拭い、死を通過させることで先視《さきみ》も実現させる。

その上で――彼を引き戻す。彼女と同質の、彼女の一部として。

けれどそれでも、死は死だ。

殺したくないと思いながら自分が殺した。そのことをサァリは一生忘れないだろう。出会ってまもない頃、彼に一生愛される女が羨《うらや》ましいと思った、その一生を対価としてもらう代わりに、彼女は己の罪過も抱えていくのだ。

「……ごめんね」

誰よりもまっとうな男に、誰よりも変わり果てた在り方を与える。

それが神だ。共に生きて欲しいと願うだけで相手の一生を損ねてしまう。

けれどそんな自分だからこそ、彼に報いたいと思う。

神性合一のための神供《しんぐ》ではなく、人の世に己の存在を留めるための楔でもなく。

ただ、この愛を以《もっ》て。

「あなたが私の半分。私の恋の全て」

サァリは手の甲で己の涙を拭《ぬぐ》うと、深く息を吸いこむ。そうして白い十指を彼の胸に沈みこませた。

まだ体に残る魂に触れて力を注ぐ。存在を少しずつ彼女と馴染ませ変えていく。

真白い光がぼんやりと彼の胸の中で生じ、神の新床を月白色に照らした。

サァリの吐息がそこに落ちる。

彼女自身と交わって溶け合う力と魂は、ともすれば指の間から零《こぼ》れ落ちてしまいそうだ。

けれど彼女はそれを一滴も漏らすことなく、愛撫《あいぶ》するように包みこむ。

彼が、変わらぬ彼自身であるように。

神である彼女が呼ぶ名を、新たな真名として。

「シシュ」

呼んで、命じる。

「ここに、私のそばにいて」

淡い光が彼の胸から溢れ出す。

その光を涙の滲《にじ》む視界で見ながらサァリはそっと手を引き抜いた。

人ならざる冷たい温度となった夫の頬に触れる。

そうして待つ時間が永遠にも等しく思えた時……彼の瞼がゆっくりと開いた。

彼女の呼ぶ声が聞こえた気がした。

いつのまにか眠っていたのだろうか。意識が断絶していたようだ。

シシュはぼんやりと考えながら瞼を上げ暗い天井を見る。


遠い。

ずれて小さな。

点のような存在。

線と力。

拡散する。

位置。

空。

そして意味。


「急に無理しないで」

サァリの声が聞こえる。

それはとても近しいものとして響いた。すぐそばで、それ以上に繋がっているかのように。

シシュは自分に跨ったままの女を見上げる。

「サァリーディ……？」

「まだ。これから足すから」

枯らしてしまった甕《かめ》に新たな水を注ぐ。それと同じことを彼女はしようとしているのだ。

彼にとって存在の切り替えは飛沫《しぶき》のような断絶に思えたが、そうではなかったのかもしれない。サァリの頬には涙の痕があった。シシュはそれを見て、手をついて上体を起こす。

「サァリーディ」

「え？　ちょ、え？」

驚く彼女を腕の中に抱きしめる。

――孤独な異種。

彼女がそうであることを知っていた。

知っていて構わないと思っていた。

人と違うからなんだというのか。何も変わらない。それが彼女だ。だから自分だけはありのままを受け止めようと思っていた。一切を否定することなく、彼女がありたいようにあればいいと。

だが己が変わった今、新たな視界で彼女を見ると――そこにいるのはただの女だ。

自分と同じ、ただ愛《いと》しい相手。

シシュは、今まで独りを耐えてきた彼女を労《いた》わるように抱く。

「ずいぶん待たせた」

ただ一人の客を待って、彼女はこの館にいた。

恋情を捧ぐ男のために。揺らぐ不安を抱えて。

「愛している」

だから、もう孤独を感じる必要はない。

シシュはそうして彼女の白い手を取ると、誓いを込めて口付けた。

サァリは何も言わないままだ。

顔を上げたシシュは、彼女が呆然《ぼうぜん》としたままなのを見てばつの悪さを覚える。またずれたことをしてしまったのか、と反省しかけた時、彼女は紅《あか》い唇を噛《か》んで声もなく泣き出した。

サァリは小さな額を彼に寄りかからせる。零れ落ちる涙がシシュの胸を濡《ぬ》らした。

「シ、シシュの馬鹿……」

「一応言っておくと、別に心変わりしたわけではない」

「わかってる」

今までも彼女を好きだった。ただこうなってようやく彼女の孤独を真に理解しただけだ。これまでの間、どれだけ不安でいたのかも。

シシュは泣きじゃくる彼女を宥《なだ》めようと、長い銀髪を何度も撫でる。神に対しているという気負いが薄らいだせいか、サァリがまるで最初の少女に戻ったかのように思えた。頼りない体が今まで無理をしていたことを、彼は改めて実感する。

「ばか……私は最初からずっと好きだったんだからね」

「それは初耳なんだが」

「気づかないのは諦めてたからいいの！」

詰《なじ》ってくるそんな言葉さえも稚《いとけな》い。責められているのは分かるが可愛いらしいとさえ思ってしまう。

ただ――度し難いことに、触れている身体は抗《あらが》いがたい蠱惑的《こわくてき》なものだ。

ようやく彼女が泣き止んで微笑むと、シシュは邪念をのみこんで頷いた。

「残りは半分くらいか？」

「うん……ちゃんと横になって。手元が狂うから」

「意識を失いたい」

「駄目。触るだけならどこでも好きにしていいけど。あなたのものだし」

「事態が悪化する」

精神が、死を経たこととは違う方向性で疲弊しつつある。

シシュは細い腰に回していた手を、名残《なごり》惜しいと思いながら離して仰向《あおむ》けに寝直す。

その上にサァリがぺったりと重なってきた。嬉しそうな青い目が至近から彼を見つめる。

「何か希望があるならどうぞ？」

「………」

それはどういうことなのか。

頭の中をよぎった幾つかを、シシュは無言で却下する。口にしたいと思う己を内心で叱りつけつつ、深く息をついた。

彼は敷布の上に広がった銀髪の一房を撫でる。

「先にお願いするが、答えは言わないでくれ。また今度聞く」

「うん」

「サァリーディが欲しい」

自分でも呆《あき》れてしまうような、無粋な希望。

愚直な望みを聞いた女は、けれど途端口元を綻《ほころ》ばせる。

「それは私にとって——最高の言葉」

そうして月白の娼妓は嫣然《えんぜん》と笑った。

9．半月

寝所に置かれた行灯《あんどん》はいつのまにか消えていた。

中の蠟燭《ろうそく》が燃え尽きたのかもしれない。暗い部屋の中で起き上がったシシュは、隣で眠っている女の頭を撫《な》でた。彼女の体越しに畳まれていた掛布を取ると、疲れきったサァリにかける。

慎重に少しずつ神供《しんぐ》を変えていく儀は、彼女にとってかなりの神経を使うものであったらしい。最後の方は目に見えてうとうとしており、終わるなりシシュの上で眠りこんでしまった。

その体を抱き上げて横に動かし、自分は寝床に胡坐《あぐら》をかいたシシュは、深い溜息《ためいき》を一つつく。

「……冷水でも浴びるか」

とりあえず精神的圧力を受け続けた頭と体を冷やしたい。

崩れきった着物を直しながら立ち上がったシシュは、ふとそこで右腕のことを思い出した。月の光に掌《てのひら》をかざしてみる。

——火傷《やけど》の痕は残っていない。

それはいつのまにか消えてしまっていた。傷口から入りこんでいた蛇も、今は気配を感じない。

サァリの息吹が綺麗《きれい》に拭い去っていったのだろう。人であった頃の形と同じ、だが「ずれて」しまった自分の体をシシュは見下ろす。

実感が湧かない、と言いたいところだが、視界からして元とは違う。見えるものは同じだが、見え方が違うのだ。襖《ふすま》を見ても、それをひどく遠くから俯瞰《ふかん》でもしているようにこの世界を作る点として認識している。慣れるまではしばらく酔ってしまいそうだ。シシュは、ヴァスがサァリの力を借りた時も似たようなことを言っていたと、今更ながらに思い出した。

主の間を出たシシュは、昼間冷水を浴びせられた部屋へと向かう。

客室の一つであるそこは、今日は客取りのための準備に開放されている部屋だ。襖を開けると、トーマとイーシア、そしてミディリドスの二人が座卓を囲んでくつろいでいた。

酒杯を手にしたトーマはシシュを振り返るなり、他の三人に向けてにやりと笑う。

「ほら、やっぱり言った通りだろ？　言えば律儀に守る奴だってさ」

「必ずご懐妊なさるとは限りませんし……守らなくてもよかったとは思うのですが。せっかくの客取りでございましょう？」

「………………」

どんな話をされていたかは大体察しがつくが、今は相手にしていられるほど余力がない。

とりあえず部屋に入ったシシュは座卓にあった木盆を取ると、それでトーマの頭を殴った。いい音をさせた盆を、頭を抱えた友人の上に投げ、座卓の横を通り過ぎる。

「風呂を借りる」

「おう。――あ、ちゃんと成功したのか？」

どうでもいいような確認に、シシュは風呂へと続く廊下に出ながら右手を上げる。その指先から白い冷気が帯となってたなびくのを見て、トーマを除く三人はそれぞれの嘆息を洩《も》らした。

神の血族である男が静かな声を返す。

「悪いな」

「自分で望んだことだ」

何一つ詫《わ》びられるようなことはないと、言外に返すとトーマは苦笑する。

廊下の窓越しに見える月は皓々《こうこう》と白い。だがそれは以前までのように遠いものには見えなかった。

※

夢は見なかった。

目が覚めた時、シシュは月白《つきしろ》の客室の一つにいて、すぐには自分がどこにいるのか分からなかった。世界が回っているかのような、くらりとした不安定さ。

そんなものを仰臥《ぎょうが》したまま味わっていた青年は、近づいてくる気配に上体を起こす。足音はしない。だが続きの間に入って来たのであろう女に向かって声をかけた。

「サァリーディか」

「――う、気づかれた」

言いながら膝をついて襖を開けた女は、その体勢のままシシュに向かい行儀よく頭《こうべ》を垂れた。そうしてようやく中へと入ってくる。薄化粧で、髪も前に流して一つに束ねてあるだけの彼女は、シシュの隣に座りなおすと頬を膨らませた。

「朝起きたらいないんだもの。置いていっちゃうとか、ひどい」

「あのまま一緒にいたらおかしくなる……」

「シシュなら大丈夫」

どこまで本気なのか、サァリは美しい笑みを見せると白い手を伸ばしてきた。熱を測るように彼の額に触れる。

ほっそりとした指の温度が、どれくらいなのかはよく分からない。少しだけひんやりとして感じられるそれは、彼にとっては「自分と変わらぬ温度」だ。

サァリは透き通る双眸《そうぼう》を細めると、切なげな微笑で彼を見上げた。

「今日は無理しないで。慣れるまで違和感あると思うし」

「違和感はあるが……少し体を慣らしたいな。トーマはいるか?」

「いる。殴ろうと思ってるでしょう」

「手合わせの相手をさせようと思ってるだけだ」

いつまでも寝起きのままぼんやりとはしていられない。隣にちょこんと座っている女の頭を撫でて、シシュは立ち上がった。見えていないはずの背後までが「見える」感覚に、思わず眉を顰《ひそ》める。

──今踏み出す一歩で、どこまで届くのか。

そんなことを考えて立ち尽くす彼の背を、サァリが支えた。

「すぐに慣れるよ。自分で感度を調節できるようになる」

「そういうものなのか」

「うん。シシュは元々感覚が鋭いから、ちょっと過敏になってるんだと思う。せめて手合わせするなら午後からにして」

心配そうに彼女は横からシシュを見上げてくる。彼が倒れるかもしれないと思っているのか、ぺったりとくっついてくる女に、シシュは緩みそうになる顔を手で押さえた。反対側の手で、背伸びをしようとしている彼女の肩を叩《たた》く。

「分かった。トーマにいいようにされるのも癪《しゃく》だしな」

「え?」

怪訝《けげん》そうな声に、シシュは隣の女を見返す。何を言っているのかと、サァリの顔は如実に物語っていた。青い左目が半分細められ、可憐《かれん》な唇が尖《とが》らされる。

「違うよ、シシュ。今手合わせしたら、トーマが殺されちゃうからやめてって言ってるの」

「……は？」

聞き間違いかと思って、シシュは女を凝視する。サァリはその視線を受けて軽く首を傾《かし》ぐと、忌まわしくも微笑《ほほえ》んだ。銀の睫毛《まつげ》の下で双眸がうっすらと光って見える。

「今のあなたに勝てる人間なんていないから。元々の身体能力もあるし、多分私より強いんじゃないかな。気をつけてね、シシュ」

アイリーデの主たる女にそう言われたシシュは、唖然《あぜん》として己の掌を見つめる。

――一体何がそこまで変わってしまったのか。

不可解さをのみこめぬ彼は、そうして口付けをねだるサァリに襟元をくいいと引っぱられるまで、呆然《ぼうぜん》とその場から動けずにいた。


「徒手ならいいけどな。加減しろよ」

朝食を終えた後、話を聞いたトーマはあっさりそう言った。

と言っても、月白で手合わせができるような場所と言えば、庭か花の間くらいしかない。昼ならば女たちもいないということで、テーブルを端に寄せ花の間で向かい合った二人は、シシュが怪訝そうな顔でトーマが真面目な顔という、普段とは違った様相を呈していた。

兄の後ろに立つサァリが、同族になった青年に言う。

「ゆっくりやってみて。いきなり動かないで」

「分かった」

シシュはトーマに向かって、緩やかに一歩を踏み出す。

自分の全身を意識しながら、型をなぞるようにトーマの顔面に突きを打った。

受けられることを前提としたその突きを、トーマは初めて見る緊張の表情で外に受け流した。彼は整った顔を苦痛に歪《ゆが》めながら、それでも右手の拳をシシュの腹へと向ける。

言われた通りの速度を抑えた動き。

シシュは右腕を引きながら、左手の掌で相手の突きを受けようとした。

「――シシュ、駄目」

サァリの声が飛ぶ。

その時には既に、シシュはトーマの拳を手で留めていた。ぴしり、と空気が罅割《ひびわ》れる音がする。

違和感を覚えた直後、シシュは本能的な判断で左手を引いた。

ほぼ同時にトーマが思いきり顔を顰《しか》めながら半歩下がる。兄を庇《かば》うようにサァリが二人の間に割って入った。青い双眸がシシュをねめつける。

「だから午後からにしてって言ったのに」

「……何か不味かったか」

「加減しろっつっただろ。人の拳砕く気か」

言いながら自分の右手をさするトーマを見て、シシュはぎょっと慄《おのの》いた。ただ受けただけの拳が、半ば霜が張って凍りつきかけている。サァリは振り返って兄の腕に触れた。

「大丈夫？　トーマは血族だから耐性あると思うけど」

「痛いけどな。俺はちょっと溶かしてくるから、そいつを熱湯にでもつけとけ。冷気発散させろ」

「氷でできてるみたいに言わないで。すぐに自分で抑えられるようになるから」

言い返すサァリは兄の背を心配そうな目で追ったが、ついていくつもりはないらしい。シシュは驚きから覚めると、あわてて部屋を出ようとするトーマに声をかけた。

「悪い！」

「予想の範囲内だから気にすんな」

さらりとした返答は、まったくいつもと変わりがない。

扉が閉まると、シシュは困惑の視線をサァリに向けた。

「ひょっとして、今の俺は体温が低いのか？」

「かなり。私のこと冷たいって思わないでしょう？」

女の手が彼の頬に触れる。確かにその指先は冷たいように思えない。サァリは頷《うなず》くと、放した手で彼の手を握りなおした。

「ちょっとずつ体温上げてくから、一緒に意識して変えてみて。力を自分の内に沈める感じで」

「沈める感じ……」

「あんまりそのままでいると、人だった頃のこと忘れちゃうから。生き辛《づら》くなっちゃうよ」

苦笑混じりの言葉は彼女自身の経験をふまえての忠告なのだろう。

シシュは言われた通り、女の手の温度に意識を移した。続いて自分にまとわりつく力を集めようとして――不意に顔を上げる。

扉の方を見据える彼に遅れて、サァリも同じ方向を振り返った。感情を挟まぬ声がぽつりと呟《つぶや》く。

「早いね」

「仕切り直しの時間か」

月白の門前に誰が待っているか、見に行かずとも分かる。己に近くて、だが遠いものだ。

新しい自分をどこまで動かせるかは分からないが、ここまでの猶予が与えられたことは幸運だろう。

シシュは扉に向かい踏み出しかけて、だがすぐに己が武器を帯びてないことを思い出した。

「しまった。軍刀が――」

「ごめんなさい私のせいです代わりはあるから」

遮るように一息で言われてシシュは噴き出しそうになる。

確かに王から拝領した軍刀を砕いたのはサァリだが、あの状況では仕方ない。サァリは隅の戸棚に歩み寄ると、そこから用意していたのだろう刀を取り出した。昨日トーマが佩《は》いていたものと同じ、神殺しの刀をシシュに差し出す。

「これを使って」

「いいのか?」

「いいの。本来これは私たちが使って初めて意味があるものらしいから。今のシシュが持つのがいいと思う」

――かつてこの剣は、双子の神のために作られた。

それはつまり、神が神を殺すための刃ということだろう。シシュは装飾の施された鞘《さや》を神妙な面持ちで受け取った。細い銀鎖を使って腰にそれを佩く青年に、サァリは袂《たもと》から取り出したものを手渡す。

「あとはこれ」

「……これは」

ずいぶん懐かしい気もするそれは、白の半月と黒の半月を合わせた飾り紐《ひも》だ。

巫《ふ》の客たる男に渡される石飾りを、シシュはまじまじと見つめる。時の流れを実感すると共に一抹の不安も抱いた。この先の戦いの結果、自分がどうなり、そして彼女がどうなるのか。今のうちに言っておかねばと、思う。

「サァリーディ、もし俺が死んだら……他の客を」

「待ってる」

きっぱりと、透き通る意志が断言する。

反論も、驚く間も与えない。サァリは連れ合いを見上げると微笑んだ。芯のある情が声音に滲《にじ》む。

「そうなったらあなたが戻るまで待つだけだから。心配しないで」

決して違《たが》えない心を謳《うた》う彼女に、シシュは目を瞠《みは》る。

――アイリーデの人間は業が深いと聞いた。

それはつまり、愛情の深さと同じことなのかもしれない。

無数の夜を孕《はら》む街の営みにおいて、けれど彼女が選ぶ男はただ一人だ。

生涯唯一の客を、昔も今も彼女は待ち続けている。

そして、自分以外の誰かがその相手になることは……もはやないのだ。

シシュは胸に染み入る余韻を味わって隣り合う娼妓《しょうぎ》を見つめる。夜に咲く花の美しさを前にして、自分は幸運だと思った。彼は冷たいままの手をサァリに差し出す。

「巫を待たせるつもりはない。きっちりと決着をつけよう」

「うん」

幸せそうにはにかんで、彼女はシシュの手を取る。

そうして前を向きなおした女の青眼は既に冷えきっている。

美しい表皮の下に満ちているのは戦意だ。初めから彼女は苛烈さと深い情を併せ持った神だった。

二人は誰もいない玄関を開け、外へと出る。白い陽光が門へと続く石畳を酷薄に照らし出ていた。

アイリーデの《北》の正統、月白。昼に眠る妓館《ぎかん》の門前に立つ来訪者二人は、玄関先に現れたシシュとサァリを見ても驚く素振り一つ面《おもて》に出さなかった。

黒い洋装姿のヴァスが、近づいてくるシシュに呆《あき》れを含んだ視線を投げる。

「着物ですか。珍しいですね」

「着替えを取りに帰っていないだけだ」

「見れば分かります」

それは服装のことか、それとも存在のことなのか。シシュの半歩後ろをついてくるサァリが、門前に立つもう一人、紅《あか》い着物を着た少女を睨《にら》んだ。

「よくも此処《ここ》に顔を出せたものだ。その男と一緒にいるのはどういうつもりだ、ディスティーラ」

問われた少女は、薄青い眼を気だるげに二人へと向ける。

人形を思わせる小さな顔は、以前のディスティーラのものとはまるで違う。体自体も生身であり、その造作はいつか二人の前に現れた刺客の少女と同じだった。依代《よりしろ》化して肉体を乗っ取ったのだろう。ディスティーラは、問うてきたサァリではなくシシュへと返す。

「結局お前はその女に殉じたか。人の生を全うすれば苦しまずに済んだものを」

「そういう性分なんですよ、彼は」

諭すような口ぶりで言うヴァスは、元の彼と歪《いびつ》に似通っていた。

シシュはそのことに苦みを含んだ懐かしさを覚え、憤りをもまた覚える。

彼の内心を読みとったかのように、サァリの手がそっと右腕に触れた。温かく感じるその指先に、彼は幾許《いくばく》か落ち着きを取り戻す。

二人は月白の門をすぐ前にして足を止めた。対峙《たいじ》する二柱に向けてサァリは煩《わずら》わしげに眉を上げる。

「ここで？」

「別にそれでもこちらは構いませんが。あなたは困るでしょう。場所を変えましょうか」

ヴァスはそう言って、軽く右手を上げた。

——同時に辺りの景色が変わる。

明るい日の光が消え、辺りが暗い闇の中へと閉ざされた。

淀《よど》んだ空気と湿った土の匂い。足下の感触は乾いて硬い。おそらくはかなりの広さがある空間だ。

訝《いぶか》しさを覚えるシシュの隣でサァリがぱん、と両手を叩いた。呼応してあちこちで上がる光の飛沫《しぶき》が、暗闇を薄明るく照らし出す。

「ここは……」

剝《む》き出しの土と石壁に囲まれた場所は、かつてシシュも訪れた場所だ。

アイリーデのとある貴族が、多くの化生《けしょう》を囲っていた忌まわしき地下室。事件後に封鎖されたはずのそこをシシュは見回した。覚えのある大穴を奥に見つけて、彼は一層警戒する。

「蛇を引きこんだか……」

「いいえ。単に近くに都合のよい場所があったので選んだだけのことですよ。穴の中は空っぽです」

あっさりとした返答を即信じる気にはなれないが、明確に蛇の気配を感じないことは事実だ。

化生を思わせる陰の空気が濃いのは、地上に神の力が蔓延《まんえん》した今のアイリーデの地下であることと、以前の事件から言って無理からぬことだろう。サァリの神性を叩き起こすことになった一件の後、この広い地下室はほとんどそのままに封印されたと聞く。迂闊《うかつ》に調べたり人の手を入れて、その人間が悪影響を受けることを避けたのだろう。

シシュは、化生たちがいないことを除けば当時のままの景色に、感慨よりも不快感を覚える。

サァリが冷ややかな目を二人に向けた。

「墓場を自ら選ぶとは殊勝だな。――二度とこの街に関われぬようにしてやる」

「やれるものならご自由に。もっとも、巻き添えになる彼はいい迷惑でしょうが」

「迷惑と思ったことはない」

シシュは一歩前に踏み出した。それと共に神殺しの刀を抜く。澄んだ銀色の刃は月光そのもので、体の芯に鈴が鳴るように共鳴するものを感じた。

呼応するようにヴァスもまた直刃の剣を抜く。真紅《しんく》に染まっていく双眸が、秀麗な造作をこの世ならざるものに塗り替えた。従兄の変わり果てた姿に、サァリが憤りを押し殺すのが気配で分かる。

口火を切ったのはディスティーラだ。

「早く来い。男に頼らねば戦うこともできない未熟者が」

「言われなくても」

サァリが短く吐き捨てたのは術を練るためだろう。両手を広げた彼女を庇《かば》ってシシュは刀を上げる。余裕を窺《うかが》わせるヴァスを見据えて青年は前に出た。

神殺しの刃が、シシュの手から力を吸い上げて銀色に光り始める。昨夜まで人間であった青年は覚悟を決めると、刀を正面に構えた。

ヴァスもまた火熱の走る剣を構えて応える。

「いつでもどうぞ。古きもの、《名を持たぬ火陽》がお相手しましょう」

「サァリーディが神供、キリス・ラシシュ・ザク・トルロニアだ。――推して参る」

薄暗い空間を、サァリの生んだ白光がより一層強く照らし出す。

シシュは砂を鳴らして前へと踏みこんだ。

油断はない。

躊躇《ためら》いも今はなかった。

一息で距離を詰めたシシュは、赤眼の青年へと銀刃を振るう。その体を斬り上げようとした刀は、けれど赤熱色の直刃によって受け止められた。

澄んだ金属音が鳴る。

力と力がぶつかり合い、二人を中心に激しく空気が渦巻く。

普通の人間であれば弾《はじ》き飛ばされてしまったであろう圧力を、シシュは軽く眉を顰《ひそ》めただけで受け流した。着物を越えて肌を焼く熱を感じながら、柄《つか》を捻《ひね》り相手の刃を左へ流す。

——半歩、右にずれる。

サァリの放った光が空気を凍らせながら走り、彼の左肩を掠《かす》めた。

真っ直ぐにヴァスを貫こうとする月光は、けれど寸前で別の白光とぶつかり合う。

「小娘が。そんなものか?」

「煩《うるさ》い」

宙に浮かぶディスティーラの嘲りに対し、サァリの返答はそっけないものだ。

だがすぐに言葉以上の変化が現れる。ヴァスの斜め後方に浮かぶディスティーラの、左足の膝から下が厚い氷塊に覆われたのだ。サァリは驚く少女を指さして命じる。

「砕けろ」

きん、と、澄んだ音が一つだけ聞こえた。

次の瞬間、水晶に似た氷塊が少女の脚ごと赤い着物を食らい、粉々に砕け散る。

「っぁぁぁあ！」

苦悶《くもん》の悲鳴が上がり、鮮血が土の上に滴った。

けれどそれは、足一本をもぎ取ったにしては少なすぎる量だ。傷口が瞬く間に凍りついて止血されたのだろう。サァリは可憐《かれん》な口元を微笑ませて少女に問う。

「次はどこにする？」

「……小娘」

ディスティーラの歯軋《はぎし》りが、シシュの耳にまで聞こえた気がした。

青年は、剣を以て相対している神へと問う。

「サァリーディの代わりとは彼女のことか」

「ええ、まあ。正確には代わりというより《同じ》ですが」

「同じなわけが――」

反論を口にしきる前にシシュは後ろへ跳んだ。刃の背を左手で支えながら意識を集中する。彼の意志に応じて刀自体が氷風を纏《まと》い、シシュはその刃で吹きつける熱風を相殺した。直刃に螺旋《らせん》の炎を纏《まつ》わりつかせたヴァスが皮肉げに笑う。

「同じですよ。私たちはそれぞれ、本来唯一無二の存在なんです。同じものが二つなんてありえない。――だから彼女たちも一つでなければならないんですよ。もちろん、彼女に変えられたあなたもです」

「それで、彼女と同じ存在が全て失われたらどうするんだ」

「さあ？　天の理《ことわり》に穴が開いたままになるのかもしれませんね」

何も考えていないような返答に、シシュはある予感を抱く。

ヴァスの人格を塗り潰したこの神は、まるで自分の妹神が失われるとは思っていない口ぶりだ。おそらくサァリとシシュを殺して、ディスティーラを連れ帰ろうと思っている。つまり、どう足掻《あが》いても避けては通れない敵だ。

——ならば今、勝負をつけるしかない。

シシュは相反する属性を持つ青年に、慎重さを意識しながら問うた。

「お前の本体は呼ばずともいいのか？　あの金色の狼《おおかみ》を」

「私がそうですよ。前の人間の時は脆弱《ぜいじゃく》な精神だったので、あくまで固着点としての依代でしたが、こちらの人間は彼女の血縁でしたからね。ちょうどあの時は彼女の力を借り受けていましたし、混じる切っかけとしては充分です」

「……そうか」

ヴァスが狼から庇ってくれた時のことを、シシュはまざまざと思い出す。

あの時、自分たちの道は分かたれたのだ。もし時間を戻せるのなら、どれほどの苦痛を味わおうとどちらも犠牲にならない道を選ぶだろう。

だが、現実を変えることはできない。そして、あの金色の狼が混ざっているのなら、目の前の彼を倒せば終わるのだ。

シシュは息を深く吸いこんで、止める。

そうして目の高さに柄を上げると、左手を刃の根本に添えた。息を吐きながら、左手を刃先へと滑らせる。彼の指が離れる端から刃が硬い氷で包まれていくのを、ヴァスは面のような笑顔で見ていた。

薄く、だが何によっても砕けることのない氷の刃が完成する。

触れたもの全てを切断するであろうそれを、シシュは改めてヴァスへと向けた。変質したことで散っていきそうな精神を、人であった頃を思い出し研ぎ澄ませる。

相手の間合いまでは、これまでであれば二足。

だが今ならば一足もかからないだろう。シシュは己を一振りの刀として意識すると時を待った。

――たん、と小さくサァリの足音が聞こえる。

それと同時にシシュは地を蹴った。氷雪を巻き起こしながら、人には見えぬ速度で刃を振るう。

ヴァスの左肩口へと振りかかる斬撃。そしてそれ以外の場所には、サァリの放つ礫《つぶて》が襲いかかった。

逃げ場を周到に塞いだ攻撃。

その向かう先であるヴァスは、忌々しげな表情で剣を上げる。サァリの礫はともかくシシュの攻撃は避けられないと判断したのだろう。炎風を帯びた剣に、シシュは構わず己の刀を打ちこんだ。たちまち白い水蒸気が視界を埋め尽くす。

「シシュ！」

その声が聞こえた時には既に、彼は刀を引いて左に跳んでいた。

濃い靄《もや》の中から鋭い氷柱がいくつも地面へと突き刺さる。ディスティーラの仕業だろう。己の体に穴を開けようとする明確な殺意に、だがシシュは何を感じる余裕もなかった。追ってくる炎を刃で払いながら、後ろにいたサァリの腰を抱いて更に距離を取る。右肩を氷柱の一本が掠め、サァリが腕の中で何かをするのが分かった。煙の向こうからヴァスの舌打ちが聞こえる。

「シシュ、大丈夫？」

「ああ」

「じゃあ反転」

地面に下ろされた小さな爪先が土を蹴る。

ディスティーラの悲鳴が聞こえ、それを追うように地割れが走った。

サァリを離したシシュは自身も駆け出す。背後から閃光《せんこう》が幾筋も放たれ、ディスティーラとヴァスのいるであろう場所へと叩きこまれた。

神を相手にしての、制限のないサァリの本気。

それでも地下室が崩落しないように気は使っているのだろう。彼女の宣告が冷淡に響く。

「肉体を得たことを後悔しろ。千々《ちぢ》に斬り分けて灼《や》き尽くしてやる」

慈悲を持たない神。

アイリーデに座し続けた女は、そうして己の神供を覆うように地下室全てを白光で焼いた。

迸散《ほうさん》する力。

空気が震える。

轟音《ごうおん》さえも聞こえそうな力の濁流に、だが地下の空間はほぼ無音だった。

自分の心臓の音だけを聞くシシュは、白い光の中を駆けていく。

敵は二人。だが彼が相手にするのはヴァスの方だ。

ディスティーラは宙に浮いていて捕捉しづらい。そうでなくとも彼女の相手はサァリがするだろう。多対多の戦闘では、時にそれぞれの相性が勝敗を決めるのだ。

視界は光で焼かれたままだ。

シシュは感じ取れる強烈な気配目がけて刃を打ちこむ。

けれど返ってきたものは布を斬ったような曖昧《あいまい》な手応えだ。

「っ！」

「……愚か者」

頭上から疲労に満ちた少女の声が降ってくる。ヴァスと位置を入れ替えていたのだろう。自分に向かって伸ばされる少女の手。血に塗《まみ》れたその手を「見た」シシュは、己の背後、斜め上へと刃を振るった。

だがディスティーラはそこまでを予感していたように、宙を蹴って更に上へと逃れる。

先ほどシシュが斬ったものは、彼女が囮《おとり》として脱ぎ捨てていた着物だったようだ。薄紅の襦袢《じゅばん》姿の彼女は満身創痍《まんしんそうい》で、だがそれでも壮絶な笑みを浮かべていた。サァリの攻撃で失ったのか、二本の指が欠けた右手を、ディスティーラはシシュに向ける。

「お前は勘に頼り過ぎだ」

ぶぅん、と耳元で羽音が鳴る。

いつか見せられた悪夢が蘇《よみがえ》り、背筋がぞっと戦慄した。

一秒にも満たぬ間。反射的に刀を上げたシシュの左肩が、だが何かに殴打される。

骨の砕ける音が聞こえ――激痛が遅れてやってきた。判断を鈍らせる苦痛に、シシュは歯を食いしばると一歩踏みこむ。何もない宙を、氷刃が空気を凍らせながら切り裂いた。土の上に黒い羽の巨大蛾《が》がぼとりと落ちる。赤い血がまるまるとした胴から染み出すのを見ずに、シシュは踵《きびす》を返した。

「サァリーディ！」

この状況でヴァスが追撃をかけてこないということは、サァリの方に向かったということだ。

彼女の力は絶大だが、同等以上の力の、それも武器を持った相手には分が悪い。

向こうもそれを承知でぶつかる相手を切り替えたのだろう。シシュの予想通り、後方のサァリーディの前にはいつのまにか黒衣の青年が立っていた。

けれど二人はどちらも微動だにしていない。

サァリの放った濁流を避けきれはしなかったのだろう、ヴァスの左腕は肘から下がずたずたで――剣を持っているはずの右腕は見えなかった。

女の乾いた声が聞こえる。

「どうしてそんなことを聞く？」

「さあ？　単なる好奇心です」

そう笑って、ヴァスは振り返った。サァリの腹から素早く剣を抜き、打ちこんできたシシュの刀を受ける。硬いものがぶつかり合う金属音。血滴の伝っていく陽刃をシシュは歯軋《はぎし》りして睨んだ。

「貴様……」

「そう睨まないで欲しいですね。こちらの方が深手ですし」

苦笑するヴァスの左脇腹にはぽっかりと小さな穴が開いている。サァリにやられたのだろう。一方、ヴァスの背後に立ったままの彼女は、昨日と同じ箇所から血を滲ませていた。

みるみる広がっていく血の染み。だが苦痛を感じさせない声で彼女は言う。

「そのまま押さえててね、シシュ」

頷く間もなく、サァリは血濡《ぬ》れた右手をヴァスの背へと突きこんだ。

ほっそりとした五指が心臓を食い破ろうと捻《ね》じこまれる。青年の体が弓なりにびくりと震えた。

――けれど次の瞬間、ヴァスを中心に足下から巨大な火柱が立ち昇る。

「あ、あつっ！　熱い！」

「サァリーディ！」

悲鳴を上げて下がる彼女に、ヴァスは振り返って苦笑しただけだ。

シシュは彼女への攻撃をさせまいと自ら火柱の中へ踏みこむ。刀を介して冷気で熱を相殺しつつ、一息でヴァスの胴を薙《な》ごうとした。

しかし相手はそれを、己の剣で受け止める。

「シシュ、下がって！　溶けちゃう！」

さすがに溶けはしない、と思ったが、ここで踏みとどまって戦う意味はない。

シシュは地を蹴って炎の中から抜け出す。それを待っていたように、また重い羽音が二つ、左右から襲いかかってきた。

「っ……！」

「ディスティーラ！」

叫ぶ声はサァリのものだ。シシュの右後方で小さな爆発が起こる。

サァリが蛾の一匹を破裂させたのだろう。シシュは左を振り向くと羽音を頼りに空中を斬った。黒い羽が散っていき、その向こうに赤い襦袢の少女が見える。

ディスティーラは、からからと楽しそうに笑っていた。

美しい、もう一人の神。

その貌《かお》に今は翳《かげ》がない。あるものはただ傾いた空虚だけだ。

シシュは壊れた人形のような少女に、己の無力さを覚える。だが表に出たものは苦い表情だけで、彼は懐から針を抜くと少女目がけて投擲《とうてき》した。冷気を帯びて飛ぶ針は、暗闇の中を音もなく飛びディスティーラの鎖骨の間に突き刺さる。

「つぎぁ……！」

苦悶《くもん》の声を上げ少女は空中で体を折った。わずかな空隙にシシュは己の現状を確認する。

着物のあちこちは黒く焼け焦げていた。それだけでなく、全身が火傷でじんじんと痛む。彼は砕かれた肩も含め、冷気を繰ってひとまずの痛み止めを施した。背に襲いかかる火の渦を、前を見たまま刀の一閃《いっせん》で切り裂く。

「少しずつ慣れてきた……気がする」

感覚と力が、ようやく己のものとして馴染《なじ》んできた。

肌身に刺さる実戦の空気のおかげだろう。シシュは刃の氷を一瞥《いちべつ》した。炎渦を斬ろうとも溶ける様子のないそれは、彼の集中が乱れていない証拠だ。

シシュは振り返ってサァリを確認する。火柱の中のヴァスと睨み合う彼女は、ちょうど腰の創傷を凍らせて対処したようだ。白い着物はそこだけ、赤い花を凍らせて閉じこめたように見える。

サァリは肩にかかる髪を後ろに払うと、深く息を吐いた。ほっそりとした体が地面を離れる。

彼女は同じく宙に浮くディスティーラと、炎の中にいるヴァスを順に眺めた。銀の睫毛をけぶらせ己の神供に問う。

「シシュ、どっち?」

端的な確認は、これからの出方を確認するものだ。

このままその場その場に流されては、負けるまで行かずとも長引くことは間違いない。

サァリとディスティーラではサァリの方が格上のようだが、それが即勝敗を決めるわけではない。だからこそ彼女は、自分より実戦経験が多いシシュへと尋ねた。

判断を委ねられた青年は、ほんの刹那《せつな》考えると、答えを口にする。

「月を」

それを聞くなり、サァリは胸の前に眩《まばゆ》い光球を生んだ。火柱の中にいるヴァスに向かって、光の球を打ち出す。球はみるみるうちに膨れ上がると、炎をものともせず青年に向かった。彼はそれを己の剣で切り裂く。

しかしその時にはもうサァリは、宙を蹴って飛んでいた。ヴァスを越えて白い右腕を振りかぶる。その先に在るぼろぼろのディスティーラが、目を見開いてサァリを見た。

「小娘が……！」

蛾の羽音がいくつも重なるもサァリはまったく構う様子を見せない。空を跳躍したまま薄く微笑《わら》う。

「そろそろ退場だ、母様」

――広範囲にわたって振り下ろされる無形の力。

逃れる間もなく跳ね飛ばされたディスティーラの体は、毬《まり》のように暗い穴の前へと叩きつけられた。青い眼が見開かれ、彼女は残る四肢を広げて喘《あえ》ぐ。

「ぐ……っぁ……」

肉体の苦痛に、もはや悲鳴を上げることさえできないのだろう。ディスティーラは血を吐いて視線を上げた。

そこには既に刀を携えた神供が立っている。沈痛な眼差しが少女に注がれた。

人に拒絶された神と、神のために人を捨てた男。

すれ違い触れ合わぬ道行きに、青年は人間の愚かさを思う。

「――もし、貴女に次があるなら」

それ以上をシシュは言わない。

何もかもを分かったようにディスティーラが嘆息して目を閉じると、彼は神殺しの刃をその胸へと突き立てた。

よく知っている感触。それでも最後にびくりと震えた体に、シシュは後味の悪さを覚える。

少女の体からはみるみる血が溢《あふ》れ出し、けれどそれは地に流れ出る端から凍りついていった。

シシュ自身が意識したわけではない。最初から彼女たちを殺すために作られた刀だ。神の血を不要に広げぬよう自《おの》ずから作用するらしい。

彼は刀を突き立てたまま、サァリの様子を窺おうとする。

しかしその時、背後から飛来した火球が足下に衝突した。たちまち辺りが高い火の壁に囲まれる。

「足止めか……！」

ヴァスが放ったそれは、おそらくサァリとの分断を狙ってのことだ。

シシュはみるみる熱されていく周囲に息苦しさを覚えて、ディスティーラの体から刀を抜いた。炎壁を切り裂こうとして——だが、予感を覚える。


昏《くら》い。

べったりと纏《まつ》わりつくもの。

渇えて貪欲な、際限を知らない欲。

長く相対してきたもので、彼自身よく知るもの。

それが今、背後で頭をもたげようとしていた。


「まさか……」

人であった頃を思い出させる戦慄が、シシュの背筋を滑り落ちる。

それは右腕にずきりと痛みを呼び起こしたが、錯覚に過ぎないことはすぐに分かった。シシュはほんのわずかな意識の空白をのみこむと、炎壁に照らされた足下を見下ろす。

「っ、これは」

――火が、凍りついたディスティーラの血を溶かしている。

淫《みだ》らな艶《つや》を含む真紅の血は、まるで引き寄せられるように炎の中へ……その先の穴へと、流れ出していた。シシュは、目を閉じて横たわる少女を見つめる。

「ディスティーラ」

二度目に戦慄を覚えたのは、ヴァスの意図を理解したからだ。


何故、少女を連れてきたのか。

何故、此処を戦場に選んだのか。

何故、炎壁で彼らを隔離したのか。


全ては「今」を導くための布石だ。最初からヴァスは、ディスティーラを餌として使うつもりだった。彼女を連れて帰る気など元々なかったのだ。

シシュは覚悟を決めると、氷の刃で炎を斬り捨てる。

熱だけを残し視界が晴れると、先には暗い大きな穴と――そこから頭をもたげた巨大な蛇がいた。

10．心火

頭だけで人の背の三倍はある蛇は、その巨体だけで場の空気をじっとりと圧していた。

黒い輪郭が時折ゆらりとぶれる。

化生《けしょう》に特有の赤い双眼は、だが昏《くら》すぎて闇色に近い。

蛇はじっとシシュを見たまま、大きな頤《おとがい》を開いた。濡《ぬ》れて光る白い牙と真紅《しんく》の舌、その先には地の底へと続く虚《うつ》ろが見える。

ディスティーラの血を啜《すす》ったのであろう舌が震え、音なき声が響いた。

『神供《しんぐ》よ』

無の風が、飽くなき虚ろから吹きつける。

この地の深きに根差したもの、人の欲に蝕《むしば》まれた神が嗤《わら》った。

『確かに、白月《しらつき》を受け取ろう』

貪婪《どんらん》な舌が蠢《うごめ》く。

限界まで開かれる顎を前にシシュは刀を振るった。彼ごとディスティーラに食らいつこうとする牙の一本を氷の刃が叩《たた》き割る。

「シシュ……っ！」

サァリの悲鳴が聞こえる。

だがそれもすぐに遠ざかる。何も見えなくなる。音さえも失われる。

闇に閉ざされ腹に落ちていく中、精神をも溶かす虚無で。

シシュはただ左腕を伸ばすと、咀嚼《そしゃく》される少女の手を握った。

※

「な……」

穴から這《は》い出でた蛇が、彼をのみこむ様を見ていた。

何もできなかった。間に合わなかったのだ。

呆然《ぼうぜん》と立ち尽くすサァリは、かちかちと耳元で鳴る音に気づく。それが己の歯が震えてぶつかる音だと気づいた時、彼女は言葉にならぬ絶叫を上げていた。

「っぁぁあああぁぁぁああ!」

目の前が真っ赤に染まる。

それが錯覚だと分かっても、サァリは動かずにはいられなかった。

細い体より出ずる力の渦が、地下の空間を軋《きし》んで揺るがす。

いつか王都の地下で味わったものに似た恐慌。だが今の相手は化生ではなく蛇だ。

「こ、の……!」

吹き荒《すさ》ぶ氷風の中心で、サァリは自由になる力を全て振り絞り、漆黒の巨大な蛇を撃とうとした。

両腕に集めた力を錐《きり》にして――だがサァリの体は、その力を振るうより先にぐらりと傾《かし》ぐ。

「あ、」

熱を帯びる痛みがほんのわずか思考を取り戻させる。左の腿《もも》から生えて見える直刃の剣を、彼女は睨《にら》んだ。

「……貴様」

「そう怒らないでもらいたいものですね。私はあなたの希望を叶《かな》えただけのことですから」

青年は無造作に突き刺した剣を引き抜きながら飛び退《の》いた。鮮血が地面に飛び散り、その匂いに気づいた蛇の双眼が二人へと向けられる。

反動でよろめくサァリは行き場を失った力を渦巻かせつつ、ヴァスへと手を払った。

接近を拒む氷の杭《くい》が空中に現れ静止する。彼はそれを見て、軽く苦笑すると肩を竦《すく》めた。

「忘れてしまったんですか？　あなたが言ったんですよ。蛇がこの地の支柱にまで染み入ってしまっていて帰れないと」

「それは……」

確かに言ったことがある。目の前の存在が、まだ違う依代《よりしろ》を持っていた時のことだ。

虚をつかれて言葉を失うサァリに、ヴァスは幼児を諭すような笑顔を見せた。

「だからこちらへ釣り上げてやったんです。引き寄せて実体化させてしまえば、遠慮なく殺せるでしょう。蛇を殺せば、あなたを縛る約は一つ消えることになる」

苦労したのだと、まるで人間のように語る青年は、元の彼とは似ても似つかなかった。

どこまでが本気で、どこまでが無理解なのか。

考えるだけで息苦しい。吐き気がする。頭を抱えて叫びだしたくなる。

サァリは、紅《あか》い目の青年と、神供をのんだ蛇と、流れ続ける己の血を、同じ意識野に入れた。怒りと焦燥に震える手で額を押さえる。

狂乱することは容易《たやす》い。

だが何を優先すべきか、答えは一つだ。

迷っている時間はない。彼女は血に惹《ひ》かれて這い出してくる蛇を睨んだ。

その眉間を狙って、今度はもう一度緻密に力を練り上げる。もう邪魔するつもりはないのか、ヴァスの穏やかな声が聞こえた。

「そうですよ。雑に暴れて仕損じるなんて真似はしないように。よく狙ってください」

「……黙れ」

流れ出す己の血が、蛇を呼びその力となるなら。

過ぎた欲には力を以《もっ》て返さねばならない。自分の体は地に零《こぼ》れた滴の一つでさえ、ただ一人のものなのだから。

サァリはともすれば暴れそうになる精神を抑え、苦痛を遠ざける。

荒れ狂う本質を絞り、表に出る些末《さまつ》だけを震わせた。

白い光が二つの巨大な円錐《えんすい》となる。槍《やり》の穂先のようなそれを左右に浮かばせ、サァリは右手を上げた。土の上を這ってくる大蛇へ告げる。

「長い眠りももう終わりだ、蛇よ。――私の男は返してもらう。塵《ちり》となって消えるがいい」

昏い赤の双眼と、氷の双眸《そうぼう》。

ぶつかり合う視線の片端を握る女は、そうして蛇の形をした欲に向けて己の力の粋を撃ち出した。

※

気がついた時、彼は一人、アイリーデの入口に立っていた。

広い、整然とした街並み。

だが空は昏く、人の姿はどこにも見えない。普段艶《あで》やかな色を散りばめている通りは単調な無彩色で、灰色に見える道はまるで作り物のようにのっぺりとしていた。

「これは……」

シシュは自分の左手を見る。

繋《つな》いだままの少女の手は、この世界では浮き立って白い。曖昧《あいまい》な違和感を覚える中で、彼は少しだけ一人ではなかったことに安堵《あんど》した。冷たい少女の手を握り直す。

「誰かいないか探してみるか、ディスティーラ」

返事はない。シシュは頷《うなず》くと、肘から先だけの少女を引いて歩き出した。門の下を抜け、人気《ひとけ》のない大通りを歩き出す。

――どうやってここに来たのかは、記憶が霞《かす》んで思い出せない。

ただ何かすべきことがあった気がする。彼は、点々と血を零す少女の腕を引きながら首を捻《ひね》った。

「なんだかすっきりしないな……」

誰かに会えれば話が聞けるのかもしれないが、今のところ人っ子一人見当たらない。

けれどシシュは、そのことを不思議に思うわけでもなく白黒の景色の中を歩いて行った。連なる妓《ぎ》館の前を過ぎ、がらんとした広場を通り抜ける。

空は灰色だ。鳥は飛ばず、風も吹かない。

やがて彼らは誰にも会わぬまま、街の北端、月白《つきしろ》へと辿《たど》りついた。

開かれたままの玄関には、誰の姿も見えない。灯《あか》り籠《かご》に張られた布は一際浮き立って白かったが、そのせいで火が入っているのか否《いな》か、いまいち判別がつかなかった。

シシュは三和土《たたき》に立つと中に声をかける。

「誰かいないか?」

返答を待つが、何も聞こえてはこない。自分の声も長い廊下に吸いこまれていくかのようだ。中に上がって人を探そうかとも思ったが、よく考えてみれば先ほどから広い街を歩き詰めだ。彼自身はともかく少女の体には辛《つら》いだろう。

シシュはそう考えると、ディスティーラの腕と共に上り口に腰かけた。食いちぎられた腕から滴る赤い血が床を汚さぬよう、膝の上に抱えあげる。

音は聞こえない。

玄関から見える外の景色は平坦《へいたん》で、どこまでも終わらない際限のなさを思わせた。見ていると吸いこまれそうな青い瞳とは違う、無に等しい永続だ。

――美しい、青の双眸《そうぼう》。

「サァリーディ」

ふと彼女の名を思い出す。

忘れていたわけではない。ただ今まで何故か思いつかなかったのだ。

どうして彼女のことを考えなかったのか。自身の意識の欠落に気づくと、シシュは立ち上がった。ディスティーラの手を取ったまま館の中を振り返る。

「サァリーディ?」

呼んではみたが、返事がないことは予想できた。

サァリは中にはいない。そして街にもいない。

分かるのだ。他のどの人間がこの世界の中に溶けこむことができようとも、彼女だけは混ざらない。

彼女は此処《ここ》より外の、別の存在だからだ。

「サァリーディに会わなければ……」

ならばどうするか。

此処で待っていようか、と思う。

月白は、彼女の館だ。だからこのまま待っていれば彼女はやってくるかもしれない。腕だけのディスティーラもそうした方がいいと思っているようだった。

だがシシュは、少し考えるとかぶりを振る。

「……いや、違う」

待っていてはいけないのだ。

此処は彼女の知らぬ場所で、彼女とは相容れぬ世界だ。蛇が見ている微睡の中の街。どれほど近づこうとも此処に彼がいる限り、彼女とはすれ違い続けるだけだろう。

シシュは外に向かい歩き出しかけて——だが繋いだままの腕を振り返る。

「あなたは、ここに残るか？」

ディスティーラは、己の居場所を欲しがっていた。傍《そば》にいてくれる人間を欲しがっていた。必要とされたがっていた。

そんな彼女にとっては、この場所は安住の地であるのかもしれない。化生が人の想念を写し取って人の姿を取るように、この街は、人の欲念から生じたもう一つのアイリーデだからだ。

神のために人間が用意した二つ目の座。人が蝕《むしば》んだ蛇が抱いて眠る心界の街。それは妄執《もうしゅう》の虫籠と同じとも言えるが、欲されていることは確かだ。だからこのまま此処で安らかに眠ることもできる。

けれどディスティーラは、否、と答えた。

シシュは腕だけの少女を不思議に思って見下ろす。

「俺と行くのか？　別に構わないが、俺はサァリーディの神供だ」

それでいいのか、と問う。

ディスティーラは、是、と返した。もういいのだ、とも。

シシュが頷くと、白い腕は端からさらさらと崩れていく。代わりに握っていた指先から彼女自身である力が流れこんできた。

冷たく、かぼそい意識。

だが彼女の人格や思惟《しい》も、彼の中に入るやいなや泡沫《うたかた》となって融け消えていく。最後の輝きのように次々露《あら》わになる感情を、シシュはまるで自分のもののように一つずつ追っていった。

全てが消えて力だけが残ると、彼は月白の二階へと続く階段を振り返る。

「……そうか」

——愛していた。

拒絶されようとも、切り捨てられ封じられようとも。

彼女が愛していたのは、自らが選んだ男ただ一人だ。月白の女は、決して己の客を変えることはない。たとえ、何があろうとも。

客取りの日の前日、彼女がどれだけ期待に落ち着かず支度をしていたか。男にひれ伏され許しを請われた時、どれだけ泣き叫びたかったたか。もし運命が少しだけ違う道を辿っていたなら、ディスティーラは今頃、月白の主であったのかもしれない。

そうであったらサァリの生は、もっと違うものになっていたのだろうか。

今となっては、ただ詮無きことだ。

シシュは、消えてしまった少女の記憶から時を引き戻すと、館の玄関から外に踏み出す。門の向こうに広がる小さな空を見ながら、彼は腰の刀を抜いた。

「あまり待たせると、また泣かれるからな……」

アイリーデの主人。毅然《きぜん》として恐い女。

だが彼女は、嬉《うれ》しい時にも悲しい時にも素直に泣くのだ。

子供のように彼の胸に顔を埋《うず》めて泣くさまを愛らしいと思いはするが、できるなら辛い思いはさせたくない。そのために彼は神供となったのだ。

シシュは右手に提げた刀に力を集めていく。冷えていく刀身に呼応するように、ここまで点々と落ちてきたディスティーラの血が白く光り始める。それは彼の目に街の外まで続く道しるべとなって見えた。一筋の軌道を意識してシシュは息を吐く。

「残念ながら、負けるつもりはない」

だからただ、今のこの状況も乗り越えて行くだけだ。シシュは、作られた街の姿が歪《ゆが》み、血と臓腑《ぞうふ》で彩られた本来の景色に変じていくのを、驚きもせずに見据えた。

剝《む》き出しであからさまな人間の欲そのもの。自身にも繋がるものを前に、神供は白光を湛《たた》える刀を上げた。サァリの力が、外から向かってくるのを感じる。

「今、帰る」

もしかしたらもう泣いてしまっているかもしれない。

シシュは彼女の様子を想像し、申し訳なさに眉を寄せると――一息で蛇の腹を切り裂いた。

世界が変わる。

蛇の抱くアイリーデが消えうせ、シシュはいつのまにか元の地下室の穴の前に立っていた。

ディスティーラの体は残っていない。

正面の離れた場所にはヴァスがいて、その剣先は隣のサァリの喉元に突きつけられていた。

自分の命が危うい状況で、しかしサァリは戻ってきたシシュを見て心底嬉しそうな顔になる。綻《ほころ》ばせた顔で口を開きかけて——だがすぐに彼女は冷徹な表情に戻った。白い指が彼の背後を指さす。

「シシュ、後ろ」

警告が発せられたのと、シシュが刀を振るったのはほぼ同時だ。

腐った肉を斬ったかのような気味の悪い手応え。ぼたぼたと降ってくる黒い腑《ふ》を避けて、彼は横に跳んだ。それをしながら大きな穴を振り返る。

そこにいたものは、死肉の山としか言えないものだ。

どす黒い、崩れかけた巨大な塊。

ぐずぐずと穴の外へ広がっていくそれは確かに、先ほどまでは蛇であったのだろう。

臭いはなく音もしない。ただ目には見える溶けかけた肉は、明らかに現実のものとしてそこに存在していた。シシュは剝き出しの臓腑の中に、埋もれそうな赤い眼を見つけて眉を顰《ひそ》める。

「何だこれは……」

「大体予想通りですね。彼女の攻撃で瀕死《ひんし》になったところに、あなたが出てきてしまったことで崩壊したんです。元々ディスティーラの力を得て実体化したものですからね、それをあなたに奪われたら、形を保っていられなくなったんでしょう。どうしても神供の方が彼女の力と親和性が高いですから」

「……ディスティーラ」

淡々とした説明に、シシュは己の左手を見る。

ついさっきまで、彼女と共にいた気がする。

だがどんな風に一緒にいたのか、何か言葉を交わしたのかは思い出せない。

ただ彼女がもういないということと——その力の幾らかを自分が継いだということは分かっていた。

蛇であった泥塊は、鈍った双眼にサァリとシシュを映す。

そうして存在に惹《ひ》かれたのか血の匂いに惹かれたのか、正面の女に向けてずるずると地を這いだした。声ならぬ声が空気を震わせる。

『し、らつき、よ』

渇《かつ》えた欲。留《とど》まるところを知らないそれに、シシュは素早く地を蹴った。

サァリに剣を突き付けているヴァスもなんとかしたいが、今はまず蛇だ。

彼は、土を溶かしながら足下に広がってくる肉の一部を斬りつける。

波打つ腐肉が、白刃の触れる端から凍りついていった。ぱきぱきと音を立てて広がる霜が、またたくまに小山のごとき塊全体を覆っていく。

その上を走るシシュは、砕け散っていく黒肉の破片に、自身と重なる妄執を見た。記憶にない夢の欠片《かけら》が意識の隅で疼《うず》く。

彼女を欲している。

憎んでいる。食らいたがっている。

触れたくて、取りこみたくて、すり潰したいほどに焦がれている。

まるでどうしようもない執着だ。遥《はる》か遠い月をのみこもうとする貪婪さは、きっと彼自身と同じ根を持っている。

違うのはただ、彼女を得たか、そうでないかだ。

そしてもう一つ――

昏赤《こんせき》の眼を越えて、シシュは黒い肉丘の上に立った。凍りついた臓腑を足下に感じる。

――かつて初めの神は、この地で蛇の首を斬り落としたのだという。

それに比べれば、今はささやかな通過点でしかないだろう。何も終わらない。人が在る限り蛇はまたいずれ、月白の主を欲してやって来る。

「だが、サァリーディにまみえるのは、これが最後だ」

彼女に代わりなどいない。闇雲に月を欲する蛇とは違い、シシュはそう思っている。

だからここで譲る気もない。彼は両手で刀を構えた。息を整え、力を研ぎ澄ませる。

蛇の体が小さく震えた。


『しらつき』


執愛を囁《ささや》く言葉。

濁った赤い眼が彼女に向けられる。

白い着物を血に染めたサァリは、透き通る氷の目で蛇を見ていた。温かくも冷たくもない声が返る。

「散り散りに溶け消えてしまえ。……次は客として出直して来い」

氷結の支配する場。

そうして淀《よど》んで凝《こご》った欲に向けて、神殺しの刃は振り下ろされた。

凍りついていた黒い山は、刃の一振りで澄んだ音を立てて砕け散った。

舞い上がる無数の破片は、粉雪の如《ごと》く白光を受けて輝きながら宙に溶けていく。空に昇っていくものも地に沈んでいくものもある破片はきっと、また時をおいてアイリーデに戻ってくるのだろう。

シシュは散っていく破片を軽く刀で払うと、改めて残る二人に向き直った。サァリの背後から、首に剣を突きつけている青年に問う。

「どこまでを計算していた？」

「さあ？　計算できることなんて、たかが知れてますよ」

嘯《うそぶ》くヴァスは、だが軽い口調とは裏腹に、軽く顔を顰《しか》めていた。頭痛を堪《こら》えるような表情に、シシュだけが目を留めて怪訝《けげん》に思う。

一方彼の前に立つサァリは、作り物のような無表情だ。顔色が悪いのは出血のしすぎかもしれない。先ほどはなかった太腿《ふともも》の傷からは、止血されていないのか血が鮮やかに滲《にじ》み続けていた。

彼女は肩で息をつく。

「次はお前だな」

「死にそうな状況でよく言いますね。もう立っているのも辛いんじゃないですか」

とん、と、ヴァスはサァリの背を押した。糸が切れたように彼女は体勢を崩し、その場に倒れこむ。

思わず駆け出そうとしたシシュを、しかしヴァスの剣が留めた。彼は剣先をサァリに突きつけながら苦笑する。

「さて、次はあなたです。とりあえずその刀を捨ててもらいましょうか」

「捨てなくていいよ、シシュ」

掠《かす》れた声で付け足すサァリに、ヴァスは一瞥《いちべつ》もくれず剣を突き出した。脹脛《ふくらはぎ》を貫通する刃に彼女の体は大きく震え、だが悲鳴は上がらない。歯を食いしばって苦痛をのみこむサァリを見て、シシュは激昂《げっこう》しそうになる。

ヴァスはまたふっと顔を顰めると、サァリの肢《あし》から剣を引き抜いた。シシュへと重ねて要求する。

「刀を捨ててこちらにどうぞ。あなたももう用済みですから」

赤い眼が、どうでもいいもののようにシシュを見る。

ディスティーラは死んだ。蛇は消えた。

あとはシシュを殺して、サァリを連れ帰れば終わりだ。

ヴァスとしては、それで計算通りだろう。むしろ蛇を滅した分だけ、サァリに譲歩したとも言える。

――だが、それを譲歩と思っている時点で、彼はもう元の彼ではないのだ。

今更ながらの現実に、シシュは青年と相対しながら思考を巡らせる。

彼女をこれ以上傷つけさせてはならない。だからと言って、自分が殺されるわけにもいかない。

この二つが大前提で、だから何としてもヴァスに勝たねばならなかった。

シシュは神殺しの刀に視線を落とす。

迷っていられる時間はない。彼は刀を鞘《さや》に戻すと、鞘ごとそれを足下に置いた。倒れたままのサァリーディが息をのむ。

「シシュ」

「大丈夫だ」

答えて、青年は一歩を踏み出す。

肝心なのは最初の一撃だ。それをしのぐことさえできればどうにでもなる。そのために、単身でも人外と戦いうるように彼は変わったのだ。今はとにかく、サァリから彼を引き離すことが第一だ。

シシュは、蛇の死肉によって溶かされた土の上を慎重に進んで行く。

縮まっていく距離。それが元の半分ほどになった時、彼は足下の違和感に気づいた。

それが何であるのか、目線を動かさずに「見た」シシュは——その場で足を止める。

彼はサァリの傍《かたわ》らにいるままのヴァスを、冷えた目で見据えた。

「これでいいのか？」

「こちらに来いと言ったつもりなのですが」

「サァリーディから離れろ。そうでなければこれ以上は進まない」

「相変わらず、よく分からないところで強情な人ですね」

呆《あき》れたように肩を竦めて、だがヴァスは彼女から剣を引いた。痛ましい姿のサァリを見つめる。

彼が考えこんだように見えたのは、そう長い時間ではなかった。ヴァスはまた顔を顰めると、サァリに向けて左手をかざした。

「よせ！」

止める間もなく赤光が走る。

サァリの細い体が跳ね、ぐったりと力を失った。青い瞳が閉じられ、小さな顔に銀髪がかかる。

反射的に走り出しかけたシシュを、だがヴァスの剣先が留めた。

「気絶させただけですよ。彼女を背後に置いておくなんて危ない橋は渡れませんし、あなたが死ぬところを見られてまた暴れられても困ります」

「……眠らせたまま連れ帰ろうと？」

「そうですね。それが早いですから」

あっさりと言いきってヴァスはシシュへと向き直った。剣を提げたまま、青年は無造作に歩き出す。湿った土の上を歩いてくる青年は、端整な貌《かお》に、やはりどこかサァリとの血の繋がりを窺《うかが》わせていた。時折思い出したように顔を顰めるのは、いくつかの負傷のせいだろうか。

じゃり、と砂が鳴る。

それを最後に足を止めたヴァスは、正面に立つシシュを感情の窺《うかが》えない目で眺めた。サァリの血に濡れた剣先がシシュに向けられる。

「これで終わりですか。少し手間取りましたが」

「散々裏で手を回して、気が済んだか？」

「どうでしょうかね。それに関しては、まだ上手《うわて》がいますから」

「上手？」

シシュは問うたが、相手は軽く笑っただけで答えない。

死に行く者には必要ない話だと思っているのだろう。赤熱色の刃をシシュは油断なく見据えた。同時に足の下に注意を払う。

二人の間の距離は、既にお互いの一足の間だ。

ヴァスは手の中で柄《つか》を返す。

「あなたは本当に、他人事で損をしてばかりでしたね」

「損と思ったことはない」

それに損と言うなら、シシュを庇《かば》って塗り潰されたヴァス自身こそがそうだろう。皆が皆、自分以外の誰かを思って岐路を迎えた。そうやって今の自分があるのだから、彼らの願いを汲《く》みたいと思う。

シシュは目を閉じる。

人はやはり、愚かなのだと思う。

欲で動き、情で動き、大義で動く。自分を殺し、他人を殺す。

愚かな選択をするのは、いつも人自身だ。

だがそれをよしと思うのも、抗《あらが》い続けるのも、同じ人だ。

――だから「彼女」たちは、人間を愛するのだろう。

「これで最後です」

ヴァスの声が正面に聞こえる。

剣を振り上げる気配がする。熱風を感じる。

シシュは爪先に力を入れた。

踏みこむと同時に、土の中に埋もれていた刀が跳ねあがる。

錆《さ》びかけて汚れた刃は、既に死した化生《けしょうぎ》斬りのものだ。

シシュはそれを、身を屈《かが》めながら摑《つか》む。右の肩口を赤い刃が掠めていく。

激痛が肩から広がり、けれどそれに構わずシシュは相手の懐に跳びこんだ。

鈍い手応えが返る。一拍の間を置いて、驚いたような呟《つぶや》きが落ちる。

「……これが、あなたの計算ですか」

「いや」

単なる偶然か――そうでないなら、「彼」の意思だ。

シシュは摑んだ刃の先、柄に結びつけられた飾り紐《ひも》を見下ろす。

土に塗《まみ》れた黄水晶は、アイリーデを追放された男を示すものだ。

あの日、シシュが叩き落とした刀が、土に埋もれてこの場所に残っていた。溶けた地面の中からそれを見出したシシュは、刀身を伝ってくる神の血を見つめる。

胸を刺し貫かれたヴァスは、同じものを見て苦笑した。

「まったく、仕方ないですね」

刀を通じて送りこまれるシシュの力に、ヴァスの体は急激に冷えていく。陽の神である青年は温度のない息を吐くと、首だけでゆっくりと背後を振り返った。

倒れ伏して眠る女を、彼は左目だけを細めて見つめる。

「仕方ないので……あなたに差し上げます」

ほろ苦く、どこか嬉しそうな言葉。

それだけを残して、青年の体は金の光と共に四散した。

11. 命糸

目を閉じて、彼女は眠る。

膝を抱えて顔を伏せて、胎児だった頃のように。

冷たい石室《せきしつ》で彼女は蹲《うずくま》る。滑らかな足下には涙の作る氷粒が幾つも落ちていた。

床に広がる銀髪は一本一本が月光を宿し、しなやかな裸身も白光を纏《まつ》わりつかせている。

柔らかな大人の躰《からだ》で、それでも少女のように頑《かたく》なに目を閉ざしていた彼女は、けれどふっと顔を上げた。冷たい床に手をつき立ち上がる。

「シシュ」

姿は見えない。

だが気配を感じる。

彼女は何もない中空へと右腕を差し伸べた。

ひたすらに恋うように、全てを請うように、うっとりと目を細めて待つ。

遥《はる》か昔から続く約。

最初で最後の誓約。

永く長い孤の終わりに――――細い指先へ、同じ温度が触れた。

※

抱き上げた腕の中で、サァリが身じろぎする。

地下室から出て見上げた空は、ちょうど朝の薄衣を脱ぎ捨てる頃だった。人通りの少ない道を選んで月白《つきしろ》に戻る途中のシシュは、彼女にそっと声をかける。

「サァリーディ？　気がついたか？」

「ん……」

うっすらと目を開けたサァリは若干青白い顔色のままだ。止血は施されているが血が足りないのだろう。ただ目が覚めたということは少しずつ回復してはいるらしい。神供《しんぐ》であるシシュから生気を吸い上げているのだ。

彼女は視線をさまよわせるとシシュを見上げる。その目に意思があるのを見て、彼はヴァスのことを口にしようとした。彼女の従兄がどうなったか真っ先に言わなければならないと思っていたのだ。

けれどサァリは、それより早く両腕をシシュの首に伸ばして抱き着く。

「よ、よかった……」

「サァリーディ」

「あなたが殺されちゃうかもって……思ってて……」

絡みついた腕に力が込められる。べそべそと泣き出す気配がしてシシュは硬直する。

言われてみればサァリは彼がどうなったか見ていないのだ。自分のことをすっかり思考の外に置いていたシシュは泣いているサァリに困り果てていたが、ようやく我に返ると彼女の体を揺すりあげた。

「おかげさまで生き延びられた」

「何それ」

くすっとサァリが笑う。彼女は肩口に埋《うず》めていた顔を上げると、涙に濡《ぬ》れる目で微笑《ほほえ》んだ。

「あなたの力でしょう」

「いや、人間だったら死んでいたと思う。刀も……」

あの刀のことを言うべきか迷って、シシュは結局口を噤《つぐ》む。「彼」はそれをサァリに言って欲しくないだろうと何となく感じたからだ。

ただ事実としては、多くの他者の助けがあって自分は今ここにいられる。それを忘れてはいない。だからシシュは、言うべきことを口にした。

「ヴァスなんだが……」

「わかってる」

きっぱりとした返答はそれ以上の言葉を必要としないものだった。

従兄であって従兄でない神と対峙《たいじ》していた彼女は、とうに覚悟を終えていたのだろう。彼女の中でヴァスはもっと早く亡くなっていたのかもしれない。これに関してはむしろシシュの方がぎりぎりまで諦めきれていなかったと、今になって気づく。

サァリは人肌と同じ温度の息をついた。

「大丈夫。私が弱かった結果だから。一生背負ってくの」

「サァリーディ……」

「私がそうするって決めたから。これでいいの」

自らに言い聞かせるように、彼女はきっぱりと言う。

その矜持《きょうじ》の高さと情の深さは、彼女自身を苦しめることになるかもしれない。

ただ彼女はそれも分かっていて己の生き方を選んだ。最古の妓館《ぎかん》を守る主であり続ける。そうして人と共に生きてくれる道を選んだ。

だからシシュは、生涯彼女を隣で支えようと思う。街の主人である彼女が傷ついたり悩んだりするただの女であることを忘れずに。自分だけは彼女の自由を守るのだ。

路地を曲がりながら、シシュはぼろぼろの姿になってしまった自分たちを見下ろした。

「これはまたトーマに驚かれそうだな……」

「無茶な足抜けしようとして失敗したみたいになったね。せっかくだからこのまま逃げてみる？」

「巫《ふ》はそういうことをしないだろう。ちゃんと月白に向かってる」

ごく当たり前のことを言うと、サァリは嬉《うれ》しそうな声を上げて抱き着いてくる。何が彼女の琴線に触れたかまったく分からない。そもそもそれを言うなら、どうして自分を選んでくれたのかもよく分からない。死地を切り抜けた緩みのせいか、素朴な疑問が浮かんできてシシュは悩んだ。

「どうかしたの、シシュ」

「いや……サァリーディがどうして俺を選んでくれたのかと思って」

「今更⁉　今まで分かってなかったの⁉」

「幸運だな、と浮かれていて……そこまで考えが思い至らなかったというか……」

「運の要素あった⁉　そんな風に思われてたことにびっくりなんだけど！」

「察しが悪かったか……すまない」

また一つ反省する彼に、サァリはくすくすと艶《つや》のある声で笑う。

「あなたが分かってないの、面白いからそのままでいいよ。私にとってあなただけが特別ってことだけ分かっててくれればいいから」

「理由は――」

「そういうとこ！」

サァリは言ってから声を上げて笑う。

その眦《まなじり》に滲《にじ》む涙は、朝の空に残る月のようだった。

月白に二人が戻ると、案の定皆に探されている真っ最中だった。

後始末はシシュとトーマが引き受けてくれるということで、サァリは血と泥を落としに風呂に入る。彼女はお湯で体を流しながら、傷が全部塞がっていることを確かめた。

とは言え、力を使い切った反動で耐え難い倦怠感《けんたいかん》が体に残っているのも事実だ。神二柱と蛇を相手取ったのだ。もっとひどい結果になる可能性も充分にあった。

ただそうならなかったのは、シシュをはじめ周りが助けてくれた結果だ。

失われてしまった人間たちを思い出し、サァリは浴槽の中で膝を抱える。伏せた銀の睫毛《まつげ》にまた涙が伝って落ちた。彼女はお湯に温められた指で目元を押さえる。

この喪失もまた自分の一部だ。だからシシュに言った通り一生抱えて生きていく。

そうしてこれからどんな変化が起こるのか、見届けて始末するまでも彼女の役目だ。地中の柱と半ば同化していた蛇を釣り上げ殺した。加えて【天の理《ことわり》】たる兄神を依代《よりしろ》ごと滅したのだから、今後それに起因した何かが起こるかもしれない。

ただ次に何が来ても、自分は同じように退けるだろう。

己は確かに神供の男からその命を受け取って、地上に繋《つな》ぎ止められたのだから。

「……っと、いけない」

薄青く光る瞳で湯舟の中を睥睨《へいげい》していたサァリは、自身の気と呼応してすっかりお湯が冷えてしまったことに気づいた。こんな冷水の中にいつまでも浸かっていては普通の風邪を引きかねない。

急いで顔を洗って湯舟から上がったサァリは、きつく髪を絞るとひとまとめにして簪《かんざし》で留めた。襦袢《じゅばん》の上に紬《つむぎ》の浴衣《ゆかた》を着て隣の座敷に顔を出す。

そこでは後処理の手配から戻って来たらしい兄とシシュが座卓を挟んで話し合っていた。

二人はサァリに気づいて顔を上げる。ほぼ同時に何かに気づいたような表情になったのは、彼女の瞼《まぶた》の腫れを見たからかもしれない。しかし二人ともがそれには触れずに、サァリに座るよう勧めた。

サァリが当然のようにシシュの隣に座ると、トーマが口を開く。

「現場は見てきたが地上への被害は軽微っていうか、建物の土台が焼けたり凍ったりしてたけど、ありゃ罪人の持ち物だからな。アイリーデには被害がないって感じだ」

「それはよかった」

「いいけどな。お前ら二人だけでほいほい出向くなっつの。なんかあったらどうすんだ」

「なんとかなったもの」

頬を膨らませるサァリの隣で、シシュは真面目くさって「すまない」と謝る。

だがサァリは最初から神同士の衝突に、これ以上他の人間を巻きこむ気はなかった。

人の命は脆弱《ぜいじゃく》だ。けれど彼らは時に、それを承知で飛びこんでくる。特にトーマは彼らのためなら命を捨てることを躊躇《ためら》わないだろう。だからなおさら連れて行きたくなかった。

ぷいと顔をそむけたサァリは、二人の湯呑《ゆのみ》が空になっていることに気づいて腰を浮かしかける。

しかしそれより早く、シシュが立ち上がった。

「あわただしくして済まないが、今日はこれから王都に行ってくる」

「え？　もう？」

「ああ。王に報告と……色々支度もあるからな」

「支度？」

怪訝《けげん》に思って首を傾《かし》げるサァリに、シシュは苦笑した。彼は神殺しの刀をトーマに差し出す。兄はそれを受け取ると引き換えに、自警団員の多くが持っている軍刀をシシュに渡した。

目を丸くしている妹にトーマは説明してやる。

「こいつ、王都を完全に引き払ってこっちに来るんだと。普通の神供と違って、もう完全に人間じゃないからな。一国に肩入れして力振るわれちゃ困るだろ」

「そ、それはそうかもしれないけど……」

シシュはずっと、アイリーデの化生斬《けしょうぎ》りでありながら、王の臣下という立場を崩していなかったのだ。それを、いくら神供になったからといって変えさせてしまっていいものか。あわただしい事態の連続でそこまで考えていなかったサァリは青ざめた。トーマはやる気ない声をシシュにかける。

「ほら見ろ。サァリが困ってるぞ。ついでに言っとけ。身分を返上してくるって」

「返上⁉　え、でも、王様と血が繋がってるよね。なんでそんな……」

「血は繋がっているが、俺にとってはあくまで主従なんだ」

シシュは、驚かれたのが予想外らしく若干怯《ひる》んだ様子を見せる。けれど彼は怯みながらものみこむことなく続けた。

「ただ俺はこの先、主君よりもサァリーディを優先して生きる。そのためには今の身分は不要だと思うし、分不相応だとも思う」

「あー、そういうことかあ」

生真面目な彼は、主君を常に最優先できない以上、王都で自分が持っている身分や特権も持っているべきではないと思っているのだろう。彼にとって王弟という身分はあまり特権として働いていないが、言わんとするところは分かった。

「でも、王様にとってシシュはやっぱり家族なんだと思うよ。シシュの身分は家族にくっついてるおまけみたいなもので、あなたが嫌じゃなきゃそのままでいいと思う」

サァリ自身にとってはどちらでもいい話だ。彼の心が自分にあれば充分で、既に存在も真名も変えてしまった。だからこそ兄弟である証《あかし》さえ奪ってしまうのは王に気の毒だという思いもある。王は、サァリの加護を国に得るためではなく、シシュを守るためにアイリーデに送りこんだのだから。

「私を優先するけどそれでもいいか、って王様に直接聞いてみた方がいいよ。多分、いきなり身分返上したいって言ったら縁を切られると思って王様落ちこんじゃうんじゃないかな」

「そうなのか……？」

「そう。私も王様に恨まれたいわけじゃないから。最終的にはシシュの好きにすればいいけど」

にっこりと笑ってサァリが付け足すと、彼は思案顔で頷《うなず》く。

「分かった。そうさせてもらう。まだ力の制御も完全ではないしな」

シシュは元々外しておいたのか半月の飾り紐《ひも》を懐から取り出す。彼は代わりにそれを借り受けた普通の軍刀に結び直すと立ち上がった。その指先に見惚《みと》れてしまっていたサァリは、我に返ると腰を浮かした。

「あ、なら私も一緒に王都へ……」

「駄目だっつの。お前は体治しながら後始末してろ」

「トーマ……」

「恨みがましい顔すんな。王都に行きたいなら後で付き合ってやる」

真面目な顔の兄にそう言われては食い下がることはできない。

どの道、王には一度会いに行かねばならない。そして弟を失ったフィーラにも。

巫として、そして当主としての立場を思い出したサァリは我儘《わがまま》をのみこんだ。不安を消しきれない目で己の連れ合いを見つめる。

「気をつけてね」

「ああ、すぐ戻る」

部屋を出て行きかけた青年は、しかし何かを思い出したのか、襖《ふすま》に手をかけたまま振り返った。

「そう言えば、サァリーディ」

「うん？」

「地下であの時、彼に何か聞かれていただろう。何の話だったんだ？」

問われてサァリは、きょとんと目を丸くした。いつのことか記憶を振り返って、ヴァスと戦っていた時のことだと思い当たる。

「ああ、あれかぁ」

「言いたくないことなら構わないが」

「ううん。別になんか脈絡のない話だったし。――あのね、『シシュはちゃんと求婚してきたか』って聞いてきたの。何なんだろ」

まったくもって唐突で意味の分からない質問だった。聞かれたサァリ自身も、だから是とも否とも答えなかったのだ。

腕を組んで首を捻《ひね》るサァリの答えに、だがシシュは息を詰めて目を瞠《みは》る。何か思い当たることがあるのか、サァリは彼の表情に気づくと腕をといて伸びあがった。

「シシュ?」

「……いや、何でもない。行ってくる」

「え? あ、はい」

「トーマの言うことを聞いて大人しくしててくれ」

「…………」

なんだか子供に向けるような注意だ。

しかしそのことを不満に思う間もなく、シシュは部屋を出て行ってしまった。拍子抜けした気分でサァリは兄を振り返る。じわじわと膨らんでいく不安に、思わず兄に駆け寄ると尋ねた。

「私、もしかして捨てられそう?」

「寝言いってないで寝てろ。これ以上面倒な女になるな」

「…………」

※

花の溢《あふ》れる謁見《えっけん》の間は夜の闇に閉ざされていた。

噎《む》せ返るほどの甘い香り。だが部屋の主である王は不在だ。

月光だけが差しこむ部屋、玉座の隣には一人の女だけが立っている。

象牙造りの背もたれに手を置いて目を閉じている彼女は、王の片腕とも言われる巫だ。長い髪を後ろで一つに編んだ彼女は、穢《けが》れない白い巫衣に身を包み、時を待っていた。

ずいぶん長い間、そうして待っていたのだ。思えば彼女は生まれた時から、常に何かを待っていた。

盲《めし》いた目に人とは違う景色を見てきた巫は、現れた気配に気づくと扉の方へ向き直る。

「お待ちしておりました」

音はしなかった。

だが彼は、紛れもなくそこに立っている。神の訪れに、彼女は頭《こうべ》を垂れた。

相手はそれに驚いた風もなく返す。

「ここまでお見通しですか。いい気分はしませんね」

「申し訳ないことでございます」

隠そうともしない不快の言葉に、彼女は苦笑した。

先視《さきみ》の力を持つ者は、多かれ少なかれ人から疎まれる。

それは、未来を見通すからではなく、未来を手繰ろうとするからだ。

自身もそうである彼女は、近づいてくる気配を待った。育ちのよさを窺《うかが》わせる規則的な足音。それが止《や》んだ時、神となった青年は彼女の目の前に立っていた。

黒衣の青年は、自分よりも幾らか背の低い巫を見下ろす。

「私がここに来ることまで視《み》ていたということは、何を聞かれるかも分かっているんでしょう？」

「ええ。本来の歴史はどのようなものであったか、でございましょう」

それに答えるために、待っていたのだ。

自分だけが抱えたまま終わらせてもいいとは思っていた。

だが、確かに誰かに伝えたいとも望んでいたのだ。主君にでもなく、彼女たちにでもなく、誰かに。

それが彼になったことは、不遜の報いであるのかもしれない。巫はうっすらと微笑む。

「わたくしが視ました最初の歴史では、この大陸の半分以上は燃え盛る戦火に没しました。人心は荒れ果て、国は滅び、死と欲が荒れ狂っておりました」

「それは外洋国の差し金ですか？」

「ええ。彼の国の第三王子、ベント・シノシアは強い征服欲の持ち主でありましたから。この国を真っ先に標的とし、他の国を次々屠《ほふ》っていきました」

「なるほど。それを魅力的な餌をちらつかせることで矛先を逸《そ》らしたわけですか。向こうの大陸では人外は絶える寸前だそうですからね。貴重な素材に見えたんでしょう」

遠慮ない指摘に、彼女は頷く代わりにまた頭を下げる。

アイリーデの主、美しい神は、格好の誘蛾灯《ゆうがとう》であった。

その血の力を知れば、そして彼女が女であることを知れば、ベントは真っ先に食らいついてくるだろうとは思っていたのだ。――だから王にも秘密で、ベントに手紙を送った。大陸を混迷に突き落とす男を、王の巫はそうしてアイリーデに押しやったのだ。

青年の溜息《ためいき》が聞こえる。

「大体予想通りではありますが、私が聞きたいのはもっと前の……些末《さまつ》なことですよ」

「承知しております。わたくしが、あの方の神供を変えてしまったことについてでございましょう」

神の未来は見えないと、今まで嘘《うそ》をついていた。

主君にさえ、そう偽ってきたのだ。そうでなければ、王もまた責を負うことになる。

だから彼女はずっと全てを欺いてきた。紅の塗られていない口元が微笑む。

「お察しの通りです。本来、キリス様はこの王都で死すはずの方でした。何事もなければ、あの方と出会うことはなかったのです」

「その死を回避させるためアイリーデに送りこんだわけですか。念を入れて、名前まで変えさせて」

「よい化生斬りになってくださると思っておりましたので」

「確かにいい化生斬りでしたがね。その様子では、エヴェリに気に入られた時点で既に死は回避できてたんじゃないですか？　それを散々終わったはずの先視で脅して……よくもやってくれたものです」

青年の口調は、苛立《いらだ》っているというより呆《あき》れ果てたようなものだ。

だが、結果として彼の大事にする姫を悩ませていたのは事実だ。巫は素直に謝罪する。

「大変な無礼を働いたとは分かっております。ですが、本当にあの方の運命を、人の身で覆しうるか確信を持てませんでしたので」

「元々の神供を選んだかもしれないと？」

「ええ」

サァリが選ぶ神供は、本来ならば幼馴染《おさななじみ》の男だった。もしシシュがアイリーデを訪れなかったら、彼ら二人はお互いを見捨てられないという同情心と愛憎で、ぶつかりあって病みつかれていったのだ。

王の巫は、最初に視たサァリの結末を思い出す。神供である男と決裂し捨てられた彼女は、一人で次の巫を産み落としてまもなく金の狼《おおかみ》と戦い、右腕を失った。

そうして傷つきながら、だがサァリは己の運命を恨んではいなかった。

――だから、今この結果を選んだものは、結局は人間の傲慢《ごうまん》だ。

王の巫である女は、渇いた口元を微笑ませる。

「キリス様は、我が王が大事に思われる唯一の肉親でいらっしゃいます。ですからお助けしたいと思ったのです。全てはわたくしの独断で、そのために分かった上で彼やあなた様を犠牲にいたしました」

「別に私は犠牲になったとは思っていませんけどね。確かに精神の主導権を取り戻すまで大分かかりましたが。これはこれで面白いです」

平然と返すヴァスは「痛かったですけどね。あれで完全に乗っ取れました」と、自分の胸を叩《たた》く。

今は神となった貴族の青年に、彼女は顔を綻《ほころ》ばせた。

「もったいないお言葉でございます。ですが、罪は罪です。あなた様も、そのためにいらっしゃったのでしょう」

「まあ、そうですね。好きに動かされたことも癪《しゃく》ですが、誰か一人は怒るべきかと思いまして」

「ありがとうございます」

王やシシュやサァリが、その役目を担うこともできるだろう。

だが彼女は、他の誰にも言わぬままヴァスがあえて進み出てくれたことに感謝した。

誰か一人が怒らなければ死した人間が報われない。アイド・ルクドは確かにサァリを愛していて、今のこの歴史でも、彼女を守ったのだから。

王の巫は、香りを頼りに足下に手を伸ばす。

そこに咲く白い花は、王が一際大事にしているものだ。初めて蕾《つぼみ》が開いた時、彼は「お前に似ているね」と言ってくれた。その言葉が何よりの褒美だった。

彼女は床に膝をつくと、滑らかな花弁に口付ける。

そうして胸いっぱいに甘い香りを吸いこむと、ヴァスに向けて顔を上げた。

「あなた様は、これからどうなさるので？」

「分かっていることを聞かないでください。外洋国にでも行ってみますよ。このままこちらの大陸にいて、彼女に見つかっても困りますから」

「ご武運をお祈りしております」

「先視の持ち主にそう言われると、なんだか落ち着きませんね……」

彼がそう言うのは冗談のつもりなのだろう。彼女はくすくすと笑って──頭を垂れた。

「差し出がましい願いではございますが……できれば骸《むくろ》を残したくはないのです」

「構いませんよ。では血の一滴も残らぬように」

神の慈悲に、彼女は畏《かしこ》まって白い首を差し出す。

口の中で、王の名を呼ぶ。

赤い光に焼き尽くされるまで、彼女はそうして幸運を噛《か》み締めて微笑んでいた。

※

夜の闇に閉ざされた謁見の間。花の香りが満ちるそこの扉が薄く開かれる。

差しこむ光、護衛兵の後ろから部屋を覗《のぞ》きこんだ王は、暗い中へと声をかけた。

「ベルヴィ？　ここにいるのかい？　──ベルヴィ？」

答える者はいない。

玉座の隣では、白い花弁が月光を受けて輝いていた。

12. 結

夕暮れ時から降り出した霧雨は、街全体をしんしんと冷やしめるかのようだ。

夜空に広がる灰色の雲は鬱屈《うっくつ》を表すようで、だが濡《ぬ》れそぼるアイリーデは、変わらぬいろどりを見せるままだ。軒先には赤い提灯《ちょうちん》が並び、二階の窓からは娼妓《しょうぎ》たちが白い腕を伸ばしている。

大通りを行く幾つもの傘。どこからか聞こえてくる笛の音を聞きながら、雨避《あまよ》けだけを羽織ったシシュは足早に人の波の中を抜けて行った。腰に佩《は》いた刀の柄《つか》、化生斬《けしょうぎ》りを表す黒水晶と半月の飾り紐《ひも》がぶつかって軽い音を立てる。


大陸では大分情勢が落ち着いてきたとはいえ、未《いま》だきなくさい状態の地域は多い。けれどそれでもこの享楽街だけは、遥《はる》か昔から変わらぬ浮世離れした空気を保ち続けている。

神の在る街、アイリーデ。

その核の一つである青年は、北の館を目指して大通りを外れる。暗い水路を見ながら竹林の傍《そば》に出て、まもなく古い館の前に辿《たど》りついた。

霧雨のせいだろう。門には普段はない提灯が一つ吊《つ》るされており、白い布に半月が浮かび上がっていた。シシュは誰もいないそこを抜けて、濡れた石畳に足を踏み入れる。開かれた玄関までの道は、館の明かりを反射して月夜の海にも見えた。

彼は、三和土《たたき》に知らない男たちがいることに気づく。

客が来ているのだろう。邪魔をしないようにと歩調を緩めかけたが、中にいた下女が先に彼に気づいた。少女はあわてて中に入ると別の女を呼んでくる。

――そうして玄関先に現れた主は、月光を灯《とも》したかのように美しかった。

結い上げられた銀髪には、真珠の簪《かんざし》が差しこまれている。ほっそりとした首に白い着物。帯は初めて見る黒いもので、だが正面には以前と同じ白い半月が染め抜かれていた。

ともすれば地味な印象を与える装いは、彼女の貌《かお》一つで幽玄な華へと変じている。

澄んでけぶる青い双眸《そうぼう》と薄紅色の頬。紅の塗られた唇は人目を引かざるを得ない艶美で、そこだけが夜の花を思わせた。

彼女は嫣然《えんぜん》と微笑《ほほえ》むと黒塗りの傘を押し開く。

自分に向けて差し出された傘に、シシュは石畳を駆け抜けると彼女の前に立った。上り口に足をかけていた客の男たちが、興味ありげに二人を振り返る。

傘を差しかけられたシシュは、帰還が遅れたことを詫《わ》びようと口を開いた。

「すまない、サァリーディ、今戻――」

白い指が、彼の口元に押し当てられる。

言葉を遮る女の仕草に、シシュは驚いてそれ以上をのみこんだ。何か無礼を働いたかと思う。

だが彼女は指を離すと艶《あで》やかに笑った。同じ指が灯《あか》り籠《かご》を指す。

「ようこそいらっしゃいました。ここは妓館《ぎかん》《月白《つきしろ》》。アイリーデで唯一、秘された神話を継ぐ場所でございます」

かつてこの大陸に、一人の神が呼ばれた。

王に請われ、大陸を救った彼女は、代価として三つのものを欲したのだという。

一つは歓びをもたらす酒。

一つは安らぎを与える楽。

そして最後の一つは、夜と生を共にする半身だ。


神の座に在る女は、愉しそうに目を細めて微笑する。

「正統がゆえ、ここでは女が己の客を選ぶのです。その旨《むね》、ご容赦頂けますでしょうか」

しなやかな手が彼の羽織る雨避けを引いた。彼女の笑顔に見入り、その声にすっかり聞き惚《ほ》れていたシシュは、我に返ると頷《うなず》く。

「ああ……承知している」

誰よりもよく、そのことを知っている。

初めの時、そして過ぎ去った時間を振り返ったシシュは、女の滑らかな頬に触れた。

己と同じ温度を味わって問う。

「あなたの客は?」

「わたくしは、この館の主でございますれば。生涯でただ一人しか客を取りません」

たとえ死しても、彼女はその一人を変えない。

シシュは己の幸運を噛《か》み締めて請うた。

「ならば、俺を選んでくれないだろうか」

「喜んで」

黒い傘が石畳に落ちる。

自分だけの女を、彼は腕の中に抱きしめる。

溶け入りそうな柔らかな躰《からだ》。拗《す》ねたような、甘い声が胸元で囁《ささや》いた。

「捨てないで。ずっといて」

「約束する」

孤独を誠実で変え、愛情を誓約で支えて。

全ての夜を彼女に贈る。――そして、全ての生を。


きつく抱いていた腕をほどくと、シシュは彼女に口付けた。

小さな吐息を食《は》んで顔を上げた時、ようやく上り口に先の男たちがまだいることに気づく。唖然《あぜん》としたような羨《うらや》ましそうな視線に、くすくすと笑ったのはサァリの方だ。彼女は気まずげに視線を逸《そ》らしたシシュに代わって、廊下の奥を指さした。

「花の間には、わたくしよりも美しい女が幾人もおりますわ。どうぞお顔をお出しください」

「あ、ああ……」

下女に促され男たちが去っていくと二人はもう一度顔を見合わせた。サァリが彼の右腕に飛びつく。

「行こう、シシュ。濡れてるから先にお風呂にする？　一緒に入る？」

「一緒には入らない……」

「まだそんなこと言ってる。往生際が悪いよ」

「往生際の問題なのか？」

触れてくる指に、彼は自分の指を絡めて握る。同じ存在であることを確かめる。

遠い昔から続いてきた営み。夜の街に伝えられる恋物語。
そうして月の床は満ち、人は神との約を、此度《こたび》も果たした。

【月の白さを知りてまどろむ　了】

後日譚

1．月床

神話の享楽街アイリーデから王都トルロニアまでは、馬で二日弱かかる。

遠すぎず近すぎない距離の都は、トルロニアができる前からあるものだ。アイリーデは神話の時代から変わらぬ街だが、所属する国は時と共に移り変わってきた。そしてそれら代々の国の都は、ほとんどの場合現在の王都と同じ場所に在る。拓《ひら》かれた街道による物流や、国境からある程度の距離が保たれており攻められにくいこと、近くに大きな川が流れており交易にも使えることなどの利便性が評価されているようだ。

ただそれはそれとして「アイリーデから遠すぎない」ということも重要な条件の一つなのだろう。アイリーデには、大陸中から人脈と金が集まる。どの時代も緩やかな自治権を保持している享楽街だが、それでもこの街に近しいということは有用だ。情報なども手に入りやすい。アイリーデは街中で国の思惑が動くことを嫌うが、分を弁《わきま》えた範囲であれば見逃される。

とは言え、シシュにとっては単純に城に戻るのが楽だ、という意味くらいしかない。ずっと懸念であった二柱を下した直後、身の振り方の報告も含めて城に戻った彼は、そこで意外な話を聞く。

「巫《ふ》がいなくなった……ですか？」

「そうなんだよ。昨日からどこにも姿が見えなくてね。城を出ていったところも目撃されていないし、ふっと消えてしまったみたいでね」

玉座に頬杖《ほおづえ》をついてそう言う王は、初めて見る物憂げな表情を浮かべていた。

この巫はサァリのことではなく、王の腹心である先視《さきみ》と遠視《とおみ》の巫女《みこ》だ。

ベルセヴィーナという名の彼女は、シシュが王族となる以前から王の傍《かたわ》らにいた。というより、シシュを王の異母弟だと指摘したのが彼女だったらしい。元はとある貴族に軟禁状態で重用されており、その貴族が謀反《むほん》で処罰された際に王が引き取ったのだという。

それからずっと彼女は王の忠臣であり続けた。主君の辣腕《らつわん》を支え続けてきたのだ。

そんな彼女の不在は王にとって大きなものだろう。普段は真意の分からぬ笑顔を貼りつけている彼は、憂愁《ゆうしゅう》も色濃く視線をさまよわせる。

主君の前に立っているシシュは、いつも通りの難しい顔で問う。

「何者かに連れ去られたということでしょうか」

「彼女の自室は自分で片付けた跡があったんだよね。だから彼女が自分で出ていったんじゃないかと思ってね」

「それは……」

だとしても、盲目の巫が一人で出ていけるものだろうか。誰かの関与があったならそこから調べられるのではないか。そう進言しかけたシシュは、けれど王が軽く手を挙げたことで先をのみこんだ。

「あの子は全部分かっていたからね。余のところに来たのも自分で選んで来たんだ。だから、あの子の意に添わないことは誰にもできない。あの子がいなくなったのなら、きっとあの子がそう決めたんだ。ベルヴィはどこにでも行ける子だからね……今まで余のところにいてくれたのが幸運だった」

自らに言い聞かせるように王は述懐する。人払いをした広間で零《こぼ》される言葉は、繕いのない彼の本音だ。消沈して見える眼差しに、シシュは初めて主君との間に血縁を感じる。

王は深い溜息《ためいき》を一つつくと微苦笑してシシュを見た。意識的に気分を切り替えたのだろう。彼は穏やかに、弟であり臣下でもある青年に言う。

「先に余の話をしてすまなかったね。お前の話を聞かせてくれ」

「は……」

この上で自分の話をするのは気まずいが、シシュは「サァリの神供《しんぐ》になったこと」「それに伴い人間の域を外れたので、今後臣下として同じようには行動できないこと」「アイリーデに完全に拠点を移すこと」を報告した。半ば事後報告だが王に何か言われても変える気はない。ただ「身分を返上したい」とは、今の主君の様子を見ると同じようには言い出せなかった。サァリの「縁を切りたいように思われるかもよ」という言葉がちらついて、王の喪失に追い打ちをかけてしまう気がしたのだ。

主君は全てを聞き終わると頬を緩める。

「そうか……。それはよかったよ」

「よろしいのですか？」

王としては、神供を差し出して神の庇護《ひご》を買うことが目的ではないかと思っていた。だが今のシシュの答えにそれは含まれていない。むしろ所属をアイリーデに変えるという話なのにそれでいいのか。

怪訝《けげん》そうになってしまった弟に、王は笑い出す。

「もちろん構わない。お前に良縁を探してやりたいと思っていたからね。大事にしてもらいなさい」

「……恐れ入ります」

「ただ、お前は自分が王族の立場を持っていることに引け目もあるだろうが、できればそのままでいて欲しい」

まるで心中を読まれているようだ。

とは言え、主君は昔から人の心を読むことに長《た》けていたのだし、シシュは周りから「分かりやすい」

と言われるたちだ。当然のことと言えばそうかもしれない。

「お前には悪いが、余が一人だけだと余を殺せばどうにでもなると思われてしまうからね。そうでなくともお前に私欲で接触する者が出たなら用心もできる」

現在の王位継承権としては、シシュが第二位だ。現王の権力が強すぎるのとシシュがまったく国政に関わっていないので、いてもいなくても変わらないような第二位だが、国政を覆したい者たちの選択肢にはなる。シシュの存在を以《もっ》て、王は潜在的な敵を牽制《けんせい》しつつ炙《あぶ》り出そうというのだろう。

そこまでの意図は分かったが、アイリーデに迷惑をかけるのは本末転倒だ。シシュは気まずさをいったん脇に置いて口を開く。

「彼女に危険が及ぶようなことはできかねます」

「分かっているよ。彼女を最優先して今まで通りお前が守りなさい。それに、お前たちのところまで行くような輩《やから》は、お前が身分を返上したとしてもきっと現れるよ。お前の親は変えることができないからね。ただそんな時、お前が王族のままであれば余も後始末を引き取りやすい。これはお互いのためだと思ってくれ。お前がどうしても納得できない、というなら構わないけどね」

苦笑する王の目には、今までにない気弱さが滲《にじ》んでいる。巫の不在がそうさせているのか、それとも主君にとってシシュはやはり「家族」だからか。

その真意を探ることは不躾《ぶしつけ》だ。だから彼は黙って一礼した。

「お言葉に甘えて。そのようにさせて頂きます」

「うん。ありがとう。……幸せになるといい」

付け足された言葉は情に満ちたもので、シシュは初めて目の前の男が自分の兄だったのだと、そんな当たり前のことに気づいたのだ。

シシュは数日間城に残って巫の捜索に加わりながら、同期への挨拶や母親への説明を済ませ、母の家に残してあった荷物をアイリーデに送るよう手配した。

予定よりもそれらの作業が長引いたのは、やはり王がどことなく気落ちし、わずかながら混乱して見えたからかもしれない。ただ王の様子も数日経《た》つ頃には元通りになった。「心配をかけて悪かったね。早く彼女のところに帰ってやるといい」と笑顔で言われ、その日のうちにシシュは王都を発《た》った。

アイリーデに戻るのは、陽と月の神を撃破してから初めてだ。客取りの儀を終えた以上、身辺整理を早くしなければと思うあまり、戦闘明けのサァリを置いてきてしまった。淋《さび》しがりの彼女のことだ。放っておかれたままなことにそろそろ怒っているかもしれない。

そんな危惧を抱いてシシュは月白《つきしろ》を訪れたのだが、数日ぶりに会った彼女は嬉《うれ》しそうで……気のせいか少し大人びて見えた。

「あのね、私まだ仕事が残ってるから、ご飯食べてて。あ、濡《ぬ》れてるから先にお風呂か。お湯は張ってあるから」

「気を遣わなくていい。急に来たのはこちらだ」

月白の主の間に通されるのは何度目のことだろうか。シシュは白い花の活けられた座敷を見渡した。あの儀式の夜と異なり、今の主の間は以前と同じ様相に戻っている。ただ部屋以外で違うものはあって、シシュは小柄な女を見下ろした。

「帯の色が変わっている」

「あ、うん。あなたがいるから」

「……ああ」

アイリーデの言葉では何というか分からないが、黒い帯は彼女が客を迎えたことの証《あかし》なのだろう。シシュは軍刀に結んだ飾り紐《ひも》に視線を落とす。白と黒で一つの月は、彼女と一対であることを示すものだ。彼は何とも言えない落ち着かなさに眉を寄せた。

サァリは銀の睫毛《まつげ》を伏せて微笑《ほほえ》む。

「また後で来るから」

艶《あで》やかに笑む口元に彼は返す言葉に詰まった。ただ頷《うなず》く。

サァリはそれだけの仕草に顔を綻《ほころ》ばすと、音をさせずに長い廊下を戻っていった。


主の間は、窓から離れをのぞむことができる唯一の客室だ。

おそらくここに通される男はそうして、主の住む場所である離れを眺めていたのだろう。

雨に濡れた体を洗って浴衣《ゆかた》に着替えたシシュは、夕膳が下げられると裏庭に面した障子を開ける。

離れの二階に灯《あか》りがついているのはサァリが戻っているからだろうか。

彼女の性格を反映してか、小さな飾りものがあちこちに並べられた部屋のことをシシュは思い出す。

そういうところだけを見ると、ごく普通の女に思えるのだ。——もっとも、実際の彼女も彼にとってのみ普通の女だ。

シシュは体温が戻りきらない手を、目の上にかざしてみる。

そうしているうちに離れの灯《ひ》は消え、主の間には神である女がやってきた。

「遅くなってごめんね」

正座して襖を開けた女は、先ほどと同じ帯を今度は前で締めていた。

その意味を察して口元を押さえるシシュに、サァリは畳の上をにじり寄ってくる。金平糖をねだる子供のように、彼女はすぐ隣にまで来ると彼を見上げた。

「シシュ」

「もう仕事はいいのか？」

「うん。今夜は終わり」

それは、主としての仕事を終えたということだろう。彼がなめらかな頬に手を添えると、サァリは青い眼をうっとりと細めた。逃れ難い引力にシシュは反射的に苦い顔になる。

だが、もう我慢しなくていいのだと思い出した。軽く口付けると女はくすりと笑う。

「シシュ、冷たい」

「体温の調整がうまくいかないんだ……」

「すぐに慣れるよ」

そう言う女の躰《からだ》は、夜の灯を思わせる温かさだ。

かつて彼の温度をねだってきた神は、今はその熱で彼を温める。不思議な逆転に、シシュは自分たちの辿《たど》ってきた道を思い返した。あの時から変わったものの多さを思う。

女の声が、今は真名となった彼の名を呼んだ。

「シシュ」

ほっそりとした両腕が彼の首に絡みつく。投げかけられた細い体を彼は抱き取った。

結い上げられた髪に指を差し入れる。真珠の簪《かんざし》を引き抜くと、黒い帯の上にほどけた銀髪が広がった。震える息が零れる。

すべらかな首筋に口元を寄せていたシシュは、頭の芯が焼け落ちそうなくらい熱くなっていることに気づくと顔を上げた。いつのまにか畳の上に彼女を組み敷いている自分を、後ろから蹴りたくなる。

サァリは渋面の彼と目が合うと、赤い顔ではにかんで両手を伸ばしてきた。

「連れてって」


熱と冷気と、快楽と安らぎと。

そんなものを混ぜ合わせて閉ざされた床は、透き通る殻のようだった。

しなやかに彼に抱かれた女は、少女のように恥ずかしそうで、女のように艶《つや》やかだった。

初めて見る彼女の表情は愛らしく、ついそう口にしてつねられた。

口付けた指先は甘かった。

か細い躰を搔《か》き抱いて温度を同じにする。

指を絡めて握る。一生を約束する。

溶けて眠る夜は、いつかの石室《せきしつ》に繋《つな》がっている気がした。


障子越しに差しこむ朝の光をこの部屋で見るのは、アイリーデの着任日以来だ。

シシュは、自分にすり寄って眠っている女の頭を撫《な》でると、軽く湯を浴びて身支度を整える。

夜の店の主である彼女と違い彼は日中の見回りもあるのだ。出かける前にもう一度彼女の顔を見ていこうと寝所を覗《のぞ》いたシシュは、床にうつ伏せになっている彼女が目を開けているのを見て驚いた。

「起こしてしまったか」

「ん。寝ててごめんね……」

両手で頬杖《ほおづえ》をついて彼を見上げるサァリは、申し訳なさそうな顔で、だが起ききれないのだろう。うとうとと定まらない瞳にシシュは微笑した。

「気にしなくていい。無理に起きると体に障る。俺はいったん戻る」

「今夜は来てくれる？」

少女のようにねだられてシシュは一瞬答えに迷う。

「巫は体が辛《つら》いだろう」

「辛くないよ？　あなたから生気を吸い上げてたもん」

「そうだった……」

なら大丈夫、なのだろうか。紅《あか》い唇が朝の光を食《は》んで請う。

「今夜も来て」

「……分かった。約束する」

それを聞くと彼女は綻ぶように微笑んだ。蕩《とろ》けそうなその表情と剝《む》き出しの白い肩に、シシュは彼女の傍《そば》に戻りたくなる衝動をのみこむ。色々な欲を押し切って、彼は襖を閉めようと手をかけた。

そこに、心を読んだかのようなサァリの声が飛ぶ。

「花代は要らないから。シシュは神供だし。その代わりたくさん来て」

「結納金《ゆいのう》だと思ってるんだが」

「その解釈初めて聞いた」

「巫の客は俺だけだから実質そうだろう」

「そうかも。でも高いよ?」

「知っている」

ちゃんと事前に下女に金額を確認したことがあるのだ。客になる男にしか教えられないというその金額は、覚悟はしていたシシュも軽く驚いた。驚きはしたが、彼女を妻にする金額としてはやはり安いと思う。普通の婚儀であっても、相手の家に金品を贈ることは常識のうちなのだ。

サァリはくすくすと笑って頷く。

「じゃあお言葉に甘えます。でも今回だけでいいからね」

「食事代くらいは払わせてくれ……」

どの道、彼ももうアイリーデの住人だ。彼女のため以外に金を使う目的も思いつかない。

シシュは音をさせずに襖を閉めると主の間を後にした。よく磨かれた廊下を、客の一人として歩いていく。それは気だるい充足と、長い歴史を振り返るような感慨を彼に抱かせた。

階段を降りると、そこには朝早くだというのに下女が待っている。少女は礼儀正しく一礼した。

「主様から仰せつかっております」

「納めていく。サァリーディの了承は得ている」

「そう仰《おっしゃ》ると思いました」

下女は愛らしく微笑した。月白には何人かの下女たちが住みこんでいるが、その全員とシシュは顔見知りだ。むしろ花の間から出てこない娼妓《しょうぎ》たちよりよほど会話をしている。

ただ少女たちは皆よく躾《しつ》けられていて余計な話はしてこない。だから今の返答が精一杯の彼女の賛辞だろう。

シシュは提示された金額を用意していた貴金属で支払う。単純に持ち運びの問題でそうなったのだが、それが可能なことはあらかじめ聞いている。下女は提示した花代を上回るそれらを鑑定書と合わせて確認し受け取った。

よく掃き清められた玄関で、下女は深々と頭を下げてシシュを見送る。

「どうぞ主様をよろしくお願いいたします」

「こちらこそ今後とも世話になる」

顔を上げた少女が嬉しそうに微笑むのを見て、彼は「やはりここはサァリの家なのだ」と実感した。

そして今日からは、彼女に会うためだけにシシュはこの館を訪れるのだ。

2. 明け暮れ

半月の飾り紐《ひも》は、アイリーデにおいて「巫《ふ》の客」を示すものだ。

以前事情があってそれを借り受けた際には、散々街の人間からの好奇の視線を向けられたものだが、あの時から二年弱が経《た》ち街に馴染《なじ》んだとあって、今回はさほどそのような反応はなかった。

むしろ多かったのは「ようやくなんとかなったか」というトーマと似た類《たぐい》の反応だ。

「月白《つきしろ》さんは小さい時から厳しく躾《しつ》けられて育ったからねえ。化生斬《けしょうぎ》りさんみたいな人が客になってよかったと思うよ」

そう笑うのは、シシュの行きつけの茶屋で出てきた女将《おかみ》だ。

街の片隅にある茶屋は、外からの客はほとんど来ないとあって、アイリーデの内実が話題になることも多い。他に人のいない店内で、見回りの区切りに立ち寄ったシシュは茶碗《ちゃわん》に口をつける。

「厳しく？」

「母親がいないってのもあっただろうね。月白に物心つく前からいて行儀見習いをしてたよ。ありゃ同じ年頃の子と遊んだりしなかったんじゃないかねえ。時々門前に一人でいるのを見かけたよ。でも月白の娘さんだから、気軽に街の子が声をかけたりもできないからね。淋《さび》しかったんじゃないかな。よくあんないい娘さんに育ったと思うよ」

「いい娘さん、か……巫はそう見えるのか……」

連れ合いとして一番疑問を呈してはいけない部分にひっかかってしまった。

だがこの「いい娘」とは「善良で真っ直ぐな娘」という意味ではなく「きちんと主の仕事を十全にこなせて人当りもいい娘」という意味だと思われる。

実際、サァリは申し分ない主に育った。そんな子供時代なら、兄や年上の幼馴染《おさななじみ》くらいしか遊んでくれる相手がいなかったのも無理もない。王都にいる時も屋敷から出られず勉強ばかりをしていたというのだから相当に窮屈だ。幸いなのは、本人がそれをあまり苦にせずのみこんでいることだろうか。

ただその分、サァリは今でも淋しがりだと思う。

「化生斬りさんはずっとこの街にいるんだろう？　そっちの方がいいさね」

「巫ともそれを約束している」

何故自分を選んでくれたのか最初に聞いた時は呆《あき》れられたが、昨晩重ねて尋ねたところ「いっぱいあるけど、一生一緒にいることを当たり前と思ってるとこ」と一つだけ教えてもらった。

教えられてもシシュにとってはただただ当たり前なのだが、サァリにとってはその考え方を彼が持っているということ自体が、目の覚めるような衝撃だったらしい。「浴槽を掃除してったところも面白かったけど。あ、もうやらないでいいからね」とついでに釘《くぎ》を刺されたが、それを聞くだにサァリは本当に最初の頃から彼を好ましく想ってくれていたのだろう。まったく気づかなかったのは、サァリが基本的に人間に優しいからだと思いたい。

シシュは最後の一滴まで美味しい茶を飲み干すと、礼を言って代金を支払う。

店を出ていこうとするシシュに、女将は付け足した。

「ああ、化生斬りさん。できればまめに通って月白さんを一人で表に出さない方がいいよ」

「え？　通うは通うつもりだが……」

表に出すなとはどういうことなのか。サァリは街中に買い出しに来ることがままあるし、下女を伴っていないこともある。蛇がいなくなって何か街に変化が生まれているのか、用心しかけたシシュに女将は笑った。

「月白さんみたいな娼妓《しょうぎ》はね、一度客を迎えるとどんどん艶《つや》が出るのさ。好いた相手を迎えてるならなおさらだ。花が美しけりゃ悪い虫が寄ってくるだろ」

「…………」

それはなかなか頭の痛い問題だ。サァリが彼一人しか客を取らないと言っても、他の男にまとわりつかれるのはあまり、かなり嬉《うれ》しくない。

シシュは忠告をありがたく受け取ると、見回りの仕事に戻る。

そうしていつも以上に丹念に仕事を済ませると、日が落ちる頃に月白へと向かった。

※

昨晩のように、灯《あか》り籠《かご》の火が落ちるまでサァリは来ないかと思っていたのだが、昨日待たされたのはシシュが突然来たがためのものらしい。

今日は朝から約束してあったせいか、サァリは玄関でシシュを見かけるなり嬉しそうに飛びついてくると「後は任せるから」と下女に言いつけた。

部屋札を取って主の間へと向かうサァリの横に並びながら、シシュは問う。

「仕事はいいのか?」

「私も娼妓だから。ここから先は三日に一度表にいればいい感じかな。待たせちゃうこともあると思うけど、ごめんね」

「構わない。巫の都合を優先して欲しい」

どちらかというと、昨日のようにお互いの仕事終わりを待って会うことを想定していたのだ。ただ今日は昼にあんな話を聞いたから落ち着かなくなってしまったせいで……実際、茶屋の後でも街のあちこちで「サァリに他の男を近づけさせるな」と忠告された。

そんなわけで約束以上に心配になってしまったのだが、実際、早めに来てよかったとも思う。

「シシュ？　どうかしたの？」

「いや……」

戸を開けながら怪訝《けげん》そうに彼を見上げるサァリは、匂い立つような美しさだ。

長い銀の睫毛《まつげ》は月光を溜《た》めこんでいるようで、その下の蒼眸《そうぼう》は数多《あまた》の輝石を砕いて澄んだ泉に沈めたかのようだ。口紅の赤がいつもより鮮やかに思えて、見ていると思考が自分の手から零《こぼ》れていってしまう気がする。

元よりサァリは美しさを体現したような存在だったが、今は大輪の花の花弁が開いて香りが濃くなるように、人を蠱惑《こわく》する雰囲気が一段強いものになっている、気がする。それをどう形容するか分からなかったので、彼は部屋に入ると一番実情に即していると思われることを口にした。

「綺麗《きれい》になった、と思う」

「え、昨日も会ったのに？」

「俺の気分的なものかもしれない……」

「そこは引いちゃ駄目なんだよ、シシュ」

くすくすと笑うサァリは嬉しそうだ。彼女はシシュから預かった上着をかけると、ぐいと身を寄せて来た。彼を魅了する瞳が一段深い色に染まる。

「わたくしがそう見えるとしたら、あなた様が可愛《かわい》がってくださっているからですわ、旦那様」

背伸びして囁《ささや》かれる言葉は、毒のように甘い。

シシュは己の思考が四散していくのを感じながら、彼女の体を抱き取る。

嬉しそうに頬を寄せてくる新妻の肌は、昨晩よりも自分に近しい温度に思えた。


月白で夕膳が出る時刻は、客の希望によりまちまちらしい。

白身魚の煮つけと小さな鶏鍋を中心とした膳は、二人が浴室にいる間に届けられたようだ。きちんと片付けられ夕食の準備がされた主室を見て、シシュは天井を仰ぐ。

「どうしたの、その反応」

「サァリーディ……初日にも言ったんだが、もっと普通にしてくれるとありがたい……」

「初日って、ああ、シシュがアイリーデに来た日のこと？　って言われても、あの時はお客様じゃなかったからなあ」

サァリと初対面だったあの日、シシュは「客扱いが落ち着かないから普通にしてくれ」と頼んだのだ。月白は妓館《ぎかん》の中でも神話正統とあって至れり尽くせりだ。ただ宿として部屋を借りるだけでもそうなのに、娼妓の客となっては恐ろしいところまで面倒を見られてしまう気がする。

「自分のことは自分でするからいいんだ。夕食は俺が厨房《ちゅうぼう》まで取りにいく……」

「それをされたら下女たちが困るんだけど。うちの厨房、外の人間は出入り禁止だよ」

「そうだったのか」

「出入りの商人を装って中を探られても困るし。でも、あなたの言いたいことは分かったから、部屋には入らないで膳は前室に置いとくように言っときます」

「すまない」

「そういうお客様もいるから気にしないで。あ、もし店が閉まった後にしか来られない時でもあなたは構わず来てね。離れに直接来てくれればいいから。ご飯も賄いくらいなら出せるよ」

稚《いとけな》く笑うサァリに「いつもその方がいい」と言いかけてシシュは口をつぐむ。離れはサァリの私室で、基本的には人が入ることを想定されていない部屋だ。彼女にとってはそちらの方が負担になるかもしれないし、お願いするにしても様子を見た方がいい。

火を入れた小鍋が煮えると、二人はしばし夕食を取りながら離れていた間の情報交換をする。昨晩はなんだかんだでそう言った話を何もしなかったのだ。サァリは王の巫がいなくなった話と、シシュの身分が据え置きになった話を聞くと「そっかあ」と驚きもせず受け入れた。

「サァリーディは、王の巫がいなくなることを予想してたのか？」

「え、全然。でもあの人の力は人間としては強すぎたから、何か代償があるんじゃないかなとは思ってはいたよ」

「代償で姿を消したと？」

「そうは言わないけど。でもあの人自身の意志でいなくなったんじゃないかってのは、私も王様と同意見。先視《さきみ》が強すぎてあの人の意に添わないことはできないよ」

「なるほどな……」

シシュ自身は王の巫の先視を目の当たりにしたことがないので今まで実感がなかったが、確かに未来のことが分かるのならどうにでも危機は避けられるのだ。例外はサァリのように先視の枠外の存在なのだろうが、シシュが知る限りあの時神々はアイリーデに集中していた。ならば王の巫は、戦乱の終息と前後して「己のここでの役目は終わった」と判断したのかもしれない。

だとしたら、いつか彼女自身の意志で戻って来てくれることもあるだろう。消沈していた主君の姿を思い出すだに、そんな日が来ることをシシュは願う。彼女はその力以上に存在が王の支えであったのだろうから。


「あなたの身分もそれに付随することも大丈夫。大体予想通りだし」

「迷惑をかける」

「迷惑じゃないから平気だよ。でも継承権第二位って高いね。囮《おとり》としては充分過ぎるけど。他に継承権のある人はどんな感じなの？」

隣り合って夕食を取っているサァリは、興味の目で夫を見上げる。シシュはぼんやりとした記憶を手繰った。

「確か現時点で五、六人は権利を持っていたと思う。まだ子供だったり、王都に住んでいないとかで、俺は面識がないんだが」

「あー、じゃあフィーラの方が詳しそうだね。動向も気になるし後で聞いときます」

サァリの従姉であるフィーラは、王都の貴族ウェリローシアを動かしている人間で、国内外の情報に詳しい。どうしてそんなに詳しいのかシシュなどは何となく恐れてしまうのだが、月白に融通を図るためというのだから頭を下げるしかない。

ウェリローシアは元々、古き国の王の血を継ぐ一族だ。神供《しんぐ》でこそないが、彼らは今でも祖が召喚した神のために動いている。その力のほどは、今まで幾度となく国が衰退して滅びる中を生き残り、新たな国ができればそこに貴族として迎え入れられている、というだけで充分に分かる。

「でも、あなたが継承権を継がせる子供が欲しいっていうなら、エヴェリとして産んであげることもできるよ」

ウェリローシア当主としてのサァリの名。古き国を継ぐ姫の名に、シシュはかぶりを振った。

「いや、いい。巫の子供を国に渡すつもりはない」

「男の子なら人間になると思うんだけど。でもそうだね。シシュも人間じゃないもんね」

「そういう意味ではないんだが、まあそうでもあるな……」

シシュとしては、彼女を得られたのは自分だけの幸運に留《とど》めるべきで、アイリーデの外に利を出してはならない気がするのだ。彼が人でなくなったのもあくまでサァリを守るためだ。

そこを見誤ることがあってはならない。サァリはもう神供を変えることができないのだから。

彼女はそれからも楽しそうに話を聞いていたが、夕膳を片付けて寝室に戻ると白い膝を抱えた。

「化生《けしょう》は様子を見ていたけど、当分出ないと思う。この街の実体化する化生って蛇のせいだったから。蛇は少なくとも元に戻るまであと二十年くらいはかかると思うよ」

「二十年か」

「それで戻れても大分細い蛇だろうけどね。――ただ蛇が一体化してた地盤の方は代わりにちょっと緩くなっちゃうんじゃないかな。このあたりは私の力が及ぶことじゃないから、何もなければいいなって感じ」

「分かった。留意しておく」

「あとは――」

サァリはそこで言葉を切ると、向かい合うシシュの膝上に乗ってくる。彼女は首を伸ばしてシシュの頰に口付けた。そんな彼女の仕草一つにまだ赤面してしまう。

サァリはけれど、彼に微笑んだだけで続けた。

「さっきの話にも関係してるけど、もしかしたら子供ができるまでに時間がかかるかも」

「というと……?」

「んー、月白の巫って体も人間じゃないから受胎の確率が低いんだよね。それを緩和してるのが客取りの儀なの。でもあの夜を逃しちゃったし、今はあなたも人間じゃないから結構かかっちゃうかも」

「ああ、そういうことか」

トーマからは「客取りの夜は身籠もりやすい」と聞いていたが、むしろ事実としては「それ以外の夜に身籠もることが少ない」という意味だったようだ。次代が生まれるまで時間がかかるというのは神供三家にとっては中々の懸念事項で、けれどあの時はその懸念を踏まえてもサァリの力を落とすことができなかった。つまりはそれだけのことだ。

「気にしなくていいと思う。長い目で見て行けばいい」

当たり前だと思うことを言うと、サァリはぱっと笑顔になる。その勢いのまま飛びついてきた。

「なら、たくさん通ってきてね」

「そこに繋《つな》がるのか……」

「嫌?」

色のある目に見つめられると、否《いな》とは言えない。シシュはどう答えるか少しだけ迷った結果「俺でいいなら」と返し、「他に誰もいないでしょ!」と叱られた。

3．旅人

部屋に焚《た》かれた香は重く沈殿していた。

部屋の主が意図的にそうしているのだ。座っている時はささやかな香りが楽しめるように、寝台にいる時は強い香りが思考を麻痺《まひ》させるように。

それが彼女の築いた小さな安息だ。

彼女はそうして、お茶を飲みながら招かれざる来訪者の話を聞く。

「アイリーデだ。貴人だから見れば分かる」

男は先ほどから言いたいことを勝手に言っている。

いつもいつもそうだった。だが彼女はそれを聞かなければならない。どうして聞かなければならないのか今はもう分からない。

ただ男は勝手なそれを「約束」だと思っていて、破れば彼女をひどい目に遭わせるだろう。それだけはよく知っている。

結局、どこにいても檻《おり》の中のようなものだ。昔はその鍵を手に入れようと思っていて、けれどいつのまにか鍵はなくなってしまった。月日を経ると共に失われてしまうものはあるのだ。否《いな》それとも最初から鍵など存在しなくて、彼女があると思っていただけか。

かつて彼女の手から鍵を取り上げた男は、テーブルの上に何枚かの書類を置く。

「読んだら処分しろ。すぐ現地へ向かえ。向こうでまた連絡する」

彼女は気だるげに窓を見る。そこは鎧戸《よろいど》を下ろしたままだ。念押しするように男は言った。

「お前に篭絡《ろうらく》されない男はいない。いつも通りやればいい」

――ああ、海が見たい、と思った。

※

「ここがアイリーデ？」

朱塗りの大橋の前、小さな馬車を降りた少女は、日除《ひよ》けのヴェールを上げて楼門を見上げた。

歴史を感じさせる門や街並みは、隅々まで磨かれて古くささを抱かせない。昼の日に照らされた大通りは、活気はあるが騒がしさはなく、聞こえてくる楽の音には郷愁を呼び覚ます風情があった。

本の中でしかお目にかかれないような追想の街。

鮮やかな赤髪の少女は、どこの国でもないその景色にしばし見惚《みと》れる。無垢《むく》な憧憬《しょうけい》に翡翠《ひすい》色の双眸《そうぼう》が輝き……けれどすぐに我に返ると彼女は咳《せき》払いをした。少女は緩やかに湾曲した橋をねめつける。

「中にまで連れて行ってくれればいいのに」

「リコ様……。馬車の通行は橋の前までと定められているのだそうです。街中は騎乗も禁止されているとか」

「古い街なのね」

言い捨てる少女に、お付きの男は困り顔になる。

リコ・ロロリス――今年十六歳の少女は、トルロニア王位継承権第十一位を持つ南部領の娘だ。彼女の父は先王の従兄なのだが、王位争いに加わることを嫌って継承権を返上した。彼には二人の娘がおり、上の娘は嫁いだが下の娘はまだ縁談がまとまっていない。その下の娘がリコだ。

「お父様は弱腰過ぎるのよ。狙える機会があるなら狙っていくべきでしょう」

「ですがリコ様、このことが陛下やお父様に知られたら……」

「どうもしないわ。わたしはただこの街に遊びに来ただけ。そこで誰と出会って誰と結婚しても咎《とが》められる筋合いはないでしょう？」

そのために昔からの従者であるサイカドだけを連れてアイリーデにまで来たのだ。何もしていないうちに文句を言われる筋合いはない。

言いだしたら聞かないリコに、サイカドは深い溜息《ためいき》をのみこんだ。

「ではリコ様、さっそく本日からお動きになるので？」

その問いに少女は首を傾《かし》げる。癖のある赤い髪が、上質の洋装に映えて輝いた。

「宿は取ってあるのでしょう？」

「はい」

「ならそこに行ってから今日は街を見て回るわ。殿下が王都を捨ててまでこの街にいらっしゃる魅力が何か、わたしは何も知らないのだもの」

好奇心を隠しきれず楼門へと踏み出す少女に、サイカドはうなだれながらついていく。宿の場所を知らないにもかかわらず先を行く少女は、従者の男に言った。

「あなたは前に言った通り、その妓館《ぎかん》に行くように。お金で解決できるなら、その方がお互いのためでしょう？」

「かしこまりました。ですがリコ様、街を見て回られるならくれぐれも日暮れ前には宿にお戻りください。この街はあくまで夜の街ですから」

「分かってるわ」

見るからに貴族の娘とその従者という取り合わせに、楼門にいた自警団員が好奇の視線を向ける。だがリコはそれにも気づかず大通りに足を踏み入れると声にならない歓声を上げた。

「神話の街ね。面白いじゃない」

アイリーデのことを語る詩歌や小説は決して少なくない。そこに出てくる景色や店、楽師たちが実在するのか気になってしまう。

意気揚々としたリコはそうして宿の場所だけを確かめると、サイカドの制止もそこそこにアイリーデの街中へと出かけて行った。

残された彼がいたしかたなく向かったのが――北の妓館《月白《つきしろ》》だ。


「どういったご用件でいらっしゃいますか?」

アイリーデにおいて夜に属する店は、玄関先に灯《あか》り籠《かご》を吊《つ》ることによって客を迎え入れる準備ができたことを示す。

逆に言えば灯り籠がない時間に来る人間は本来の客ではなく、門前払いをされてもおかしくない。おかしくないのだが、月白の館主である女は、サイカドの「主と話がしたい」という不躾《ぶしつけ》な訪問を受けて応接室に彼を招いてくれた。

年齢はリコより二つほど上だろうか。この街唯一の巫《ふ》でもあるという女は、月下で咲く大輪の花のようだ。完成された彼女の空気は柔らかく品があって、艶《つや》を含んでいる。とても二年後にリコがこうなれるとは思えない。これがアイリーデの女かと恐ろしくなる。

そんな風に相手の雰囲気に怯《ひる》みつつも主人の命令は絶対だ。サイカドはさっそく本題を切り出した。

「こちらの館に、王弟殿下が懇意になさっている女性がいらっしゃると聞いて伺いました」

「あら、そうなのですか？」

サァリと名乗った館主は嫣然《えんぜん》と微笑《ほほえ》む。食えない態度だが、そう言われることは予想できていた。

サイカドは丁重さを崩さぬよう注意しつつ、持ってきた布包みをテーブルに置く。

「こちらとしても調べれば分かることです」

「左様でございますか。わたくしどもからお客様の情報はお話しできかねますが」

「存じ上げております。ですので、こちらから一方的にお願いする形となりますが、ご容赦ください」

「何をでしょう？」

サァリは微笑んで彼を見上げる。その目も笑顔も、何を考えているか真意が読めない。人当たりはいいのだが、それ以外の一切が分からないままだ。

相手の手札が全て伏せられているような圧迫感に、サイカドは息苦しさを覚えながら布包みを開く。

そこから出てきたのは多額の現金だ。名の知れた娼妓《しょうぎ》を数人は身請けできるであろう額の大金。屋敷を出てここに至るまでこんなものを持ち運んでいるのは胃が痛かったが、リコが「一番明朗な対価でしょう！」と言い張ったので仕方なく持ってきた。途中で野盗などに出くわさなくて本当によかったと思う。

サイカドは多少の緊張の緩みを味わいつつも、言わねばならないことを口にする。

「この対価を以《もっ》て、その女性には当家のために殿下と縁を切って頂きたい――それが、わたくしの伺った用件です」

簡潔に、誤解のなきよう。

長年ロロリス家に仕えている男は、実直に要望する。

突然かつ不躾だとは分かっているが、娼妓にとっては権力者の気まぐれに付き合うよりも、確固たる資産の方が身を助けるはずだ。

とは言え、心が痛むのは痛む。幸いなのは、当の娼妓本人ではなく館主と交渉できたことだろう。問題の娼妓と相対して泣かれでもしたら良心が窒息してしまう。だが館主であれば館の利益も考えて話し合いが可能なはずだ。

サイカドは相手の反応を待つ。つい視線を下に逸《そ》らしていた彼は、ふっと微笑む気配に顔を上げた。

そして、凍りつく。

サァリは声を出さず、けれど心底可笑《おか》しそうに口元を押さえて笑っていた。

それは若き館主が初めてサイカドに見せた感情で、年相応に可憐《かれん》で、見た者を強く引きこむ力があり、そして何よりも——恐ろしかった。

サァリは笑いを止めると軽く首を傾げる。柔らかな声がサイカドの耳の内側を撫《な》でた。

「ご要望は分かりました。ですが残念ながら、これでは一晩の花代にも足りませんわ」

「え……」

さっと顔から血の気が引く。月白は神話正統の妓館とは聞いていたが、そこまで花代に違いがあるのか。事実だとしたら自覚的な無礼の上に無自覚の無礼を重ねたということで、とんでもない失態だ。

「た、大変な失礼を……」

「構いませんわ。あなた様は、正直にも主人の家名を名乗っていらしたでしょう？　ですからわたくしもお話を伺う気になったのです。仰《おっしゃ》る通り失礼な横槍《よこやり》ではありましたが、その心根は買いましょう」

「で、では……」

「そちらを持ってお引き取りください。このようなやり方は通らないと、ご主人にお伝えくだされば
それで結構ですので」

サァリは優美な仕草で立ち上がる。明らかな話の終わりに、サイカドは我に返ってそそくさと現金を包み直し席を立った。これはリコと相談して、可能ならば当の娼妓と直接交渉する手もあるかもしれない。ただ、月白の館を相手にするのはもう無理だ。アイリーデでもっとも古いと言われる妓館は、国内外に広い人脈を持っているという。やんわりとした忠告で済ませてくれているうちに違う道を模索すべきだ。

サイカドは恐縮してしきりに頭を下げながら出ていこうとする。その彼に若き館主は告げた。

「ちなみに、あなた様がお話ししたがっている娼妓は、わたくしです」

「な……」

王の忠実な臣下で堅物と聞いていた王弟が、どうして娼妓に入れこんでしまったのか。

その理由を半分理解し、半分は理解したくなくなったサイカドは、自失から覚めると逃げるように月白を後にした。

アイリーデの空は、いつのまにか薄い紫色に染まりつつあった。


黄昏《たそがれ》時のアイリーデは、現実と非現実が混ざり合う場所だ。楽の音が緩やかなものに色を変え、通りのあちこちに火が入る。

日は沈めど空はまだ明るさを残し、それは街全体に投げかけられた薄衣となって揺らめく。行き交

う着物姿の人々や、物珍しげに辺りを見回す客たち。人が作る流れは川となって街の通りを巡る。巡り、また灯りを生む。その一つ一つが人の営みを照らすものだ。

混ざりあう人と楽の音は潮騒《しおさい》を思わせ、通りを一歩行くごとに神話の中へと踏み入っていくかのようだ。かつてこの地に降り立った神を迎え入れた人々も、似た景色を見ていたのか。そんな想像を羽ばたかせる景色にリコは胸を躍らせた。

——この街は面白い。

初めて見るものばかりであるのに、どこか懐かしい。子供の頃夢に見た原風景の中に迷いこんだ気さえする。「死ぬまでに一度は行った方がいい」と言われ「帰りたくなるから死ぬ間際に行く方がいい」と言われる街。それは十六歳のリコにとっても充分に魅惑的だった。あちこちを回っているうちにすっかり夕飯時になっていた彼女は、地図を見ながら足早に宿へと向かう。

「あれ……おかしいわね……」

曲がる角を間違えてしまったのだろうか。リコが出たのは水路沿いの暗い道だ。この街は水が豊からしく澄んだ水路があちこちにあるのも目を楽しませてくれるが、リコの目の前を流れている水路はどう見ても観光用ではない幅広のものだ。左右に店の類《たぐい》はなく、建物から時折零《こぼ》れている灯りだけが夜になりかけた闇を退けている。

リコはうっすらとした月光を頼りにもう一度地図を見ると、元来た道を引き返そうとした。

けれど急に道の真ん中で反転したせいで、リコは後ろから来た人間とぶつかりそうになってしまった。あわてて避けようとしたせいで、同じ方向に避けた相手に衝突する。

「ご、ごめんなさい」

「こちらこそすまない」

若い男の声が降ってきて、リコは相手が自警団の制服を着ていることに気づく。緩い自治を敷いているこの街で、困りごとを訴えるなら自警団だという知識はある。リコはさしたる迷いもなく相手に持っていた地図を示した。

「ちょうどよかった。よろしかったら道を教えてくださらない？　ここに行きたいのだけれど」

「拝見する」

二つ返事で引き受けた青年は、リコを先導して歩き出した。少女はその後をついていく。街の人間らしく迷いない足取りで進む彼は、すぐに目的の宿の前に到着した。灯り籠が遠慮がちに置かれた格子門、見覚えある店構えにリコはほっとする。

「ありがとう。助かりました」

「礼には及ばない。あとは、あまり一人で夜に裏路地へ行かない方がいい。色んな人間がいる」

「ご忠告どうも」

子供のように言われるのは癪《しゃく》だが、助けてくれた相手とあってリコはさらりと流す。

そうしてようやく長身の相手を正面から見上げた彼女は目を丸くした。黒髪の青年の端整な顔立ちに見覚えがあったのだ。

一度だけ宮廷で見た彼は、上級士官の姿で王の傍《そば》に控えていた。現王に似て綺麗《きれい》な顔立ちはしているが、庶子のせいか貴族らしさがないと思ったからよく覚えている。

その彼が王の傍から離れてアイリーデにいることは知っているが、何故自警団の格好をしているのか。いささかどころではない混乱をのみこむと、リコは立ち去ろうとする彼の背に声をかけた。

「殿下」

びくりと足を止めた彼は苦い顔で振り返る。リコの服装からして身分が高い人間であることは分かっていたのだろう。何から言うべきか迷っているらしき彼に、リコは自分から服の裾を摘まむと挨拶した。

「ロロリス家の末子、リコでございます。この度は殿下にご相談があって参りました」

予定とは違うが、本命はこちらだ。

そして王族として育っていない彼にはおそらく、回りくどい手管《てくだ》は逆効果だ。そうやって玉砕した令嬢が何人もいることをリコは調べて知っている。

だから拙速ではあるが、それでいいと思って正面から本題を口にした。

「わたしは、家を守るために権威が必要なのです」

姉の嫁いだ家は一学者の家で、何か不測の事態が起きても姉を助けられるほどの力はない。そして父はお人好《ひとよ》しだ。事あるごとに親族に頼られむしり取られていて先行きが不安だ。

だから、自分が家に確固たる力を蓄えなければ。そのための方策の一つがこれだ。

「殿下、わたしと結婚なさいませんか。もちろん殿下の不利になることはいたしません」

歯に衣を着せぬ申し出に、青年はますます困り果てた顔になる。

そうして彼から出てきた答えは「既に妻がいるので」という、ごくありふれた断り文句だった。

※

月白の灯り籠から火が消えた後、シシュは裏門から入ってサァリの住む離れを訪れた。

本当はこの訪ね方は不審者のようで避けたいのだが、表門は閉まっている時間で、裏門の鍵は預かっている。目撃されたら怪しいという以外は問題ない入り方だ。

ちょうどサァリも離れに戻っていた時間で、彼女はシシュから話を聞くなり寝台に転がって大笑いした。涙が滲《にじ》むほど笑っている彼女を、シシュは呆《あき》れた目で見やる。

「何がそんなにおかしいんだ、サァリーディ」

「だ、だって、正面から過ぎるんだもん。正直者過ぎて面白いよ」

仕事が終わったとあって、浴衣姿で髪も下ろしているサァリは少女のように笑い転げる。シシュは彼女がいる寝台に腰を下ろした。

「ロロリス家は、確か当主が王位継承権を放棄して娘たちだけが持っていたと思う」

「家の存続が不安だから、継承権が上の人間と結婚して家を支えたいって健気《けなげ》だね。こういう人が来るのも、王様が意図する囮《おとり》のうちなのかな」

シシュの素性はアイリーデでは伏せられているが、王都の彼を知ってる人間が調査すれば、彼がアイリーデにいるということは追跡して突き止められるはずだ。その程度の秘密であることが、囮として機能しているということでもある。彼のことを調べて彼のところに来るような人間は、つまり彼の身分を利用する何らかの思惑を持っているからだ。

「この手のものは御免蒙《ごめんこうむ》りたいな……巫ではなく俺の方に来ただけまだよかったが」

「あ、私の方にも来たよ」

「は?」

思わずシシュは腰を浮かせてサァリを振り返る。

寝台にうつ伏せになった彼女は、両腕の上に顔を預けながらシシュを見上げる。

「その子のお付きの人が月白まで来たの。大金を出してきてこれでシシュと別れてくれって。ああいうの時々あるけど、私のところに来るとは思わなかったなあ。面白かった」

「……面白くない」

シシュは深い溜息をつくと部屋を出ていこうとする。サァリがそれを見て飛び上がった。

「え、待って待って。ごめん、怒った？」

「巫には怒っていない。ただこれは到底看過《かんか》できない無礼だ。巫に人間がそのような申し出をすることなど許されない」

「そんなの大丈夫だから！　ほんとに普通のことだし！　面白がってごめんね！」

彼にしがみついてくるサァリは必死だ。彼女の焦った様子を見ていくらか頭を冷やしたシシュは、戸から手を放すと元の位置に戻った。彼は、少しびくびくしているサァリに説明する。

「俺は巫に捧《ささ》げられた神供《しんぐ》の一つだ。それを横から事情も知らぬ人間が取り下げようとは不遜が過ぎる。ましてや金と引き換えになど論外だ」

「あーああー」

困ったような声を上げているが、彼女はこの街の主人で神なのだ。度の過ぎた無礼は許されないし、これは度を越えている。そう苛立《いらだ》ちを噛《か》み砕きながらシシュが言うと、サァリは微笑した。

「ありがとう。シシュがそう思ってくれてるだけで充分だよ」

「だが……」

「いいのいいの。人として暮らしてるんだから、それくらいあった方がいいでしょ。アイリーデの中でも私の扱いなんて様々だし」

確かに、サァリを神として敬う神供三家の当主から、単なる一娼妓として見ている化生斬《けしょうぎ》りのタギなど、アイリーデの人間はサァリをそれぞれ違う存在として捉えている。

ただそれでも彼らに共通するのは「サァリはアイリーデの姫だ」というもので、余所《よそ》の人間が決して軽んじていい存在ではない。「知らなかったから仕方ない」という見方があるのは分かるが、だからといって踏みにじられて黙っているつもりはない。

そんなことを訥々《とつとつ》と訴える間に、シシュは幾分冷静になる。彼の隣に座っているサァリが面白がっているような目で自分を見上げていることに気づいたからだ。

「どうした、サァリーディ……何かおかしかったか」

「ううん。ただシシュみたいに真面目な人が神供になると、そういう過激派になるんだなあって」

「過激派……」

「ごめんなさい、言い方が悪かったです。大事に思ってくれてありがとう」

謝るサァリがあわてているように見えるのは、シシュが心外な気持ちを面《おもて》に出してしまったからか。

彼は目を閉じると、顰《ひそ》めていた眉間と目元を指でほぐす。自分の知らない間に自分絡みでサァリのところに人が行ったと聞いて、少しだけ熱くなってしまったかもしれない。

サァリは細い肢《あし》を組む。白い爪先がテーブルに置かれたランプの灯りでほんのりと赤く染まった。

「でもその人たち、正直に名乗りを上げて自分たちの目的を言ってくるって面白いよね。普通は娼妓に手切れ金を渡す人って『相手の将来のためにならないから別れてくれ』って言いだすんだよ」

「ああ……そういうものなのか」

「うん。でも今回はどっちも『自分たちのために』って正直に言ってるでしょ。その娘自体がそうなんだから、彼女が育った環境も風通しのいいものだったんだろうなって見当がつくよね。お父さんもお姉さんもいい人そうだなって」

「まあ、確かに」

リコは「父と姉は人が良すぎて自分たちの立場や財産を守ることに頓着しない。だがそれでは彼ら二人も、そして家に仕えてくれる人間たちも守れない」と言っていたが、そう率直に言い出すリコも相当素直に育ったと思う。父親が王位継承権を放棄しているのも納得だ。

「早晩家が傾くことはないだろうが、悪意のある人間に目をつけられたら危ういだろうな」

「危機感を持つのはあってるけど、やり方がね」

サァリは組んだ足の上に頬杖《ほおづえ》をつく。青い目が軽く細められた。

「不器用だなあ……可愛《かわい》い」

慈愛と悪戯《いたずら》心が溶け合って微笑む横顔は、女のものではあるが人間のものではない。自分とは違う生き物を愛《め》でるまなざしは、人が犬の仔《こ》を眺めるのと同じだ。

シシュは、人から隔絶したその目に少しの不安を覚える。息を詰めたのが気配で伝わったのか、サァリが彼を見上げた。

「シシュ？　どうしたの？」

「なんでもない」

「嘘《うそ》。何か言いたげだったよね。何？　教えて」

「なんでもない……」

一応抗《あらが》ってはみたが、このやり取りでサァリの追及を逃れられた試しはない。「教えて教えて」とぐいぐいと来られ、シシュは観念した。

「いや……俺もサァリーディにそう見られていたのだろうかと思って……」

享楽街で育った彼女からすると、シシュもやることなすこと不器用だったはずだ。それを「可愛らしい」と慈愛の目で見られていたのかと思うと、いくらかの情けなさもある。

だがサァリはそれを聞いて、大きな目を丸くした。

「シシュのこと可愛いって思ったことないよ」

「そうか……それはそれで複雑な気分だな……」

「えっ、予想外の面倒くさい反応」

ひどい言われようだが、面倒くさいと言われてしまうのは仕方ない。愛玩動物のように見られていても気落ちするが、まったく関心がなかったと言われても軽く落胆してしまう。自分の発言で自分が情けなくなっている間に、サァリは膝の上に乗ってきた。うなだれそうだったシシュの顎を、彼女はぐいぐいと下から自分の頭で押し上げる。

「シシュは最初から格好よかったよ」

「………」

「面白くもあったけど」

「それは散々言われてたな……トーマにも言われていた……」

「ごめんね？」

彼の足の間にすっぽり収まった妻の表情は見えない。だがその声音から楽しんでいることは分かる。サァリは体を逸らしてシシュの首に両腕を回した。

「真っ直ぐな児戯だから可愛らしいって思えるの。でも、どんな条件を出されてもあなたを譲るつもりはないからね！」

「そうしてくれると助かる」

「あなたも逃げたくなったら先に相談してね」

「逃げない」

それは当たり前のことだ。一生変わることがない感情を以て彼女の伴侶になった。

シシュは声を上げて喜ぶ妻が、寝台から落ちていきそうになるのを抱き上げ直す。そうしてふと彼は、テーブルから落ちてしまっている手紙に気づいた。無造作に広げられていたらしいそれは二枚のうち一枚が床に広がっている。

シシュは妻の体をひょいと隣に置き直すと、立ち上がって手紙を拾い上げた。中を見ぬように畳む彼に、

「それね、サァリは内容を教えてくれる。

「それね、今日アイリーデの妓館全部に回ってきた注意書き。人売りが来てるから騙《だま》されないようにって」

「人売り？　なんだそれは」

「言葉のままの意味だよ。女を攫《さら》ってきて妓館に売る人間がいるの。王都の娼館《しょうかん》なんかはそういう経路で娼婦《しょうふ》になった人もいるんじゃないかな。でもアイリーデは本人の同意がなければ妓館には入れられないから。原則、人売りとの取引は禁止」

「そんなことがあるのか……」

確かにシシュも、王都の士官だった頃に何度か人身売買の組織の摘発に携わったことがあるが、摘発されていない輩《やから》がどう活動しているのかをあまり考えたことがなかった。彼にとってそういった輩は見つけ次第捕らえることが当たり前だったからだ。

「ちなみに、人売りを捕まえないのか？」

「んー、捕まってる女の人たちから助けてって言われれば助けるよ。でも彼女たちって脅されててそういうの言い出せない人がほとんどなんだよね。そういう疑わしい状態に、こっちから手は出せないって感じ。向こうに難癖つけられても困るし、アイリーデ自体はそう武力があるわけじゃないから」

サァリは「はっきりしてなくてごめんね」と付け足す。それは夫の性格を鑑みてのものだろう。

確かにシシュとしては疑わしきを見逃すことに抵抗はあるが、自分一人のこだわりで無理も言えない。アイリーデ側は「人売りからは人を買わない」という消極的抵抗で対処しているのだから、動くならその範囲内で、街に迷惑をかけぬよう動かねば。

そんな彼の内心を見透かしているように、サァリはさらりと続けた。

「まあ、タギなんかは、たちが悪い人売りをこっそり斬って捨ててるみたいだけど」

「思いきりがよすぎる」

「さすがにちゃんと裏を取ってるんじゃないかな……死体が出なきゃどうにも注意できないしね」

「そういうことか」

確実な証拠がなければ人売りを排除できないアイリーデは、その人売りを街の人間が処分したとしても確実な証拠がなければ罰しない。不文律が働いてよくできている。

「タギは娼妓を大事にしてるから。容赦ないんだよね。うちの下女の一人もタギが人買いから助けて来た娘だよ。帰る場所がないっていうのと本人の希望で」

「そうだったのか……」

確かに月白にいる下女たちは、娼妓見習いというより妓館の雑務をする専門の少女たちに見える。その出自を気にしたことはなかったが、彼女たちにも様々な事情があるのだろう。

サァリは美しい笑顔で付け足す。

「公然の秘密って感じ。だからシシュもやるなら上手くやってね」

「上手く、か。大体分かった」

神供の返答に神である女は満足そうに頷《うなず》く。

手紙をテーブルに戻したシシュはふと時計を見た。

「すまない、サァリーディ。大分遅くなってしまったな」

「平気。でもお風呂には入っちゃおうか。話の続きはそっちでしよ」

「……巫が先に入るといい」

シシュが一応の抵抗を試みると、サァリは非の打ちどころのない笑みを作る。鈴を振るような声が彼を呼んだ。

「旦那様、一緒に入りましょう。あなたのお知りになりたいことに、全てお答えいたしますわ」

「いや、サァリーディ……」

「化粧落としたいから入るの！　なんでいつもお風呂だけ抵抗するの⁉」

「よくないことをしている気分が強いんだ……」

「私はあなたの背中流したりするの楽しいのに。明るいのが駄目なの？　灯り消す？」

「それは余計に良くないと思う……」

「じゃあもう湯舟の中で正座しててていいから！」

勢いが良すぎる彼女はいつも通りだ。

そんな風に飛びついてくるサァリを受け止めながら、シシュは妻のことを出会った頃と変わらず「可愛らしい」と思ったのだ。

4. 追憶

普通に結婚の申し出は断られたものの、宿で出た夕食は充分過ぎるほど美味しかった。

戻ってきたサイカドから一通りの話を聞いたリコは、夕膳が下げられると考えこむ。

「それはなかなか難しそうね」

「諦めてお屋敷に帰りましょう、リコ様」

「まだ今日来たばかりじゃないの。全然見きれてないわ」

「それは街をですよね……」

溜息《ためいき》をつかれても、この異郷は面白い。リコも嫁入りをしたならもうここには来られないかもしれないのだ。せっかくだからもっと色々見ておきたい。

できれば夜の店も見て回りたいのだが、サイカドから全力で止められてしまった。もちろん享楽街であることは知っているし、娼妓《しょうぎ》の街だということも知っているのに、貴族令嬢というだけで行動が制限されるのは嫌になってしまう。もっとも、この身分に生まれたことで恩恵も充分に得ている自覚はある。

だから自分は、自分の人生に真摯《しんし》でなければいけないのだ。それが許されない人間もいるのだから。

「今月はこの街のお祭りがあるのですって」

「そうなのですか。今も充分祭りのような空気ですが」

「ええ。だからどちらかというと観光客向けではない神事のようよ。でも普通の祭りのように夜店や舞台もあるらしいの。どうせならそのお祭りを見てから帰りたいわ」

広い座敷の部屋で、足を崩して座卓に向かっているリコは、サイカドの様子を窺《うかが》う。戸の傍《そば》に立っている彼は渋い表情だが、どちらかというとリコの口から「帰る」という言葉が出たことに安堵《あんど》したらしい。数秒の間を置いて「分かりました」と言ってくれた。

「ですがそれなら宿を変えた方がよろしいのではないでしょうか。この宿は殿下に知られてしまっているでしょう」

「知られていてまずいこともないでしょう。気が変わって交渉にいらっしゃるかもしれないわ」

リコは今日見た店や品物を書き留めながら上機嫌で言う。

この街は古き様式が色濃いが、それは街の風情を壊さないようにという意味合いで、客や住民に不便がないように水回りや舗装などはきちんと整備されている。それだけでなく他の街では見られない新しい意匠の小物や装飾品などを扱う店も多く、それらは小さくはあるが作り手のこだわりがあって客の評判もよいようだ。

ロロリス家は国の東南部に小さな領地を持ち、父やリコは普段そこで暮らしているため、王都を訪れた際も色々と街を見て回り世の需要を確認している。けれどこの街は王都と違う方向性で面白い。それらについて書き留めているリコに、サイカドは不安げな目を向けた。

「ですが、相手の娼妓の方が黙っているかどうか」

「聖娼《せいしょう》の方なのでしょう？　殿下のお相手というのも納得ね。そのような方なら乱暴な手段には出ないでしょう。館主という話なのだし」

リコはそこで手を止めてサイカドを見上げた。

「その方、名義貸しだけの政略結婚でも了承頂けなさそうかしら」

「無理です。絶対無理です」

「そう。なら仕方ないわね」

王弟はリコの父と同じで権力闘争に興味がない人間だ。だからアイリーデで自警団に所属したりしているのだろうが、その類《たぐい》の人間は政略結婚以外で家の助けにはなってくれない。だからリコは別の手を考えねばならず……けれどせっかく来たのだからもう少しこの街を見てみたい。

「お相手の方が文句を言いたいのならお話をするからいいわ。なんなら明日、こちらから謝罪に伺おうかしら。聖娼の妓館《ぎかん》を見てみたいし」

「おやめになってください！」

「何よ。話が通じる人だったんでしょう？」

「通じるうちに手を引いた方がよろしいです……」

サイカドの青ざめた顔に、リコは肩を竦《すく》める。この従者は昔から心配性なのだ。けれど、彼を心配させるのも本意ではないので、月白《つきしろ》に行くのは諦める。

ただ宿を変えることはしない。どうせ変えても新しい宿を知ろうと思えばすぐに知られる。たとえ非常識な申し出であったとしても、こちらが提案して断られてそれで引き下がったのだから、必要以上に避けるのもよくない。

リコはきりのいいところでペンを置くと立ち上がって窓辺に寄った。この宿は大通りから二本外れたところに位置しているが、それでも夜の空を温める無数の灯火が見て取れる。

美しい街だ。昼よりも夜の方がずっと神秘的だ。

この景色を見ると、国がこの街に深入りしようとしないのもよく分かる。無粋な人間の手が加われば、この美しさはすぐに似て非なるものへ変じてしまうだろう。

そしてリコもまた、この神秘の街を「興味深い、美しい」と思うが、浮世離れした空気を保つ側には回れない。暗黙の了解で回っていくような気風への素養がないと感じる。

けれど、だからこそできるだけ見ておきたいと思った。貴族である以上、自分とは異なる人々の生活を統治する立場になるのだ。大陸中から客が集まるというこの街は、多くの価値観を含んで存在しているはずだ。その在り方を見ておきたい。

「この街を見ている間に次の結婚相手を考えておくわ。帰りに王都に寄って皆様にご挨拶しましょう」

「かしこまりました」

リコは微笑んで窓辺から離れようとする。ふとその視界の隅に、動くものがよぎった。

「あら、化生《けしょう》だわ」

数軒先の屋根の上を、翼を広げた黒い鳥影が飛んでいく。

視力がよいリコの目には、その鳥の目が赤く光っているのが分かった。サイカドも言われて窓の外を見たものの、彼には化生が見えない。人の欲が濃い場所などに発生するものなので、王都ではよく見かけたが、そう言えばアイリーデで見るのは初めてだ。享楽街の割に化生が少ないのか、腕のいい化生斬り《けしょうぎ》がいるのか。

「今日はもう疲れたし、早く休むわ」

化生は人心を惑わすというが、リコ自身はあまりそれを恐れていない。ああいうものは心の隙間に滑りこんでくるのだ。迷わず、恐れず、極端な話眠ってしまえばいい。

リコはだから透明度の高い硝子《がらす》窓に感心しつつそれを閉めると、眠りについた。

その晩見た夢は、月光に照らされた湖の上で、小舟に揺られている夢だった。

※

アイリーデには季節ごとに年三回の祭りがあるが、いずれも神に感謝を捧《ささ》げる奉納の祭りだ。祭りの日が近づくと共に、街の数カ所に白い細縄で囲まれた木の舞台が作られる。大工たちが神酒を振る舞うための祭壇を準備し、茶屋や料亭が夜店用の皿の支度をする。

娼妓たちが当日の装いを選び、街全体がほんのわずか忙《せわ》しなくなる時期。必ずしも外向けの祭りではないが、アイリーデをよく知る客たちにとっても、いつもと違う街の側面が見られる行事だ。

ましてや今回は——巫舞《ふまい》がある。

「巫舞があるのか」

「なんで旦那なのに聞いてないんだよ」

タギに呆《あき》れ顔で返され、シシュは沈黙を保つ。

二人が歩いているのはアイリーデの南北を貫く大通りだ。昼を少し過ぎた時間、通りの客足はいつもより少し多いくらいで、彼らは街角に作られた舞台を興味深げに見ながら通り過ぎていく。そこまではシシュも以前見たことがある。サァリと一緒に街を回ったのだ。

「去年は巫舞がなかったんだ」

「そりゃお嬢が客を取ってなかったからな。館主であっても半人前扱いだからなかったんだ」

「ああ、そういう……」

「いい客寄せになるからさっさと舞えばよかっただろうに」

「すまない……」

サァリは街で一番特殊な娼妓とあって、彼女に客がいるかいないで神事の様相まで変わるようだ。

街の経済的には「客取りが遅くなって申し訳なかった」という気分はなくもないが、サァリに客取りを急がせるつもりはまったくなかったので、あくまで自分が周囲に謝りたいだけだ。

人波を器用に避《よ》けながら歩くタギは、鼻を鳴らして笑う。

「なんでもそう人が言ったことを真に受けてるんじゃねえよ。大体、それを言うならあんた、あっさりお嬢に骨抜きにされてんだろ。気をつけろよ、って言ってやっただろうに」

「気をつけてはいる……」

タギには客取り後まもなく「お嬢は筋金入りの娼妓だからあんまり溺れるなよ」と言われていたのだ。それをシシュは「サァリに無理をさせるな」という意味だと受け取って気をつけている。と言っても、他に用事もないのに月白に行かない夜が続くとサァリの方が来てしまうので、大体毎晩会っている。それが「骨抜きにされている」という意味ならそうかもしれない。

「ああいう女はたちが悪い。自分が男に一番に想われて当然だと思ってるからな」

タギは基本的にサァリに厳しくよく悪態をつくが、サァリは大して気にもしていない。化生斬りは皆癖があると思っているからなのだろう。ただシシュは大事なことなので、一応の訂正を試みる。

「俺は彼女を妻と思っている。一番に優先するのは当然だと思う」

「処置なしだな。ま、あんた一人の犠牲でお嬢が大人しくなるなら上等か。お嬢も喜ぶだろうしな」

あっさりとしたタギの感想は、相変わらず真意が知れないものだ。シシュはちらりと男の横顔を窺う。その表情は普段より柔らかいようにも見えたが気のせいかもしれない。

青空を薄紅に染め抜かれた布がたなびく。通りの上を通された紐《ひも》に、色とりどりの紗幕《しゃまく》が吊《つ》るされ、はためいているのだ。祭りの夜まではあと二週間弱あるが、街の空気は既に日常から片足離れたものになりつつあった。

シシュは、妻が少女の頃からその眺めを「わくわくするね。この感じ好き」と楽しみにしていたことを思い出す。つまりこれは、彼女を楽しませる祭りなのだ。その意味では正しく働いている。

彼は空に映える幕を見上げて、その向こうに黒い影が飛んでいることに気づく。

「化生か」

ほぼ同時にタギも同じものに気づいたらしい。男は足を止めて空を飛んでいく鳥影を眺めた。

「最近はなんだって他の街と同じ化生が出やがるんだ？　実体がなければ人の姿もない。追うのが面倒くさくて仕方ねえ」

「実体化できるほどの力がないのだろう。——俺が追う」

「任せた」

人型ではない化生は、壁もすり抜けるし姿形によっては空も飛ぶ。今までの化生とは勝手が違いすぎて、タギなどには相手にしにくいのだろう。

けれどシシュにとってはそうでもない。王都から来た彼にとって化生は本来そういうものだ。そして——

「あれか」

角を曲がって路地を走りながら、シシュは空を飛ぶ化生を見出《みいだ》す。右手の手袋を素早く取り去ると、その指先に冷気の長い針を生んだ。彼はそれを悠々と飛ぶ鳥影に向かって投擲《とうてき》する。

針が命中すると、鳥型の化生は声無き悲鳴を上げて四散した。

「よし」

シシュは化生の消滅を確認すると、冷えきってしまった手に手袋を嵌《は》め直す。

——今の彼は、神の力を受けてその一部となった存在だ。

化生を狩るのに大した苦労はない。むしろ普通の化生斬りに混ざって仕事をしていることが申し訳ないくらいだ。

蛇が消えたアイリーデでは、時折普通の化生が出現するのみだ。この化生は人の帯びる悪い気によって生じるというのだから、完全に失《な》くすことは難しいのだろう。それでもサァリに支配された街とあって、街の気質や規模の割に発生も少ない。ついでに今度の巫舞によって、まだ化生になりきれていない気も霧散させられてしまうはずだ。

「警備は楽でいいんだが、人間の方がたちが悪いからな……」

化生に浮かされた人間は暴力的になったり問題を引き起こしがちだが、それがなくても人は悪意で行動したりする。そちらの方が余程露見しにくいし、対処も面倒だ。

シシュは先日、自分に求婚してきた少女のことを思い出し、苦い顔になる。あの日以来、リコ・ロロリスは彼に接触してきていないが、あの調子で誰か悪い大人に騙《だま》されてしまわないだろうか。

そんなことが心配になったシシュは、「自分もアイリーデに来たばかりの頃よく似たことを心配されていた」と思い出し、苦い顔をますます顰《しか》めた。

※

化生を追っていくシシュを見送って、タギは人の流れに戻る。

勤勉な同僚がいてくれると楽ができていい。おまけに相手は巫の男だ。破局するまでは律儀に働いていってくれるだろう。

それに……あの性格では存外サァリと長続きするかもしれない。

彼女を子供の頃から知っているタギからすると、サァリは生粋《きっすい》の娼妓だ。男を見る目が厳しく、理性と現実で値踏みをするくせに、恋への幻想を抱いている。己の中に絶対譲らぬ一線があって束縛を嫌うくせに、相手には寄り添って欲しいと願う。

たちが悪いのは、その全ての本音を隠して明かそうとしないところだ。そうした上で、容易《たやす》く人を操り惑わす。まなざし一つで相手を引きこみ、無自覚な顔で拒絶する。

だから彼女を買いたいと思う男は、まったくあてどない暗闇の中から正解を探して引き当てなければならないし、気に入られなければ即座に切られる。そういう面倒で、重い女に育った。いくら月白の主だからといって、あんな女に育てた身内の神経を疑う。

だが、そんな彼女がいざ選んだ客は、思ったより割れ鍋に綴《と》じ蓋だ。サァリの面倒なところを大して苦にしない大らかさは、真っ直ぐでよい育ち方をしたのだろう。そんな育ち方をしたのにアイリーデで屈指の面倒な娼妓に捕まるとは気の毒だが、他人事なのでそのあたりはどうでもいい。自分で女を選んだのだから自己責任だ。嫌になったら逃げればいい。

そんなことを考えながらタギは馴染《なじ》みの妓館へ向かう。彼は基本的に妓館に住んでいるが、花代を払わない。用心棒や力仕事など面倒事を引き受ける代わりに泊まれる店が何軒かあるだけだ。だから出入りも基本的に裏口からだ。

今もそうしてとある妓館に裏から入ったタギは、裏の玄関に見知らぬ女がいることに気づいた。

「あら、こんにちは」

柔らかく沈みこんでくるような声。三和土《たたき》にいた女は振り返って微笑む。

豊かな金髪を結った彼女は娼妓らしく、竜胆色《りんどういろ》の着物に紅《あか》い帯を締めている。顔立ちは整っているが目を瞠《みは》るほど美人というわけではない。ただ左目の下の泣きぼくろが印象的で、左右の目の大きさが違う彼女に色気と儚《はかな》さを同居させていた。

年は二十半ばくらいだろう。微笑んだ彼女の対応にちょうど館主が出てくる。タギの母親くらいの年の館主は、化生斬りの男に気づくと軽く手を振る。

「適当に入って邪魔しないどくれ。これから面通しなんだからさ」

「新しい娼妓か？　アイリーデの人間じゃないな」

「王都から参りました。よろしければこの館にお世話になりたいと思いまして」

女は軽く視線を横に流し、長い睫毛《まつげ》の下からタギを上目遣いに見る。その一瞥《いちべつ》で彼は確信すると、あっさりと知己である館主に言った。

「この女はやめろ。ろくなことをしない」

遠慮のない物言いに、女は赤茶の目を丸くする。その表情は驚いたせいか素の感情が窺えるものだ。

館主の女は大きく溜息をついた。

「人気が出そうなのにもったいない。けど、あんたが言うなら仕方がないね。――悪いが、今回の話はなかったことにしておくれ」

「え？　ですがわたくしは、まだ何のお話も……」

「こっちも残念だけど、その男が娼妓を見る目は確かなのさ。そいつが『駄目だ』と言ったら駄目なんだ。ろくなことになりゃしない」

「そんな……」

うろたえた目で女はタギを見上げる。そこに縋《すが》るような無実を訴えるような圧が宿るのは予想通りだ。タギはぼりぼりと頭の後ろを掻《か》く。

「俺は女の演技を見抜けるんだよ。そりゃ、アイリーデの娼妓は男に素の顔なんて見せねえから、それが問題じゃねえけどな。あんたは駄目だ。あんた、元は王都かどこかの高級娼婦《しょうふ》だな。それも客を意図的に破滅させてきた女だろ。見りゃ分かる」

「…………」

「他の街でなら好きにすりゃいいさ。けどアイリーデはそういう女はお断りだ。この街は一応『神への返礼として歓びを生む街』だからな。馬鹿みたいな話だが、この街にいる以上はそのやり方に従わなきゃならねえ。お前みたいに客を破滅させてちゃ本末転倒だ。他行ってやってくれ」

「ずいぶんな仰《おっしゃ》りようですね」

女は小さな唇を拗《す》ねるように曲げて詰《なじ》る。そんな仕草すら計算され尽くしたものだ。

タギは皮肉げに目を細める。けれど口を開きかけた彼が何かを言うより、館主が溜息をついた。

「そのうるさい男の言う通りだよ。あんたの器量ならどこに行ってもやってけるはずだ。せっかく来たんだから、街を見て行くくらいはいいけどね」

そう言って館主は懐から布包みを取り出すと女に手渡す。契約の手付として払うはずの金を、詫《わ》びとして持たせてきた館主に、女はふっと目から光を消した。声が一段冷える。

「つれない方たちですわね」

「まあな。けど、お前みたいな女は街に一人いりゃ充分で、そのとびきりたちの悪いのは一人既にいるからな」

「既に？」

聞き返す女に、タギは笑っただけで答えない。館主は誰のことか分かったらしく、苦虫を嚙《か》み潰《つぶ》した顔になった。

女は不審そうに首を傾《かし》げるも、すぐに笑顔に戻ると「失礼いたしました」と一礼して出ていく。その後ろ姿が見えなくなると、タギは館主に言った。

「できる限りの妓館に根回ししとけ。あの女を雇わないようにな。ああ、月白には言うなよ」

「あたしに指図するんじゃないよ。……なんでお姫さんには言わないんだい？」

「お嬢は好奇心に負けてわざわざどんな女か見に行くからだよ。余計面倒なことになる」

「ああ……」

サァリの気性を知っている館主は納得の息をつく。

そうして草履《ぞうり》を脱いで上がったタギは「無駄な仕事して疲れた」とぼやき、「大したことしてないだろ！」と館主に文句を言われた。

※

——街に入りこもうと思った試みは、その第一歩から失敗してしまった。

セラリアは人が通らぬ水路脇の道で、木箱に腰掛けて草履を脱いだ足をぶらぶらと揺らす。

「変なまち……」

話には聞いていたが、実におかしな街だ。

愛想のよい表面を繕いながら一歩内に踏みこもうとすると排他的で、余所者《よそもの》に厳しい。

否《いな》、それともセラリアだからこそ断られたのだろうか。

『客を意図的に破滅させてきた女』とは、ひどい言いようだ。一番ひどいのはそれが事実だということだ。

だがセラリアにも言い分はある。好んで今のような人生を送ってきたわけではない。この状況に彼女を追い立てたのは、いつでも周囲の人間たちだ。

午後の太陽は直線的な光を注ぎ、流れる水面を煌《きら》めかせている。山近い街だというのに水路は幅広く整備されており、セラリアはここが湧き水豊かで良い酒が造られる場所でもあると思いだした。きっとこの街に生まれ育った人間は、一生水に困ったりはしないのだろう。

だがこの絶えない水も、遠く地の果てまで広がる海原に比べれば微々たるものだ。

セラリアはきらきらと光る水面に、ずいぶん懐かしい風景を思い出す。

「海が見たいわ……」

「――海？」

死角から若い女の声がかかる。

ぼんやりとして気配に気づいていなかったセラリアは、驚きながらものんびりとした仕草で振り返った。感情を表に出さない仕草が身に沁《し》みついてるセラリアは、だからそこに立っていたのが、神の寵愛《ちょうあい》を受けたような造作の女であったことにも驚きを見せなかった。

白い着物に半月を染め抜いた黒い帯。鮮烈な装いの相手は、顔立ちを見るだにまだ二十歳にもなっていない。下女らしき少女を連れた女は、セラリアを見て小首を傾げた。

「アイリーデの方ではないようですね」

「この街の人は娼妓全員の顔をご存じなの？」

さっきの今なのでつい口にしてしまったが別に嫌味のつもりはない。ただ白い着物の女は「失礼しました」と苦笑して軽く頭を下げた。

「全員を覚えているわけではありませんが、あなたは印象的な方なので」

男からは言われ慣れている言葉だが、それが追従ではなく事実であることもセラリアは知っている。自分は目立ってしまう人間なのだ。

声をかけた女は、セラリアから視線を移して水路を見やった。

「海がお好きなのですか」

「別に。海のそばで生まれたから、時々懐かしくなるだけ」

「それはずいぶん遠いところからいらっしゃったのですね」

好きで来たわけじゃないけれど、という言葉をのみこむ。そんなことは初めて会った年下の人間に言うことではない。もっと何回か会ってこちらに入れこみそうな男に言うことだ。

代わりにセラリアは、誰にも言ったことがないことを口にした。

「本当はずっと帰りたいと思っていたのだけれど、機会がなくて」

「お忙しいのでしょう。望郷の念というものをわたくしは存じませんが、なかなかに忘れがたいものなのでしょうね」

その声は、流れる水の音と溶け合って耳に心地よい。

——忘れがたいとは、言い得て妙だ。

ずっとそうだったのかもしれない。ぼんやり「海が見たい」と思ったまま、あの海岸に足を向けたことはついにはなかった。このまま自分は二度とあの潮騒《しおさい》を聞かないまま一生を終えるのだろうか。

倦怠感《けんたいかん》は、体よりも心を重くさせる。

セラリアは自分のことから意識を逸《そ》らすと、隣に立った相手に問うた。

「あなたはこの街の生まれ？」

「違いますが、一生をこの街で終える女です」

端的な答えはひどく重いもののはずなのに、軽やかにさえ聞こえた。

そんな女もいるのかとセラリアは他人事のように思う。この不思議な街で泡と消える女。それは御伽噺《おとぎばなし》のようで、苦界《くがい》にもかかわらず綺麗《きれい》だ。綺麗に糊塗《こと》されていると思う。

女はそんなセラリアの内心を察したように微笑んだ。

「ですが、わたくしはそれを不満に思ってはおりません。欲しいものは外にはありませんし、充分に満足ですわ」

「恵まれて生きてきたのね」

「ええ」

引け目なく女は首肯する。若いせいもあるのだろうが、ずいぶん毛色の良い娼妓だ。周囲に大切にされていたのだろう。同じ夜を売る女でもこんなに違うことはあるのだ。

白い着物の女は水路に流れる清水を見つめている。

「この水も、いずれは海に行きつきます。あなた様も、そうして故郷にお帰りになる途中なのかもしれませんね」

「わたしが故郷に？」

それこそ御伽噺だ。この十数年の間にずいぶんあの海からは遠ざかってしまった。

乾いた笑いを見せてしまったセラリアに、白い着物の女は頭を下げる。

「不躾《ぶしつけ》なことを申し上げて申し訳ございません。わたくしがこの街に生きる人間にそうであって欲しいと思っているだけですので」

「誰でも里帰りできるようにって？」

この街の住人は、余所から来た人間の方が多いのだろうか。彼らはどういう理由でこの街に腰を落ち着けようと思ったのだろう。娼妓になる前に断られてしまったセラリアはくすっと笑う。

けれど相手は首を横に振った。

「人が、自由に在れるようにです」

——自由に。

その単語だけはなめらかな女の声の中で、唯一がさついてセラリアの耳に引っかかった。

これが、セラリアがアイリーデに来た最初の日のことだ。

その日のうちに彼女は、通りを歩いていた客に気に入られ、小さな妓館に入った。

5. うつろい

月白《つきしろ》の離れは二階がサァリの居室になっており、一階は使われていない。
元は前の主である祖母の居室だったのだが、今は物置のようなものだ。そこと自分の部屋をサァリは最近少しずつ片付けていた。要らないものを処分し、必要なものは整理して仕舞い、場所を開ける。

「こんな感じかなー」

たすき掛けして一階の大きな桐箪笥《きりたんす》を弄《いじ》っていたサァリは、体を起こして伸びをする。
あとはこの箪笥を蔵に運んでしまえば大きな片付けは終わりだ。もう少し細々とした片付けは必要だが、一階をほぼ空き部屋にできるし、二階の部屋もすっきりする。彼女は窓を開け放って風を通した部屋を見回した。火入れまではまだ時間があるが、祭りの前とあってやることは多い。祭りの当日は、館や花の間に飾り付けがなされる。そのために蔵を開けている時期なのだ。片付けをするにはちょうどいい。

サァリが細々としたものの選別をしていると、下女がやってくる。

「主様、今よろしいでしょうか。宝石商の方がいらっしゃいました」

「すぐに行くわ。応接室にお通しして」

「かしこまりました」

下女が一礼して去ると、サァリは急いで自室に戻り身支度した。館主としての体裁を整えて応接室を訪れる。

「お待たせして申し訳ございません」

婉麗《えんれい》な仕草で一礼すると、彼女に見惚《みと》れていた二人の男はあわてて立ち上がって礼をした。サァリがテーブルを挟んで二人の対面に座ると、早速商談が始められる。

今日の目的は主に、シシュが花代として払ってくれた貴金属の売却だ。彼曰《いわ》く「換金用だから気にせず売ってくれ」ということで、サァリから見ても無作為に選ばれたもののようだ。おかげでありがたく売りに出せる。

サァリは、宝石商二人が鑑定書とあわせて値をつけていくのを見ながら、比較的普段使いできる小さな石をいくつか売り物から弾《はじ》いて手元に残すようにした。宝石商の一人が申し訳なさそうに問う。

「金額がお気に召しませんでしたか」

「いえ。これは細工をして下女たちにと思って。彼女たちは夫によくしてくれていますから」

シシュが客に選ばれたことを下女たちは喜んでくれているし、彼に細々とした生活上の便宜を図ってくれている。シシュがくれた宝石に細工したものなら彼女たちはきっと喜ぶだろう。

宝石商二人は納得すると、最終的な合計金額を出してくれた。それはサァリの花代を余裕をもって上回る金額で、そんなところもシシュらしいと口元が綻《ほころ》んでしまう。

彼が花代を払っていったのは初夜の時だけで、後はサァリが「要らないから」と止めているのだが、彼は代わりに主の間に通される度に食事代と宿代は払っていく。そんなことしなくていいのに、とサァリは思うのだが彼の性分なのだろう。それもあって彼女は離れを片付けているのだ。彼が離れに住めるようになれば、主の間を使わなくてよくなる。

「ありがとうございました。またよろしくお願いいたします」

サァリは手続きを済ませると、宝石商二人を玄関まで出て見送る。彼らの姿が門の向こうに見えなくなると、彼女はそこにいた下女に帳簿付けを頼んだ。

下女は仕事を受け取った後、遠慮がちに切り出す。

「主様、お耳汚しになってしまいますが、少々よろしいでしょうか」

「何かしら。言ってみなさい」

「先日、水路脇で会った女性のことです。アイリーデで評判の娼妓《しょうぎ》になっていらっしゃるようでして」

「あ、そうなのですか。でも納得。魅力のある女性でしたし」

どのような娼妓に人気が出るかは、本人と話せば大体分かる。件《くだん》の女性は危うい魅力を持っていたが、それに引き寄せられる男も多いだろう。一種の誘蛾灯《ゆうがとう》のようなものだ。

下女は迷う視線をしながらも、言い淀《よど》むことなく続ける。

「ですがあの女性は、はじめは複数の妓館《ぎかん》で断られていたようでして」

「え。なんで」

「タギ様が……」

「あー」

確かにタギは警戒しそうな女性だった。そもそも娼妓を見る目において、タギは飛び抜けているのだ。館主のサァリでさえ彼には及ばない。タギがサァリにあたりが強いのも、おそらくは「娼妓としての性質に難あり」と見られているからだ。

その彼が「館に入れるな」と言ったなら、それだけの理由があるのだろう。納得して頷《うなず》くサァリに、下女は困ったような目を向ける。

「あの女性は、わたしと同じではないかと」

「あなたと？　……ああ」

そこでサァリは美しい顔を顰《しか》める。主の不興を買ったことに下女はうなだれた。けれどすぐにサァリは凛《りん》とした声をかける。

「胸を張っていらっしゃい。あなたは何も恥じ入ることはないし、あなたにその女性のことは関係ないのですから」

「っ、は、はい。ありがとうございます」

「それで、どうしてそんなことを急に言いだしたのです？」

月白の下女たちは無責任な噂話《うわさばなし》に興ずる人間ではないし、それを主に言うはずもない。どんな意図があっての発言か問うサァリに、下女はぐっと唇を噛《か》む。不安げな目が主を見上げた。

「先日、妓館に回ってきた人売りの件ですが、彼らが街に残っているようなのです」

「え？　まだいるの？」

下女は顔を曇らせたまま首肯する。サァリは険しさを漂わせたまま考えこんだ。

――誰も買い手がいない街に、売り手が留《とど》まる意味はない。

留まっているとしたらそれは何故なのか。まさか祭りが見たいからなどという理由ではないだろう。自分の考えの中に沈みかけていたサァリは、下女の不安げな顔に気づくと笑顔を作る。

「大丈夫。シシュに話しておきます」

「ありがとうございます。ご迷惑をおかけして申し訳ありません」

「気にしないで。あなたの心配を取り除くのも私の仕事のうちです」

何も問題がないことの方が珍しいのだ。周囲の不安は取り除きつつ、自分はあまり気にし過ぎない方がいい。

サァリは下女を下がらせると蔵に向かおうとする。その途中、廊下でイーシアに呼び止められた。

「少しいいかしら、サァリ」

「はい。起きるの早いね」

普段はもう少し遅く起きてくるはずのイーシアが、今日はきちんと身支度をしている。姉替わりの娼妓は、他に人がいない時間とあって廊下で本題を切り出した。

「わたしの話で申し訳ないのだけど、そろそろ身請けを考えようと思って」

「……ああ」

サァリは我知らず息をつく。

イーシアは月白の娼妓だが、サァリの兄であるトーマしか客を取っていない。実質兄の恋人だ。だからいずれは兄の妻になるのだろうと思っていて、けれど一向にその話が持ち上がらなかった。

サァリは己のことに忙しくしていて思い至らなかったが、今その申し出が来たということは、サァリが客を取って落ち着くのを待っていたのだろう。イーシアは館の中から若い館主をずっと見守ってくれていたのだ。

今更ながらそのことに気づいたサァリは微苦笑する。

「ごめんね、長く待たせて」

「わたしがこの館にいさせてもらったの。本当にお世話になったわ。わたしが生きていられるのは月白と、あなたたちのおかげよ」

イーシアは陽だまりの温度で微笑む。家の没落によって月白に来ることを選んだ彼女は、今に至るまで散々辛酸も舐《な》めてきただろう。そのような淋《さび》しさを覗《のぞ》かせることもあったが、彼女はおおむね穏やかで凪《な》いだ陽だまりで在り続けた。そのような彼女に兄は惹《ひ》かれ、サァリは助けられてきたのだ。

若き館主は体の前に両手を揃《そろ》えると、深く頭を下げる。

「ありがとう、傍《そば》にいてくれて」

「わたしが好きでいたの。それに、すぐに出ていくというわけではないから。もう少しここに置いて頂戴」

娼妓が身請けされる時の支度は人によって様々だが、月白では持参金代わりに反物と帯、それに帯留めか簪《かんざし》かの装飾品を贈ることになっている。サァリは「姉のために彼女に似合うものを選ぼう」と心に決めた。

イーシアは「またトーマからも申し出があると思うから」と微笑んで廊下を戻っていく。

気品があるその背は、長らくサァリにとってあるべき娼妓の姿だった。

そしてこれから先はサァリが己の思う館主を体現していく。この街に住む者はそうして己の思う己の姿を自由に追っていけばいいと願っているのだ。

「……頑張らないとね」

彼女は背筋を伸ばして気分を切り替えると、いつもの仕事に戻る。

そうしながらサァリはふと、水路際で言葉を交わした女のことを思い出していた。

※

アイリーデで暮らしていると、たまに「売れる娼妓はすぐに分かる」という話を聞くことがあるが、シシュはまったくそのあたりのことが分からない。月白は売上をさほど気にしていない館だし、それ以外の妓館の在り方も様々だ。

第一それは自警団の踏み入るところではないので、助けを求められなければ関わり合わない。必然的に彼はアイリーデに住みながら娼妓と話すことはほとんどないのだが、その日は違った。

「毎日来られるのもしんどいよね」

「分かる。気持ちはありがたいけど、しんどい」

けらけらと少女のように笑い合う声は先ほどからシシュの胃を痛めている。

休憩時間にいつもの茶屋を訪れ注文したところで、衝立《ついたて》で区切られた奥の席に若い娼妓が二人やって来たのだ。観光客は来ない場所にある店とあって、彼女たちはシシュに気づかず先ほどから「こういう客が嫌だ。寝所でこういうことをされるのは嫌い」など忌憚《きたん》ない意見を繰り広げて笑い合っている。そのいくつかは彼も心当たりがあることで……サァリは嫌がる素振りがないので気づかなかった。

できれば聴覚を遮断したい、と思いつつも屈託ない愚痴は聞こえてくるし、注文してしまっているので出るに出られない。すっかり顔色を失《な》くしているシシュに、ようやく女将が盆に載せた茶を運んできた。元は娼妓であった女将は、シシュの前に茶碗《ちゃわん》を置きながら言う。

「女のああいう話は全部を真に受けなくていいんですよ。化生斬《けしょうぎ》りさんの相手はあの子たちじゃないんですから」

「そうなんだが……色々無自覚だったなと……」

今晩サァリに確認してみようと思って、だが「毎晩来られるのもしんどい」との愚痴を思い出し茶碗を持つ手が震える。そんな彼を女将は半分気の毒そうに、半分面白そうに見やった。

そうしているうちに娼妓たちの話題は「最近新しくアイリーデに来た娼妓がさっそくかなりの人気らしい」「でも曰《いわ》くつきで店に入るのを何回か断られたって噂《うわさ》を聞いた」「最近値踏みだけして買わない客が妙に増えた」「祭り前で人が増えたせいか、いつもと違う雰囲気の人間がいる」などと別の方へ移り変わっていく。

その間にシシュはいつもの三倍ほどの速度でお茶を飲み干してしまうと、帳場に代金を置いた。

「馳走《ちそう》になった。また今度伺う……」

「本当に気にしないでくださいよ」

「前向きに善処する」

この手の話は誰にも相談できないし、サァリに言うしかないがなんだかんだで誤魔化されそうだ。そもそも彼女の客となってから「嫌」と言われたことがない。それを自分は単に「嫌がられることをしていないから」と思っていたが、真実は「彼女が鷹揚《おうよう》だから、もしくは他の客を知らないから」かもしれない。これはきちんと「余所《よそ》ではこういう意見もあるようだ」と提示してサァリに判断してもらった方がいいだろう。

溜息《ためいき》を嚙んではのみつつシシュは見回りのため大通りに向かう。最近は祭りの前とあって客も多く、よくも悪くも空気がざわついている。大きな問題こそ起きていないが、見回りを厳重にしておくに越したことはない。シシュは近道して細い路地を抜けようとし――その途中で一人の娼妓と出くわした。正面からやって来た彼女は、シシュに気づくと柔らかく微笑む。彼が思わず背後を振り返ってしまったのは、その笑顔がまるで親しい客に向けるようなものだったからだ。

だが後ろには誰もいない。シシュは改めて初対面の娼妓を見返すと会釈した。

「失礼した」

おそらくはすれ違うにあたってシシュが邪魔だったのをやんわりと伝えてくれたのだろう。

だが謝って通り過ぎようとする彼に、娼妓は驚いたような目を向けてきた。大きさの違う左右の瞳が見開かれ、シシュはそこで初めて彼女に泣きぼくろがあることに気づく。そういえばサァリにはどこにも黒子がないが、あれは人間ではないからなのだろうか、などと考えながら彼は大通りに出る。

その後ろ姿を、女は湿度を多分に含んだ目でじっと見つめていた。

「あなたはそんなの気にしなくていいよ」

その晩、主の間においてサァリから返ってきたのは、さっぱりした答えだ。

「嫌なら嫌って言ってるよ。言ってないのはやっていいこと」

先にいくつか質問をしたい、とシシュに言われて座卓の向かいに座った彼女は、距離を取って間に障害物に挟まれたことに少々ご立腹だ。不快にさせていないかと問うたことで不快にさせつつある。

だが不幸中の幸いで、彼女の表情や声音に嘘《うそ》は感じられない。もっともサァリが本気で彼を騙《だま》そうとしたなら見破れない可能性はあるが、多分嘘ではない。多分。

「ならよかったんだが。つい気になってしまった。すまない」

「ん、ややこしいことになる前に私に確認してくれてありがとう。私にも嫌なことはあるからちゃんとその時は言うよ」

「たとえば？」

「ん、んー？」

首をしきりに捻《ひね》りながらサァリが挙げてくれたいくつかを聞いて、シシュは頭を抱えたくなった。

「そんなことはしない……そもそもそういう発想がなかった……」

「だから気にしなくていいの！　もう！」

サァリは赤くなった頬に自分の指を当てて冷やす。彼女のそんな反応は平時では珍しい。よくよく考えるといくら夫婦とはいえ、ひどいことを聞いてしまった。娼妓として育った彼女は閨房《けいぼう》の知識を一通り身につけているが、世の中には聞かなくていいこともたくさんある。それを今知った。

シシュは座卓に額をつけるほど頭を下げる。

「大変失礼をした……」

「シシュのそれ、出会ったばかりの頃みたいで懐かしいね。っていうか今更だし気にしないで。シシュってもともと、その手の直截《ちょくせつ》的なことを普通に言うよね。時々だけど。士官学校育ちだからかな」

「は？」

寝耳に水の話にシシュは固まる。

言われてもまったく自覚がない。確かに十五歳で士官学校に入ってから周囲は同性ばかりだったし、周りも遠慮ない発言が多かった、気もするが、自分にはそういう悪ノリ癖はない。むしろ真面目に現実的な指摘を友人たちに返してきたと思っていた。シシュは口元を押さえる。

「そうなのか？」

「そうだけど、私は気にしてないよ。艶事《つやごと》の冗談に真面目に返してくるって感じだし」

「今までやってきたことが裏目に出た……」

つまりは士官学校の同期たちに対するようにサァリにも返していたということだろうか。彼女については最初から礼儀を持って接していたと思っていたのに、どこかずれていたらしい。呆然《ぼうぜん》としているシシュに、サァリはあわてて言い繕う。

「気にしないの！　花街でそういう冗談嫌がられる方が困るから！」

「いい加減に無自覚な無礼を失くしたいんだが」

「無礼じゃないってば！　でも他の娼妓にはしないでね！　あなたのこと押せば客になってくれるかも、って思われたら嫌だから！」

「無自覚なんだが善処する……」

難しい要求だが、この街に住む人間は彼がサァリの客であることを知っている。皆あえて虎の尾を踏むような真似はしないだろう。だから気をつけるべきは街の外だ。

サァリはきちんと座り直すと苦笑する。

「けどこの話に限らずだけど、相手の気になることをするかどうかってお互い様だと思うよ。シシュが私にうるさくないだけで」

「そうだろうか……」

彼女は貴族令嬢としての教育も受けているとあって、人に失礼を働くことがない気がする。シシュが彼女の行動に眉を顰《ひそ》めるのは、己が身を顧みず突っこんでいく時くらいだが、それも言ってしまえば彼女の権利であり自由だ。だから自分が彼女を守ればいいと思っている。

サァリはそこで立ち上がった。シシュは自分のところに来るのかと思ったが、下女が持って来たお湯を取りに行ったらしい。出て行ったサァリは盆を持って戻ってくる。シシュはそれだけのことに目を丸くした。

——主の間に言いつけもなく下女が来ることはない。

ならサァリは彼に言われる前から、お茶を淹《い》れて話をするつもりだったのだろう。彼女は慣れた手際でお茶を淹れながら切り出す。

「街の様子はどう?」

「変わりないと思う。祭りの前でざわついてはいるが」

「ならいいけど。実は、前に話した人売りがまだ街に残ってるらしいんだよね。下女が不安になってるから、気をつけてて欲しいなって」

「そうなのか」

自警団側には人売りの話は回ってきていない。あくまで妓館に回っている注意なのだろう。だが招かれざる客が居座っているとなれば注意しておくに越したことはない。

サァリは茶碗をシシュの前に置く。

「私たちはこの街から離れられないから、どうしても外から来る問題を迎え撃つ感じになっちゃうんだよね。後手に回らせてごめんね」

「巫《ふ》が気にすることじゃないだろう。当たり前のことだ」

街の主が街を守るのは当然だ。むしろ街の治安自体は人間の方が維持すべきだろう。それをサァリは細やかに手をかけてくれているのだ。彼女の神供《しんぐ》である自分が不満に思うはずもない。

サァリは、月光が光と影を生むように鮮烈さを以《もっ》て微笑《わら》った。

「ならシシュ、この街は私の大事な庭なの。守ってくれる?」

「約束する」

「ありがとう」

彼女は嬉《うれ》しそうに微笑む。そんな笑顔を見られることが神供の特権だ。しみじみしかけたシシュは、けれどあることを思い出すと彼女に報告する。

「そういえばロロリス家の令嬢もまだ街にいるようだ。あちこちの店を見て回ったり芝居小屋に顔を出したりしてるらしい」

「あ、私も聞いたよ。ラディ家のお酒を自領で売りたいって」

サァリはお茶に口をつけると、温められた息を吐く。

「アイリーデのことずいぶん気に入ってくれたみたいだね。いいお客になってくれるかなあ」

神話の享楽街の在り方を愛し、後援となっている有力者は大陸に数多《あまた》いる。ただその中でも若い貴族令嬢は珍しい。多くの令嬢たちは家を中心とした狭い世界で生きており、そこを飛び出してアイリーデにまで来る人間自体少ない。ましてやアイリーデと交易しようとする少女など皆無だ。

そのことがサァリには面白いのか、機嫌は悪くないようだ。シシュは懐から封書を出す。

「ロロリス家の令嬢については、城に連絡しておいたのだが――」

「え、いつのまに。やっぱり王様に言っちゃったんだ」

「そのための囮《おとり》だからな。ただ害になるような人間ではないので、こちらで困ってなければ放置でいいらしい。ロロリス領も今、財政に困っているわけではないとか。今回の件も将来的な不安を鑑みてのことらしい」

「あー、そうなんだ。心配性な気もするけど、行動力あるし先を見て動く癖があるみたいだし、商売人向きかもね」

実際、リコは昼の店々に評判がいいようだ。金払いがよく、文化や職人に敬意を持ち、審美眼がある。理想的な客だ。

「大金持ってきたし使っちゃおう、ってことなら気前がいいよね。持って帰るよりは安全だし」

「もともとの用途を考えると複雑なんだが……」

「お金自体に善悪はないし。お金は大事だよ」

館主が言うと重みがある。シシュは頷くと澄んだ色のお茶に口をつけた。サァリは一時期彼のために毎回違う茶葉でお茶を淹れてくれていたが、最近はシシュの好みが分かったのか、知っている味が八割に、真新しいものや時々飲みたいものが二割となっている。

今日のこれは、飲みなれて好きな味の方だ。会話をするのにちょうどいい。サァリは下女が気にしていることを話すためにこのお茶を用意したのだろう。

ちなみに月白でシシュに酒が出されることはほとんどない。頼めば出してくれるだろうが、彼があまり酒を嗜《たしな》まないことを知っているせいだ。

「あ、あとお祭りの日だけど、巫舞は見に来られる？」

思ってもみなかった話にシシュは目を丸くする。

確かに以前の巫舞の時は、別の場所にいて見られなかったのだ。今回も祭りだからこそ厳重に見回りをせねばと思っていた。彼にとって自警団の任務はこの街を守るための義務であり、サァリと過ごす時間はその褒美であり余暇だ。そのためもっとも警備が必要になるだろう祭りの日に、己を優先して巫舞を見るという考え自体がなかった。

けれどサァリを見ると、彼女はじっと期待のまなざしでシシュを見つめている。軽い緊張が窺《うかが》える表情は熱のこもったもので、剝《む》き出しの感情が指で触れられそうだ。

――そんなところが、サァリーディという女の本当の顔だ。

深い愛情、重い熱を持ったもの。

淋しがりの異種で、だからこそ人を、この街を、愛し守っている。

その在り方を愛《いと》しいと思う。触れて大事にしたい。口付けて己だけのものにしたい、と思ってしまうのは人間の愚かな欲だ。だから彼女には言えない。

シシュは熱が伝播《でんぱ》した自分の視線を伏せる。

「見させてもらえるならありがたい。その時間に休憩を回してもらうよう自警団に言っておく」

「ありがとう！　無理言ってごめんね」

「いや、言ってくれてありがたかった。気が利かなくてすまない」

「そう言っちゃうと『見ようと思ってなかった』って分かっちゃうでしょ！」

「言い訳のしようもない」

「言い訳しなくていいから！」

サァリは立ち上がると今度こそ座卓を回ってシシュの隣に座る。軽い背を夫に寄りかからせた。

「あ、今のうちに言っとくけど、私って人間に対して直接使える力の強さが限られてるでしょう？」

「そうだな」

それは人間との古き約で、彼女たちが自分自身に課しているものだ。彼女たちはいつでもこの約を破棄できるが、それをしないで人間と共に生きている。時に彼女を危地に立たせる制限でもあるが、それを補うためにシシュがいるのだ。

「でね、あなたには私みたいな力の制限はないから、戦う時は気をつけてね。人間を簡単に木っ端《こぱ》微塵《みじん》にできちゃうからね」

「…………」

それはなかなかに恐ろしい。

彼女のこの言葉が印象的だったせいか、シシュはその夜、人間を木っ端微塵にする夢を見た。

跳び起きて隣に眠る妻を見つけた彼は胸を撫《な》で下ろすと、改めて自分はもう人ではないことを実感したのだ。

6．祭夜

アイリーデの祭りに名前はない。

名とは、人間が人間のためにつけるものだからだ。

その話にサァリは「打ち合わせの時に不便だから名前くらいつけといて欲しかったよね」などと言っており台無しなのだが、実際は年に三度ある祭りを便宜上「一の祭り」「二の祭り」「三の祭り」などと言う人間が多い。

今日開かれる祭りはそれで言うと「二の祭り」だ。

よく晴れた空の下、大通りに面した店の軒先には、祭り用に金細工があしらわれた灯《あか》り籠《かご》が並んでいる。この日は妓館《ぎかん》であっても昼から店を開ける。そうして娼妓《しょうぎ》は馴染《なじ》みの客と街を巡ったり、館内で酒や菓子を振る舞ったりする。今日は彼女たちも夜を売らない。この日は全て神のものだからだ。だから巫舞《ふまい》の舞台が見下ろせる妓館の二階は、物見席として売られており、けれどシシュが知った時には完売になっていた。ただ客用の席から巫舞を見るというのも落ち着かないので、巫舞は人垣の後ろから見ようと思っている。

そんなことを思いながら街を一巡り見回りしたのだが――

「怪しい感じはないな……」

いつもより人が多いとあって喧嘩《けんか》や小さな揉《も》め事はあるが、サァリに聞いた人売りなどは綺麗《きれい》にまぎれてしまっているのか、怪しい人間も剣呑《けんのん》な空気を隠した者も見つからない。

とは言え、自警団も店の中や座敷まで見回りをするわけではないので、確実とは言いがたい。シシュはあらかじめサァリ伝手で下女に聞いて、問題の人売りがよく出入りしているらしいという食堂も何度か訪れてみたのだが、普通の客たちしかいなかった。

タギなら何か知っているかと思ったものの、神出鬼没の化生斬《けしょうぎ》りは最近姿を見せない。鉄刃《てっぱ》の方は人売りの噂《うわさ》自体を知らなかったということで、アイリーデの中でも全ての情報が共有されるわけではないようだ。或《あ》いは単に、自警団が何にでも目を光らせては客がくつろげない、という理由かもしれない。

シシュはいったん街の中央に戻る。大通りの交差するそこに巫舞の舞台は作られているのだ。白縄が張られた舞台の周囲には、背もたれのない観覧用の長椅子が何列も並べられているが、既に席取りが始まっている。巫舞まであと二刻はあるのだが、数十年ぶりに祭りで巫舞が見られるとあって期待は高そうだ。

ざわめく見物客たちを横目に、シシュは近くの妓館へと入る。古い店のそこは巫舞のための控室を擁しているのだ。シシュは案内を受け一つの座敷を訪ねる。

そこで鏡台に向かっていた襦袢《じゅばん》姿の女は、戸が開くのに気づいて振り返った。

「あ、来てくれた！」

「『化粧の手伝いが欲しい』と伝言を受け取ったから来たんだが……化粧？」

「化粧で合ってるよ」

サァリは刷毛《はけ》と白粉《おしろい》皿を差し出してくる。シシュが受け取ると、彼女は夫に背を向けて襦袢をはだけた。腰までさらけ出された白い背中にシシュは一瞬息を詰める。

「うなじから肩甲骨の下くらいまで塗ってください。塗り残しがあると目立っちゃうから均等にお願いします！　前は自分でやるからいいよ」

「ああ……そういうことか」

シシュは驚きから覚めると妻の後ろに座る。

サァリの長い銀髪は簡素な簪《かんざし》でまとめ上げられており、白いうなじがよく見える。滑らかな肌の背は、そろそろ見慣れてもおかしくないのだが、余所《よそ》の座敷にいるせいか妙に落ち着かない。それでもシシュは言われた通り、うなじからはみ出ないようにそっと刷毛を滑らせた。

すぐにサァリから悲鳴があがる。

「く、くすぐったい！　そーっとやりすぎ！」

「そう言われても。巫の体のことだからな……」

「壁に塗料を塗るくらいの感じでやっていいから」

「さすがにそうは思えない……」

大事な神姫の肌だから慎重になってしまうのに、そのあたりの壁と一緒にされても困る。けれどこれ以上手こずって支度を遅らせるのも申し訳ないので、シシュは「強くもなく弱くもなくちょっとだけ強い」くらいを意識しながら妻の背中に水で溶いた白粉を塗っていった。

サァリはその間、鏡に映る顔に何かの液体を伸ばしていく。

「今日手伝いに入る予定だった下女が熱を出しちゃったんだ。私のことは自分でできるから寝てていいよ、って言ったんだけど、そう言えば背中があったなって。シシュにもお仕事あるのにごめんね」

「気にしないでくれ」

そもそも他の人間に手伝いを頼めないのは、サァリが客を取ったことが原因だ。

月白《つきしろ》の主は客を取った後には、十五歳以下の少女にしか肌に触れる手伝いを許さない。おそらく本来なら客を取ったことで本性合一を経て完全なる神になるため、触れられる側女が限られる、という意味だろう。客を取る前から完全に神だったサァリにはあまり関係ない話だが、祭りにおいては他の人間の手前もある。となると他に彼女へ触れられるのは神供《しんぐ》の男だ。シシュはその話を知ったため、今では彼女の着付けもできるようになっている。

シシュは、肩口に自分が残した痕を見つけて天を仰ぎたくなるものの、そうしてもいられないので丹念に白粉を何度も塗った。丹念過ぎてさすがにサァリに気づかれる。

「そこだけ色が変わっちゃわない？」

「色が変わっているから戻そうとしてるんだが」

そう言うと、サァリが別に小さな白粉皿を差し出してきた。

「これ指でそこに塗って。その上から刷毛でもう一回」

「分かった」

少し濃く溶かれた水白粉を、シシュは指で痕の上に押しこむ。その上でもう一度刷毛を滑らす。元々の性格のせいか「むらなく均一に」を心掛けているうちに、シシュは妻の背を塗る作業にすっかり集中していた。しばらくしてサァリからおずおずと声がかかる。

「あの、シシュ。そんなに下までじゃなくていいんだけど……」

「あ」

丹念に塗ることに夢中になっていて、つい腰付近まで白粉を塗ってしまった。

指摘され我に返ると、シシュは皿と刷毛を妻に返す。サァリは礼を言ってそれを受け取った。

「どう？　綺麗にできた？」

「申し分ないと思う。ただ巫は素肌の方が美しいとは思うが」

武骨な感想を口にするとサァリは頬を赤らめる。新妻でもある彼女は照れをまぎらわせるように、口元を手で押さえた。

「舞台化粧だからね、濃淡を濃く、派手にするんだよ。じゃないと篝火《かがりび》に照らされた時にお客さんから見えにくいから」

「そういうものなのか」

確かに芝居をする人間の化粧は普通とは違う。今夜のサァリもそれに類するようだ。シシュは鏡越しに化粧途中の妻を見やる。

「ただ、すまない、自分でここまで塗っておいて少し気になったんだが、肩甲骨の下までというのは少し肌を見せすぎなんじゃないだろうか……」

普段のサァリは館主とあって着物の衿《えり》も抜き過ぎていない。肌をほとんど見せないのだ。

アイリーデの文化と伝統に口出しするのははばかられるが、やはり少し気になってしまう。そもそも彼が唯一見たことがある神楽舞《かぐらまい》は、薄絹を重ねた衣裳《いしょう》で踏み出した膝から下が見えるような作りだった。あれを他の人間にも見られるのは今更だが少し抵抗がある。

そんな夫のささやかな苦言に、サァリは微笑んだ。

「いつもよりは首下まで見えるけど、別に背中は出さないよ。ただ見えるところだけ塗るとどうしても不自然になっちゃうから、見えないところまで塗るの。ごめんね」

「なるほど……いや、出過ぎたことを言った。すまない」

「んーん、あなたがそういうこと言うの珍しいから嬉《うれ》しい」

鏡の中のサァリは艶美な笑顔を見せる。個人的な信条としてシシュは己の独占欲を見せないように努めているが、たまに漏れ出すそれがサァリは嬉しいらしい。とは言え、彼女はこの街の神で皆の姫だ。自分だけのために、などと欲は出さないようにする。

「他に手伝うことはあるか？」

「とりあえずは大丈夫。ありがとう。助かりました」

サァリは鏡越しに頭を下げる。彼女は顎から胸元までに白粉を塗り始めていたが、やはり塗っているのは鎖骨よりも大分下で、胸の優美な曲線が現れる辺りだ。もう少し胸元を詰めて欲しいと思ってしまうが、同じ轍《てつ》は踏まない。

サァリは夫の視線に気づいて小首を傾《かし》げた。

「前も塗りたい？」

「違う」

これ以上ここにいると余計な疑惑をかけられそうだ。退出しようとするシシュを、サァリは鏡越しに呼び止める。

「あ、そうだ。組長《くみおさ》がシシュの席を前の方に用意しようか、って言ってるんだけど」

「ありがたいが、そこは客の方が優先だろう。立ち見で充分見える」

「シシュは背高いもんね」

くすくすと笑うサァリはやはり嬉しそうだ。何が彼女の琴線に触れているのかいつもよく分からないが、喜ばれているならそれでいい。

サァリはその笑顔を収めると、碧眼《へきがん》を細める。

「ところでシシュ、今日までの間に泣きぼくろのある娼妓に話しかけられなかった？」

「泣きぼくろ？」

言われてシシュは記憶を振り返ったが、ぱっと出てこない。

「……思い当たらない」

「ん、ならあなたが狙いじゃないのかな。ありがとう」

「何の話だ？」

「あなたには関係ないお話。あなたのこと、絶対誰にもあげないからね」

「本当に何の話なんだ……」

自分がサァリを捨てることはないが、逆は場合によってはあるのではないだろうか。

埒《らち》もない心配に胃を痛めながら、シシュは巫舞までの時間を見回りに戻る。

そうして一回りして舞台の前に戻ってきた時には、空は紗《しゃ》のかかった黄昏《たそがれ》から月の眩《まばゆ》い夜へと色を変えつつあった。


しゃん、しゃん、と鈴の音が鳴っている。

夜の舞台に響くそれは、アイリーデの空気を緩やかに塗り替えていくようだ。祭りに賑《にぎ》わう享楽街から、神事が行われる神の街へと。

集まる人々の意識を変え、背を正させ、場に神聖な空気を作り出す。

舞台の四隅では篝火が鮮やかに白木の舞台を照らし出しており、舞台下にはミディリドスの楽師たちが平太鼓や弦を携え待機している。鈴を鳴らしているのはそのうちの一人だ。

厳粛な空気。客席に座す人間たちは皆、息を潜めてじっと待っている。緊張と高揚が溶け合って人々に熱を持たせる。

分厚い立ち見の外からそれを見やったシシュは、予想以上の盛況さに驚いた。今までの街のどこにこれだけの人がいたのか。老若男女問わずの見物者たちは、アイリーデの人間と外からの客で半々のようだ。舞台が見える店々の前には専用の客席が高さのある露台を置いて作られ、そこかしこのテーブルや二階の座敷から得意客たちが今か今かと巫舞の始まりを待っている。

これまでシシュが見てきた祭りはもっと賑やかなだけのものだったが、巫舞一つでこれほどまで様相が変わるのかと驚いてしまう。驚いてしまうが、問題はどこで見るかだ。

「思っていたより人が多いな……どうするか」

人垣の厚みはちょっとした行列ほどもある。もちろんかなり遠ざかれば舞台は見られるが、それは少し残念だし、あれだけ楽しみにしてくれているサァリに申し訳ない。

どうしようかと腕組みをしていたシシュに、横合いから声がかかった。

「失礼いたします、シシュ様」

その呼び方は、月白の下女くらいしかしないものだ。敬称つきで呼ばれることは王都の方で多く、だが王都の人間はシシュの新たな真名を知らない。

だからシシュ、男の声でそう呼ばれたことに驚いた。

見るとそこにいるのは従者の洋装を着た大柄の男だ。格好からして上流階級に仕える人間だろう。戦える人間ではないようだが、何の用だろうか。

シシュが用件を問う前に、男は切り出す。

「お初にお目にかかります。リコ・ロロイスに仕えるサイカドと申します。先日は大変失礼をいたしました」

「……ああ」

この男が、月白に行ったというロロイス家の従者らしい。思わず眉を寄せかけたシシュは、けれど相手が第一声で謝罪してきたことをすぐに思い出した。気を取り直して感情を中庸に戻す。

「妻から話は伺いました。何の御用でしょうか」

サイカドは一礼すると舞台の斜め奥にある見物席を掌《てのひら》で指す。そこには特設の露台が置かれており、客たちがお茶をしながら巫舞が見られるようになっていた。

その端のテーブルの前に、一人の少女が立っている。

見覚えのある彼女はシシュが視線を向けると軽く膝を折って礼をした。サイカドが付け足す。

「あなた様のご様子を拝見して、観覧場所が決まっていらっしゃらないのではないかと思いまして。先日のお詫《わ》びとして、よろしければご一緒にいかがでしょうか」

「いや、それは……」

サァリはロロイス家の二人に悪い印象は持っていないようだが、彼女の席の用意を断ってこれではすわりが悪い。

だがそんな気まずさをサイカドはすぐに察したらしく続ける。

「もしご一緒に気が進まないのであれば、主人は別の席に行くので、どうぞあのテーブルを使って頂きたいそうです。巫舞の観覧のために購入しましたが、もっと間近で空気を感じたいとも主人は申しておりまして」

「群衆の中に混ざるのはやめた方がいい。彼女の背では何も見えなくなる」

あの席を買うには、高価な席料を払うだけではなくそれなりに力のある店から『よい客だ』という信用を得なければならない。なら彼女はあの日からアイリーデへの理解を深めて街に歓迎されているということだろう。それを自分への罪悪感で損なわせてはならない、とシシュは判断した。

「分かった。お言葉に甘える。ただどこで巫舞を見るか決めていなかったので、妻に伝言だけさせてくれ」

「かしこまりました」

シシュはサイカドを待たせて、控室のある妓館に寄ると、そこにいた楽師に「自分はロロイス家に招かれて観覧席から見ていると伝えて欲しい」と頼む。その上で観覧席に向かうと、リコはずっと立って待っていた。

「先日は大変ご無礼をいたしました。猛省しております」

少女は深々と頭を下げる。

主従はよく似るとも聞くが、サイカドの不躾《ぶしつけ》さをサァリが気にしなかったのも、この心根の真っ直ぐさがあったからだろう。シシュは半ば感心しながら謝罪を止める。

「その件に関しては充分謝罪をもらったので気にしないでください。それよりお声をかけてくださってありがとうございます。身内の特権で席をもらうのは申し訳ないと断ったのですが、実際の盛況ぶりを見て困っておりました」

「お役に立てれば少しは当方も救われます」

申し訳なさを拭えない顔でリコは微笑む。サイカドが「どうぞおかけください」と席を引いた。

巫舞の舞台は四方全てから見えるようになっているが、この観覧席は東側、舞台から細い水路を一本挟んだところに造られている。特定の店に帰属する観覧席ではなく、いくつかの店が集まってつくられた露台だ。その北端のテーブルにシシュとリコは舞台を見るように座り、立っていようとしたサイカドは主人に「後ろの方のご迷惑になるから座りなさい」と言われて恐縮しながらも主人の斜め後ろで席についた。

鈴の音が鳴り続けている。

特に話すことがないのでシシュは沈黙を保っていたが、リコは娼妓たちによってお茶が給仕されたのをきっかけにぽつりと口を開いた。

「ここは、夢幻のような街ですね」

それはよく客たちが言うことだ。夢の中にあるような、子供の頃に夜の中で垣間見た記憶があるような街。初めて来るのに何故か懐かしいと思う空気。ここを郷愁の街と呼ぶ者もいるという。

神話時代の面影を留め続ける街に、けれどリコは夢見るまなざしで微笑んだ。

「目にするもの全てが新しく、自分でもやってみたいことが次々と浮かんできます」

その言葉に、誰もいない舞台を眺めていたシシュは思わず彼女を見やる。リコは真摯《しんし》な顔で返した。

「いくつかは店の方にお話もさせてもらっています。もちろん失敗することもあるでしょうが、今はとにかくやってみたいので。どれか一つでも上手くいけば、我が家が揺らいでも領民たちには商売の伝手が残ります」

真っ直ぐな姿勢は、彼女がよい環境で育ったことの裏返しだろう。愛情と自由と資産を潤沢にかけて育てられた娘。彼女にとってはそれが当たり前で、だから自分が受けた愛情を人に渡せる。貴族としては純真過ぎるのかもしれないが、富める者としては理想的だ。サァリが気に入っていたのは、この彼女の性質を見抜いていたからかもしれない。

一方商売などに疎いシシュはどう答えるべきか考えて、結局武骨な返答を口にした。

「それはアイリーデも助かると思います。ありがたいお話です」

リコはそれを聞いて口元を綻ばせる。

「あなた様はすっかりこの街の住人でいらっしゃるのですね」

「アイリーデの姫を妻にしましたので、そのつもりです」

しゃん、と鈴の音が高らかに鳴る。

それを最後に鈴の音は止《や》んだ。

気づいた者たちから口を噤《つぐ》み、波が引くように場に静寂がもたらされる。

篝火の中で薪《まき》が爆《は》ぜる音だけが響く。

月光は眩《まばゆ》く、地上は清新だ。

正面の妓館から、弦と笛を手にしたミディリドスの楽師たちが現れる。彼らの中ほどには紗布《さふ》をかぶって姿を隠した女がおり、真白い彼女が巫なのだと皆が理解した。

一行は舞台に上がるとそれぞれの位置につく。サァリの被《かぶ》っていた紗布を楽師の一人が取り、その姿が曝《さら》される。

この街唯一の巫。神話正統の人肌。

青い瞳を伏せて舞台の中央に立つ彼女は、水晶でできた大輪の花のようだ。

透き通り、清らかで、華やいでいる。

精緻の極みとも言える美貌と纏《まと》う神秘は場を圧し、皆がそろって息をのんだ。

舞の衣裳は白い薄衣の着物を重ねて着付け、下には袴《はかま》を穿《は》いている。

袖口や裾に縫い付けられた鈴は、不思議なことにこれまで少しも音を立てていなかった。

三本の玉簪《たまかんざし》を使って結い上げられた銀髪は、艶《つや》やかな絹糸に見紛《みまご》うほどで、彼女自身が造り物にさえ思える。それくらい人間の気配を感じさせない。

アイリーデの核たる深奥に皆が魅入られる――そんな中でシシュだけは、初めて出会った時の彼女を思い出していた。

数多《あまた》の人がいる中で、そこだけ月光に照らされているように見えた少女。

ただ綺麗だと思った彼女が今の妻だ。運命の数奇さというものを考えてしまう。

そんな周囲の空気をよそに、彼女はついと前に右手を差し伸べた。そのまま体重のない者の仕草で一回転すると——微笑む。

張りつめた空気から一転、花が咲くような笑顔に、あちこちから感嘆の息が漏れた。

遅れて舞衣から鈴の音が鳴り、楽師たちの演奏が始まる。

そして巫舞が始まった。


篝火と灯り籠が照らす舞台において、けれど月光はそれよりずっと輝かしい。

月の下で舞う女が、その衣で、掌で、光を受け止め周囲に撒《ま》き散らしていく。

彼女を中心に音と空気が輪となって広がっていく。

天に伸ばされる腕が、たなびく裾や帯が、全てが美しい軌跡を描く。

小柄な体が一巡りする度に存在を増していき、人々は陶然とそれに見入った。

静かな熱狂は舞台を中心に渦巻いて街中に伝播《でんぱ》していくようだ。巫の伸ばす腕が、白い指先が、しなやかに弧を描く度に彼らの目に火が灯《とも》る。

まるで全てが彼女の掌上にあるかのように。それが分かっていても、この時間が永遠であればいいと思ってしまう。

「天女みたい……」

隣から熱を持って零れた声に、シシュはちらりとリコを見た。

彼女はその視線で言葉が漏れていたことに気づいて、はっと口を押さえる。

「申し訳ありません。あまりに神秘的で……」

「気にしないでください」

人ではなく見えるのも仕方ない。事実サァリは人ではないのだから。

今集まっている皆は、これが神に捧《ささ》げる巫の舞だと思っているのだろう。

だが事実としては違う。これは神が神供を受け取り、古き約が継がれていることを人に示す舞だ。

だからこの舞は月白の主が客を取った後にしか披露されない。

神のための楽を白い爪先で踏んで、彼女は舞う。

幸福そうに、愛するように。

穢《けが》れない少女のように、全てを識《し》った女のように。

それは人へと贈る神の情だ。

彼女は限りない愛をこの街へと降らせる。空に輝く月がそうであるように。

「……美しいな」

この巫舞は、彼女が産んだ子が十歳になるまで毎年一回舞われるのだという。

つまりは代ごとに約十年だ。サァリは「身籠もるまでに時間がかかるかも」と言っていたので期間が延びる可能性は高いが、それでも二十年三十年の話ではないだろう。

だから彼女が舞う一回一回を、全て覚えておきたいと思う。それは彼女の愛そのものだからだ。

酔いよりも心地よい熱情で巫舞を見つめていたシシュは、奏でられる楽の音が少しずつ減っていくことに気づいた。笛が止み弦が止み、平太鼓が少しずつ小さくなって消える。

後に残るのは舞衣に縫われた鈴の音だけだ。その鈴の音も、サァリがくるりと回って軽く膝を折ったのを最後に消える。

しんと客たちが静まり返り、神事の緊張が戻ってくる。

けれどそんな中で、右手を胸に当て、左腕を大きく広げていたサァリは、閉じていた目を開くと破願した。愛らしい笑顔に客たちはわっと沸き立ち喝采が飛ぶ。

拍手の嵐の中、サァリは四方に向かって一度ずつ礼をすると、最後に東にいるシシュを見上げた。胸に当てていた右手を彼の方へ差し伸べて、恋情を隠さぬ目で見つめる。

伴侶にだけ向けられたそんな挨拶を皆が目で追い、囁《ささや》く声があちこちで漏れた。興味と羨望《せんぼう》と微笑ましさの視線が自分に集中する中、シシュは己の口元を手で押さえる。

「これは……照れてしまうな……」

周囲の視線はともかく、サァリの「褒めて！」と言わんばかりの挨拶が可愛《かわい》い。

緩んでしまった口元を彼が隠している間に、サァリはひらひらと手を振って舞台を降りる。

帰っていく巫と楽師たちに万雷の拍手が向けられ、彼女たちの姿が見えなくなると、客席は興奮冷めやらぬといった様相で周囲の者と感想を言い合う。

噎《む》せ返るような熱気が夜気に立ちこめるのを見て、シシュは見回りに戻ろうと席を立ちかけた。

そこでようやく、リコの様子に気づいて驚く。

「大丈夫ですか」

いつのまにか彼女の顔からはすっかり血の気が引いている。胃の辺りを押さえている彼女は、巫の退場を感じ取ってか胸を庇《かば》うように体を折った。

「だいじょうぶ……です……少し気分が優れず……」

額に脂汗が浮いている彼女はまったく大丈夫そうには見えない。シシュは一瞬、妻が何かをしたのかと思ったが、さすがにサァリでもそんなことはしないはずだ。主人の変調にサイカドがうろたえていると、給仕をしていた娼妓がすぐに気づいたらしくやってくる。

「緊張なさったのでしょう。こちらへ。横になれるところをご案内しますわ」

娼妓の手を借りてリコはよろよろと立ち上がる。少女はシシュに弱々しい笑顔を見せた。

「御見苦しいところをお見せして申し訳ありません。……素晴らしい舞を拝見できましたわ」

「こちらこそ助かりました。お大事になさってください」

少女は微笑んで頷《うなず》くと娼妓に支えられて去っていく。サイカドがあわててそれに付き添い、リコを支えている娼妓がちらりとシシュを振り返った。給仕についているせいか普段の娼妓たちより薄化粧のその顔に、彼は微《かす》かな既視感を覚える。

娼妓はすぐに会釈をし、三人は露台から降りて見えなくなった。

辺りが興奮に沸き立つ中、シシュは既視感の正体を摑《つか》もうと記憶を探る。

『ところでシシュ、今日までの間に泣きぼくろのある娼妓に話しかけられなかった？』

ふっと、控室で聞いた妻の言葉が甦《よみがえ》る。

「あれは、さっきの娼妓のことか……？」

サァリは彼の「覚えがない」という言葉に「あなたが狙いじゃないのか」と言った。ならサァリは何が引っかかってそんなことを聞いたのか。シシュは控室がある妓館の方を振り返る。

――サァリに聞けば、詳しい事情を教えてくれるだろうか。

そんなことを一瞬シシュは逡巡《しゅんじゅん》すると、露台を飛び降りて駆け出した。

7. 檻《おり》

巫舞《ふまい》の最後の方で、急に息が苦しくなった。

周りを慮《おもんぱか》って最後まで席を立たずにはいられたが、その後は王弟への挨拶もそこそこに席を辞した。気づいてくれた女性の手を借りて、どこかの玄関に上がったことまでは覚えている。

覚えているのだが――

「ここは、どこかしら」

目が覚めたリコは辺りを見回す。がらんとしたそこは真っ暗な部屋だ。埃臭《ほこりくさ》さに咳《せ》きこみそうになった彼女は、胸の苦しさがすっかり消えていることに気づく。

それはいいのだが、寝ていたのは感触からして板の上だ。どうしてこんなところにいるのだろう。

「サイカド?」

従者の名を呼ぶも返事がない。その時になってリコは初めて、自分の左足首に冷たく重い感触があることに気づいた。手探りしてみるとどうやらそれは金属の足輪らしい。

「何かしら、これ……」

足輪には鎖がついており、それは床に刺さった楔《くさび》へと繋《つな》がっているようだ。鎖の長さはリコの片腕ほどで、これでは立つことができてもほとんど歩けない。

リコが怪訝《けげん》に思っているうちに、扉が開いて灯《あか》りを持った男たちが入ってくる。ランプの光に照らされる顔はどれも知らない人間だ。彼らは感情の窺《うかが》えない真顔で、そこに異様な空気を感じたリコは口を開きかけたまま硬直した。

男の一人が、ランプでリコを照らして検分する。

「確かに、指定された娘だ」

それだけの言葉に、リコは状況を把握する。

――自分は誘拐されたのだ。

上流階級にはままあることだが、まさかそれが自分の身に及ぶとは思わなかった。アイリーデでも自分の素性は信用できると思った相手にしか明かしていなかったのだ。

だが不用心と言われればそれまでだ。リコはようやく固まっていた指を握りこむと、かぼそい声を上げた。

「わたしの従者は無事でしょうか……？」

最悪の可能性をも考えながら、リコはぎゅっと両手を握りしめる。

男の一人が彼女の傍《そば》にしゃがみこんで、鎖の鍵を外しながら言う。

「途中で捨ててきた。街に辿《たど》りつくには時間がかかるだろうが、死にはしないだろう」

その答えはリコに安堵《あんど》と気づきを与える。

まずサイカドは無事だということ。そしてここはアイリーデではないということだ。気を失っているうちに運び出されてしまったのだろう。つまりそれは、助けは来ないということでもある。

あとは父が身代金の要求に応えるかだが、あの父なら間違いなく娘のためにどれほど多額であっても投げ打つだろう。リコはきつく唇を噛《か》む。

家族や領民の利になりたいと思っていたにもかかわらず、自分が足を引っ張ってしまった。これは詫《わ》びようと思って詫びきれるものではない。

リコがうつむいていると、男は足輪から鎖を外した。枷《かせ》はそのままにリコの両手を背中で縛り上げると腕を摑《つか》んで立たせる。

「よし、じゃあお前は移動だ」

三人の男に前と左右を挟まれ、リコは部屋を出る。短い廊下を経て連れてこられた部屋は、広い倉庫のような場所だった。朽ちかけた作業台がいくつも端に寄せられており、壊れた糸車が打ち捨てられているのを見ると、元は紡績工場だったのかもしれない。

中には仲間らしき男たちが更に十数名おり、それだけでなく倉庫の片隅、作業台や糸車を避けて敷かれた古い絨毯《じゅうたん》の上には、何人かの少女がリコと同じように縛られて座らされていた。服装を見るだに、どの少女もアイリーデの茶屋や妓館《ぎかん》で働く娘や下女だ。

「え、なんでここに……？」

誘拐は、犯人たちにとっても危ない橋を渡る犯罪なのだ。自分以外に複数の人間を同時に誘拐するなどどうかしている。呆然《ぼうぜん》とするリコの耳に、男たちの相談する声が降ってきた。

「戻ってきていないやつらが多くないか？」

「連絡がつかん。時間になっても来なかったら置いていくしかない」

「仕方ないな……。ああ、この貴族の娘はいきなり売り飛ばしていいのか？」

「いや、一応面通ししてかららしい。その後はできるだけ遠くの国に売れとさ」

リコはぎょっとして男たちを見る。

「あなたたちの目的は、わたしの身代金ではないのですか？」

自分のような小娘を売って手に入る金など大した額ではないはずだ。それよりも王位継承権を持った人間の身代金を取った方がよほどいい。

先ほどまでそう信じて疑わなかった少女の言葉に、男たちは顔を見合わせる。笑うことも嘲ることもしない彼らの空気は、遅ればせながらリコに恐怖を覚えさせた。男の一人が淡々と返す。

「おれたちは頼まれ仕事をしてるだけで、本業は人売りだ。あんたを攫《さら》ったのは頼まれたから。あとはあんたをどうしようがおれたちの自由だ」

「な……」

——人を売る。

それはリコの知らない世界の話だ。リコの家族や領民たちからも、そんな話は聞いたことがない。彼女は気の抜けた声を漏らす。

「人が人を売るなんて許されないわ……」

「そりゃずいぶん恵まれた世界で生きてたんだな」

憐《あわ》れむように男は言うとリコの腕を摑んで引きずる。そのまま彼女の軽い体は他の娘たちのところに放り出された。

ぶつかられた少女たちが悲鳴を上げるのにリコは短く謝罪すると、相談を始める男たちに叫ぶ。

「ま、待って。交渉を……」

アイリーデで働く娘たちには身よりのない者も多いのだ。

彼女たちはそれぞれの事情であの享楽街に辿りついており、街を離れてしまえば寄る辺もない人間も多い。そのことをリコはアイリーデの滞在中に知った。

だから何としても彼女たちは助けなければ。リコは必死で言い募ろうとする。

「か、彼女たちがいくらで売れるというのです。わたしが買い取ることはできませんか？」

「お嬢さん、状況がわかってないのかい」

男たちの笑いが重なり、リコは青ざめる。

どうすればいいのか、どうやってこの窮地を脱するのか考えなければ。

必死で頭を巡らそうとするリコの耳に、不意に聞き覚えのある声が響く。

「――道理を曲げる者が、道理を守ろうとする者を嘲るのはよくない」

薄く開いたままの扉の向こうから聞こえる声。

苦味のあるそれに、リコはぎょっと顔色を変える。

「来ては駄目です！」

彼の王位継承権は自分より上なのだ。利用されてはまずい。

ましてや彼は王と血が繋がった弟だ。彼に何かあればきっと王は悲しむ。

だがリコの制止に構わず、向こうから扉が開かれる。

軍刀を佩《は》いた青年は無造作に部屋の中に踏み入ってきた。彼は広い部屋を眺め渡すと眉を寄せる。

「……多いな」

困ったようなそれは男たちの人数を見てのものだろう。無理もない。男たちは二十人前後いて、彼は一人だ。王の護《まも》り刀とも言われている彼は、相当腕の立つ人間だと聞いているが、少数が多数に勝つことは困難だとリコも知っている。周囲の女性たちも彼の姿を見て空気を緩めた者もいれば、不安顔のままな者もいる。

ただ青年に退《ひ》く様子はなく、深い溜息《ためいき》をついただけだ。

「人売りが街に留《とど》まっているらしいとは聞いていたが、なるほど裏を返せば人攫《ひとさら》いというわけか」

シシュは苦々しげに吐き捨てると、座りこんでいるリコを見やる。

「遅くなってすまない。サイカド氏にはアイリーデに戻れるよう馬を渡しておいた」

「あ、ありがとうございます……！」

察するにシシュは誘拐に気づいて追いかけてきてくれ、ただ途中でサイカドを助けたがために到着が遅れたのだろう。ただリコにとってはその方がずっとありがたい。自分の短慮で従者の身を損なうところだった。

シシュは男たちに向かって言い放つ。

「彼女たちを解放して投降を勧める」

「お前はアイリーデの自警団員だな？　こちらもそのまま帰ることを勧めるよ。ここはアイリーデじゃない、命を張って得られるものなどないだろう」

男たちはそれぞれ緩慢な仕草で武器を取る。戦うことが本業ではないのだろうが、人を害することを躊躇《ためら》わぬ彼らの空気にリコは青ざめた。もう一度シシュに翻意を願おうとする。

「あの、どうか御身を優先に……」

「なるほど……確かにアイリーデではなかったな」

「あんた、寝惚《ねぼ》けてるのか？」

「いや、サァリーディから人売りを始末するなら死体を残すなと言われているんだ。だからこの人数は多いなと困っていたんだが、アイリーデの中でないなら別にいいのかもしれないと気づいた」

顎に手をかけて考えこむ青年は冗談を言っているようには見えない。見えないのだが、あまりの内容の突拍子もなさに、男たちは呆気《あっけ》に取られた。ややあってようやく乾いた笑いが上がる。

「馬鹿馬鹿しい……正気か？」

「一応は」

言うと同時にシシュは抜刀する。

否《いな》、それは速過ぎて、刃同士がぶつかりあった音でようやく抜刀が分かったくらいだ。

シシュの背後の扉から現れた男、着流し姿のその男が振り下ろした刃を、青年は素早く反転して受けている。相手の男は自分から斬りかかっておきながら、シシュに気づいてあっさりと刀を引いた。

「なんだ、てめえか」

「相手を見てから斬った方がいい」

「こんなところにいる男は斬られても文句ないだろうが。お嬢を放って来たのか?」

「伝言はしてきたが、サァリーディが来ると容赦がないからその前に片付けたい」

「そりゃ同感だな。汚れ仕事はお嬢の関わることじゃない」

顔なじみなのか気安い会話をする二人を、リコは信じられない思いで眺める。

何が起きているのか思考がついていけない。ただ空気が変わったことは肌に感じて分かる。

男たちもそれを嗅ぎ取ったのか一瞬怯《ひる》む気配が漂った。だがすぐにうちの一人が剣を抜く。

「あんたたち、何者だ?」

気圧《けお》されていることを隠しきれていないその問いに、新しく現れた男は鼻で笑う。

「神話の街の化生斬《けしょうぎ》りだ。最近めっきり化生《けしょう》が出なくて退屈だったからな。せいぜい楽しませてくれ」

それからの展開は、一方的なものだった。


人を攫って売ることを生業《なりわい》にしている男たち。

彼らは裏仕事の人間だけあって戦闘にも慣れているのだろうが、それでもアイリーデの化生斬りの敵ではない。ばらばらと向かってくる男たちを、シシュはタギと手分けして斬り捨てていく。それをしながらシシュはタギに聞いた。

「最近姿を見なかったのは、こいつらを追っていたからか？」

「さあな。普通の化生をちらちら見かけるから、たちの悪い輩《やから》が入りこんでいるんだろうとは思ったが。なかなか尻尾《しっぽ》を出しやがらねえ」

「祭りの日を狙って動いたのか」

「いつもと違って騒々しい日だと、ちょっと下女の姿が見えないくらいじゃすぐに騒がれねえからな。やるなら今日だと思った。一人ずつ斬っていって集合場所を聞き出した」

タギは斬りかかってくる男の剣を跳ね上げると、その鳩尾《みぞおち》を蹴りつける。弾《はじ》き飛ばされた男はその後ろにいたもう一人にぶつかって崩れ落ちた。タギは更に踏みこむと、ぶつかられてよろめく男を斬り捨てる。鮮血が暗い倉庫内に飛び散って、シシュは捕まっている少女たちの目を気にした。

――ここまで追って来られたのは、ひとえにサイカドのおかげだ。

シシュは具合が悪くなったリコを追ったものの、すぐに追いかけたにもかかわらず彼女がどこに行ったかまでは分からなかった。ただサイカドと思われる人間があわてた様子で馬を買い上げ街を出ていったという話を聞き、その後を追ったのだ。

サイカドはその後人売りの馬車に追いつき、叩《たた》きのめされて街道脇に放置された。ただその馬車がどちらの方角に行くかを、彼は意識を振り絞って見ていたのだ。シシュはそんなサイカドを見つけ、街道を外れた馬車を探した結果、この使われていない工房跡に辿りついた。士官時代の経験から、人売りたちはこういう放棄された場所を集合場所に使うことが多いと知っていたからだ。

そのリコは、と見てみると、よほど気丈な性格なのか女たちに声をかけて固まらせている。さらわれた少女たちに凄惨《せいさん》な光景を見せないようにとの配慮だろう。下手に逃げ出そうとしたり拘束を外そうとして男たちに目をつけられるよりずっと安全だ。全員殺してから助ければ済む。

だがそうしている間に、相手も数では押しきれないと気づいたらしい。半数ほどに減った男たちは、距離を取りながら顔を見合わせる。

「おい、どうする？」

「……時間になれば面通しが来る。護衛を連れてくるはずだ」

「面通し？」

小声での会話をシシュが聞き咎《とが》めると、リコがすぐに声を上げた。

「その方たちは、誰かに依頼を受けてわたしを攫ったそうです！　その依頼主のことかと！」

「ああ、そういうことか」

単なる人攫いではなく別の仕事も受けていた、しかも護衛がいるなら相手は権力者だ。

もう一度女たちを確認したシシュは、そこで軽く目を瞠《みは》った。広げた感覚の中に、妻の存在がかかったのだ。彼は素早くタギに問う。

「あと何人殺したらここを任せられる？」

「別に今帰ったっていいぜ。帰ってお嬢を足止めしとけ。面倒なことになる」

「それには同意するところもあるが、俺はサァリーディに弱い。多分止まらない」

「少しは手綱を取る気を見せろよ。一生連れ添うつもりなんだろうが」

「止めてはいるが、止まらないのも彼女の権利だと思う」

リコたちはシシュから見て左手側に固まっている。彼女たちを背に位置取れれば、あとはタギがなんとかするだろう。

男たちの一人が、不意にリコたちの方へ駆け出す。彼女たちを人質にする気らしい。手を伸ばそうとしたその手に、けれどタギが投擲《とうてき》した小刀が刺さった。同時にシシュの放った針が男の右目を貫く。

「ぎゃっ！」

悲鳴を上げて跳び上がる男を見て、タギが呆《あき》れた目をシシュに向けた。

「精度がいいな」

「昔、飛ぶ化生を相手にするために訓練した」

そして今は、もっと違うこともできる。シシュは離れたところにいる男たちをまとめて指さした。

「左から右へ、こう斜めに斬る。後のことは頼む」

「なんだそりゃ」

答える代わりに、シシュは大きく前へ踏みこむ。

男たちへの距離は十数歩。だがそこを詰める必要はない。

神の力が刀身を走る。

研がれた刃をぴきぴきと音を立てて冷気が伝う。

振るわれた刀の軌跡は美しいとさえ言えるものだ。

そうして放たれた力は剣閃《けんせん》となって――工房ごと男たちを両断した。

※

海が見たかった。

そう常に思っていたのは、十七歳の時までだ。

セラリアは海辺の街で生まれ育った。十歳になる前に人攫いにあった。

それからは日々生きることに必死で、ただいつも「帰りたい」と思っていた。

娼館《しょうかん》に売られたのは十四の時で、けれどそこは比較的良心的な館に思えた。客を喜ばせれば、彼女の懐に入ってくる金額は格段に上がった。娼館に売られた時の値を知り、それを払えば自分を買い戻せると聞いた時には初めて帰郷が現実的なものに思えた。

それからセラリアは、笑顔を学び、教養を身につけ、人を観察することを始めた。

努力をすれば結果は出る。彼女を望む客は増え、着実に金は貯《た》まっていった。

娼館一の娼婦《しょうふ》になり、予約が三カ月先まで埋まるようになった。界隈《かいわい》に彼女の名は知れ渡り、地位や身分のある客が増えていった。同業からの嫉妬や嫌がらせもあったがその全てが気にならなかった。

――あと少しで自分を買い取れる。故郷に戻れる。

あの海を、また見ることができる。

そう考えていた矢先、彼女は娼館から或《あ》る貴族の男に買い取られた。

その金額は十七歳の彼女が逆立ちしても用意できないもので……

セラリアはその時確かに、折れてしまった。海を見たいと、もうそんな願いに縋《すが》れなくなるほどに。

だから今はもう、深い海底から泡が浮き上がるように、たまにしか思い出さない。

あの噎《む》せ返るような潮の香り。

昼は強い日差しに焼かれ、夜はごうごうと波の音が鳴る場所。

今はもう遠い故郷。その懐かしい景色を、もう一度自分は見たいのだと。

林に放置された紡績工房の廃墟《はいきょ》、その裏手の広場に子供の小さな遊び場は残っている。大きな糸車や木の長椅子、独楽《こま》を回すための石のテーブルなどは、どれも使う者がいなくなり砂埃《すなぼこり》にまみれていた。かつては工房で親が働いている間、子供たちはここで遊んでいたのだろう。

――ここで育った子供たちは、ここが原風景になるのだろうか。

そんなことをセラリアは、月光の下、朽ちかけた長椅子に座りながらぼんやりと思う。

自分は子供の頃どこで遊んでいただろうか。岩と海が混ざり合うあの潮だまりだっただろうか。

ぼんやりと物思いに耽《ふけ》っていた彼女は、近づいてくる複数の足音で顔を上げた。

よく知る貴族の男、彼女の「持ち主」である男は、四人の護衛を連れて生垣の向こうで足を止める。

「セラリア、仕事は終わったか」

その問いに彼女は緩慢に頷《うなず》く。

――アイリーデに遊興に来るリコ・ロロイスを、人売りの手に渡せ。

それがセラリアの今回請け負った仕事だ。

できるだけ不自然な失踪にならないように、放蕩《ほうとう》をつくした貴族令嬢がその結果としていなくなるように。リコが巫舞の観覧席を買ったと分かった時、決行は祭りの日と決まった。そのためにセラリアは何人かの客から伝手を辿り、同じ観覧席の給仕に入りこんだのだ。

お茶に薬を盛って、効いた頃にリコを連れ出す。それだけの単純な仕事だった。それだけの仕事に何故自分が選ばれたのかとも思うが、それは付随する目的のせいだろう。

「王弟はどうした？」

「無理だった」

投げ捨てるようにセラリアは言う。今回彼女が選ばれたのは、この街にいるという王弟の篭絡《ろうらく》を第二目的としてだが、化生斬りをしている青年は彼女のことを一顧だにしなかった。そういうものは一度目を合わせれば分かるのだ。彼はセラリアになびく隙がない。

おまけに彼はこの街唯一の巫の客なのだという。そこを拘泥《こうでい》しては街全体から睨《にら》まれる可能性がある。だからセラリアはあっさり彼の篭絡を諦めた。諦めてリコと同時に攫おうとしたのだ。

男は失望を目に漂わせる。

「期待外れだな」

「毒が効かなったの。仕方ないでしょう」

リコと同じ毒を入れた茶を出したのに、あの青年にはまったく効かなかったのだ。これ以上どうしようもない。それに第一の仕事は果たしたはずだ。

「もういいでしょう。わたしは帰るわ」

海に、ではなく王都に。

そこには彼女の小さな檻がある。鍵のない檻が。

立ち上がるセラリアに、男は冷ややかな目を向けた。

「そんな態度が許されると思っているのか。お前は誰の所有物だか分かっているだろうに。もう一度売り飛ばされたいのか」

「っ……」

その言葉に心が冷える。

男に買い取られてから、セラリアはただの娼婦ではなくなった。政敵を陥れ、競争相手を挫《くじ》き、有力者を味方につける……そんなことに使われるようになった。そうして期待された以上の成果を上げ続けてきたのだ。彼女に関わって転落した人間は決して少なくない。

にもかかわらず、たかが一度のことでそこまで責められるのかという気持ちもあるが、その反抗心よりも萎縮と疲労が勝った。

「わたしは、別に……」

セラリアはうつむく。その目に自分が着ている薄紫の着物の裾が映った。「あなたに似合うだろうと思って」と客の一人がくれたものだ。「少しも高価なものではないけれど」とその男は恥ずかしそうにしていたが、銀糸で刺繍《ししゅう》された蝶《ちょう》がとても綺麗《きれい》だと思った。

思えば、本当にアイリーデは不思議な街だったのだ。店の主も娼妓《しょうぎ》も、そして客でさえも緩やかな雰囲気を持っており、気安くありながらさっぱりとしているところがあった。事情がありそうな相手に無理に踏みこまず、支配することも支配されることもなく、ただ気が合った者たちで話をし、体を重ねる。それが自由だというのなら、確かに水路で会ったあの女の言う通りなのだろう。

アイリーデにいるとそんな空気が当たり前になっていることに、少しの苛立《いらだ》ちを覚える。同じ夜を売り物にした場所で、自分がいる檻とはまったく違う世界があることに腹立たしくなる。だからもう帰ろうと思っていたのだ。光の差さない、重い香りだけが彼女を守る檻の中へ。

じっと黙ってやり過ごそうとするセラリアに、男は興味を失ったように言い捨てる。

「馬車に戻っていろ。娘を確認したら帰る」

「……わかりました」

顔を伏せたままセラリアは広場から出ようとする。

その時、柔らかな第三の声が場に届いた。

「――アイリーデの娼妓を、ご自分のもののように仰《おっしゃ》るのですね。どのような権利をお持ちで?」

氷片を絹布でくるんだような声は、内容からして貴族の男にかけたものだろう。

男が眉を顰《ひそ》めて振り返った先、林の中にいつのまにか一人の女が立っている。

飾り気のない白い浴衣《ゆかた》姿で、銀髪を下ろしているだけの女。何の灯《あか》りも持っていないにもかかわらずうっすら月光を纏《まと》って浮き立つ女は、色濃い舞台化粧ですぐに誰だか分かる。セラリアはこの時になってようやく、自分が水路で会った女が巫舞の巫女《みこ》と同一人物であることに気づいた。

貴族の男は巫を胡散《うさん》くさげに見やる。

「その格好、アイリーデの人間か？　何故こんなところにいる。人売りから逃げ出したのか？」

それは違う、とセラリアには分かる。攫われた娘の中に彼女はいなかった。

神話の街の巫、三つの返礼の一つ、人肌を象徴する女は軽く首を傾《かし》げる。

「問うているのは、わたくしです」

静かな声音。

けれどそこには、何者にも揺るがされぬ威があった。

貴族の男が怯《ひる》んだのが気配で分かる。だが彼はすぐにその怖《お》じ気をなかったことにするように言い返した。

「この女は私の持ち物だからだ」

「あなたの？」

小さな唇が笑みの形に変わる。

巫が男に返したものは微《かす》かな嘲りと侮蔑だ。男にもそれは通じたらしく顔に険が寄る。

「小娘、何が言いたい……」

「お話になりませんわね。問う相手を変えさせていただきますわ」

巫の女はそこで視線をセラリアに転じる。

青い瞳。その双眸《そうぼう》に見られるのは二度目だ。

人の心を見透かすような、奥底まで照らすような目。

その目で、彼女は問う。

「アイリーデの娼妓が、なにゆえに余所《よそ》の慮外者《りょがいもの》に与《くみ》するのです？」

高みに在るものが、地上を動けぬ小さきものへ問うように。

責めるわけでも詰《なじ》るわけでもなく、ただ疑問に思って尋ねる。

その混じり気のなさに何を返せばいいのか。

セラリアは口を開きかけてから言葉を探す。男の苛立つ声が聞こえたが、意識の中までは入ってこない。それは巫の女の存在が、余計な雑音をセラリアから弾いているからのようにも思えた。

迷って、見つかったのは単純な答えだ。

「報酬が、もらえるから……」

そう、報酬だけはいつももらっていた。何を買うにも不自由しないほどに。

それは男がセラリアにつけた緩い首輪だ。檻の中にいる分には好きにできる。

それ以外に男の命令を積極的に聞く理由などない。だからセラリアは見つけた理由を飾り立てる。

「お金がもらえるからやってるの。あなたみたいなアイリーデの人間とは違う。お金がないと買えないものがあるの」

かつてはセラリア自身の身がそうだった。

今はどうなのか。最初の自分の売値を超える額はとうに貯まった。十七歳で売られた時の金額も超えていると思う。

なのに何故檻の中にいるままなのか。

単純なことだ。どうせ自分は、一生自由にはなれないと思っているからだ。

きっとアイリーデの人間には理解されない。自由であることを許された彼女たちには。

けれどそう突き放した答えを、巫は当たり前のように首肯する。

「そうですか。お金は大事ですしね」

「っ……！」

淡白な同意に、かっと頭に血がのぼる。

喉に熱がつかえ、それはすぐに言葉となった。

「あ、あなたには分からない！」

数年ぶりに絞り出した大声は、自分でも分かるほどに引き攣《つ》れて裏返っている。

けれどそれにも構わずセラリアは言い募った。

「アイリーデの人間に何が分かるの⁉　あんな風に自由でいられるくせに」

「アイリーデの娼妓も同じですよ。お金のためにやっている人間が一番多いです」

「っ、ならなんで――」

自分だけが苦しいのか。救われないのか。

最初に攫われてから今まで希望を持ったことは何度もあった。

けれどそれはいつも手が届きそうなところで失われる。奪われる。

なら、もうどうしようもないではないか。檻の中で生きるしかない。

足が震える。何かを言いたくて、でも何も言えない。

そうして拳を握りしめたセラリアは……ふっと抗《あらが》えぬ疲労に襲われた。全身から力が抜け、正面を向いていられなくなる。自然と頭が垂れて彼女は足元を見つめた。気に入っていた着物の裾がぼやけて見える。

まるで壊れた人形のように動きを止めたセラリアに、巫の女は深い溜息をついた。

「あなたはまだアイリーデに来て日が浅いから分かっていないのでしょうが、あの街の娼妓は皆、望むものがあってあそこにいるのです。それはお金であったり愛であったり評判であったり皆違いますが、彼女たちには欲しいものがあるのですよ。それはあなたと少しも変わりません」

「………」

「そんな彼女たち全てがアイリーデの花で灯火です。だから私は彼女たちに自由で在って欲しいと願うのです。そうであればこそ、あの街は人の世を美しく見せてくれるのですから」

巫の女の透き通る声が耳を滑っていく。

セラリアは顔を上げない。動くこともしない。

欲しいものは、昔はあった。

今は分からない。考えても意味がない。

海を見たいと思いながら、こんな自分はきっと、もう二度とあの景色の中には帰らないのだから。


セラリアが動かなくなり沈黙すると、貴族の男は白けたように笑う。

「とんだ茶番だな。おい、あの娘も捕《と》らえておけ」

言われて男の護衛たちが動き出すのを、サァリは感情のない目で見やる。

「わたくしを捕らえてどうなさるのです?」

「お前を欲しがるところに売ってやろう。街に戻りたければその身で稼いで自分を買い戻せばいい」

「この方にも同じことを仰ったのですか？」

男が答えないのは肯定と同じだ。

そしてサァリは、そうやって人の心を支配する人間がいることを知っていた。解放の可能性をちらつかせて必死で働かせ、目前でそれを奪う。同じことを何度か繰り返せば人の心は折れる。逃げ出したいという希望さえ消えて、殴られ続けた子供のように従順になる。

唾棄すべきやり口だ。

サァリは近づいてくる護衛たちを見ながら冷えた息を吐く。

「残念ながら、わたくしがここにいるのは旦那様を追ってきたからです」

「何のことだ？」

「ですから、あなたたちがわたくしに触れることは不可能かと」

その言葉と同時に、男たちの背後にあった工房の半分が吹き飛んだ。


——人間を容易《たやす》く木っ端微塵《こっぱみじん》にできるとは聞いていたが、実際やってみるとなかなかえげつない。

一応これでも木っ端微塵にしないように手加減したつもりなのだが、少なくとも工房の天井から壁の半分は弾け飛んだ。

その後のことを見ず、タギに任せて駆け出したシシュは、すぐになくなった壁の向こう、工房の裏手側にいた男たちを見つける。ぎょっとして振り返る彼らの先にはサァリがおり、彼女はシシュに笑顔で手を振った。

「衣裳《いしょう》脱いでたら遅くなりました。ごめんね」

「もう来たのか、サァリーディ……」

「だって跳べるもん。あなたの近くに来るだけだもん」

確かにその通りなのだが、できれば街で大人しく待っていて欲しかった。

シシュは男たちを無視してその間を走り抜けると、妻を背に庇《かば》って反転する。

「お前が依頼主か」

そこにいるのは身なりのよい男が一人と護衛が四人だ。シシュの顔を見て、男は初めて面倒なことになった、とでも言うように舌打ちした。その仕草で、シシュは相手が誰だか思い出す。

「マプロ公か」

「知ってる人？」

「王位継承権を持っている。リコ・ロロイス嬢の少し下くらいのはずだ」

「あー、だから自分より上位の娘を人売りに攫わせたんだ」

「俺も彼女と同じ茶を飲んだが効かなかった」

「人間の毒だからでしょ」

「ああ、そういうことか」

リコのお茶にだけ毒が入れられていたのかと思ったが、飲んでも効かなかっただけのようだ。

素性を看破された男は、緊張を窺わせながらも皮肉げに顔を歪《ゆが》める。

「自分から来てくれるとはありがたい。ちょうどあなたにも用があったのでね」

「シシュ、生かしておいた方がいい人なの？」

男の口上を無視してサァリが尋ねてくる。シシュは少し考えこんだ。

「支障はないとは思うんだが、国政のことは俺では判断がつかない」

「あー、やっぱりそうだよね」

「ただ、この類《たぐい》のことをする人間は放っておくとまた同じことをするから、今処分した方がいい」

「シシュのそういう容赦ないとこ好きだよ」

苛烈な妻にそう言われてシシュは一瞬自分の在り方を悩みかけたが、この手の人間は力を持っているると次々誰かを犠牲にするだけだ。王のためにも内憂は取り除いておいた方がいい。

サァリが背後でくすりと笑った。

「こんなところで人売りと待ち合わせしてたってことは、アイリーデに行ったたって記録を残したくないんだろうね。こっちとしても好都合だから、うちと関係ないところで行方不明になってもらおう」

柔和に謳《うた》われた宣告に、男は顔を強張《こわば》らせる。

「軍人上がりは乱暴なことだ。なら、こちらも相応の手段を取らせてもらう」

「え、今までも充分相応の手段に出てたよね。だからやり返すんだけど」

「サァリーディ、下がっていてくれ」

その言葉に応えてサァリは数歩下がる。

同時にシシュは前に出た。斬りかかってきた護衛の剣を外へ弾く。

よろめいた体を盾にして二人目の剣を躱《かわ》しながら、一人目の鳩尾に肘を叩きこむ。

崩れ落ちる男を置いて更に前へ。

三人目は相当に腕の立つ相手だ。間を外した鋭い突きをシシュは軍刀の根本で受けた。柄《つか》に巻きこみながらその剣を更にこちらへ引く。

体勢を崩された男はたたらを踏む。その隙は命を投げ出したと同義だ。

二人目と三人目が続けざまに斬り捨てられるのを、四人目の男は呆然《ぼうぜん》と見ていた。

残る男は、一瞬主人を見るもののすぐに身を翻して林の中へ逃げ去ろうとする。その背をサァリが指さした。

「――縛《ばく》」

短い悲鳴を上げて男は崩れ落ちる。

一人残された貴族の男は助けを求めるように背後の工房を見た。

けれどそこからは誰も来ない。セラリアは立ち尽くしたままだ。

サァリが深紅《しんく》の唇で笑う。

「勘違いがあるようなので、最後に一つ教えて差し上げます」

月光の下、神である女は傲岸《ごうがん》に、そして美しく囁《ささや》いた。

彼女の足下の地面が、ぴきぴきと音を立てて凍り始める。その範囲はまたたく間に広がり、男の足下を捕らえた。

爪先から足へ、腿《もも》から腰へ、霜に覆われていく己の体に男は狼狽《ろうばい》する。

「な……なんだこれは」

逃れようと男はもがくも、凍りついた足は既に動かない。

サァリは柔和な物腰で告げる。

「アイリーデの娼妓はあなたのものではありません。あの街は全て私のものです」

セラリアが、びくりと顔を上げてサァリを見る。

人の増長を窘《たしな》める言葉。

けれどそれは教訓としてのものではない。次の機会はもうないのだ。

「た、助け――」

見る間に凍りついていく男へ、神は凄艶《せいえん》に謳う。

「だから、気安く触れるな痴《し》れ者《もの》が」

断末魔の悲鳴もなく。

男の体は逃げ出そうと身を捩《よじ》ったまま薄い氷の中に閉ざされる。

いつもより派手な力の行使だが、おそらくそれくらい彼女の逆鱗《げきりん》に触れる何かがあったのだろう。

シシュは軍刀を提げたまま氷像に歩み寄る。サァリの力の制限から言って、氷の下でかろうじて息はあるようだが、このまま時間をかけて死ぬか今死ぬかの違いでしかない。

そう判断するとシシュは、軍刀で男の胸を貫いた。同種の力を纏《まと》わせた刃は、薄い氷を抜けて小さな血の色の花を咲かせる。けれどその赤も広がる前に即座に凍りついた。

サァリは青く光る眼を閉じて苦笑する。

「ごめんね、シシュ。ありがとう」

「元より俺の仕事だ」

シシュはふと立ち尽くしたままの娼妓を振り返る。

異様な状況の中、セラリアは氷像となった男ではなくサァリを瞠目《どうもく》して見つめているままだ。

まるで茫洋《ぼうよう》と暗い世界に、一つの灯火を見つけたような。

その目は、遠く迷い続けた少女のようだった。

8. 結

後始末は主に、死体の始末だったと言っていい。

サイカドはシシュに助けられた後、アイリーデに戻って自警団に通報してくれており、攫《さら》われた少女たちを送り届ける人員はすぐに駆けつけてきてくれた。

だから少女たちを自警団員に任せて後は死体の始末だけだったのだ。

「埋めるんじゃないのか？」

「死体ってのは、相当深く埋めないと動物に掘り起こされるんだよ。しかもこの人数って墓地でも作る気か。景気良すぎだ」

二十人を超えてしまった死体を前に、タギは呆《あき》れたように言う。サァリは冷ややかな目を化生斬《けしょうぎ》りに注いだ。

「あなたも勢いよく殺しすぎです。街中に死体を残してはいないでしょうね」

「ちゃんと手配かけてるから大丈夫だ。世の中には死体が必要なやつらもいるんだよ」

タギの言う通り、自警団と入れ違いに謎《なぞ》の男二人と大きめの馬車がやって来た。彼らは黙々と死体を袋に詰めて馬車に積みこんで帰っていく。「ほら、言っただろ」と胸を張るタギにサァリは「ほどほどにしておきなさいね」と釘《くぎ》を刺し「お嬢が言うな」と返されていた。

一人だけ他人に渡せない死体は、タギに見つかる前にサァリがその場で粉にまで砕ききっていた。

こうして一人の行方不明者が出たわけだが、その真相は後で王にだけ届けられるだろう。

生き残った護衛の二人についてもシシュはどうするか悩んだが、遅れてやって来たトーマに任せて、ウェリローシアに送ることになった。「今回は王位継承者が絡んでるから、フィーラが上手く後始末してくれると思うよ」とのことで、妻の生家の底知れなさが恐ろしい。

なんでもウェリローシアが、どの時代にあってもそれぞれの国で貴族としての地位を保ち続けているのは、裏での情報操作と立ち回りのせいなのだという。或《あ》いは今回行方不明になった男の持っていた様々なものは、今後少しずつウェリローシアに吸収されることになるのかもしれない。

そんな手配が全て終わると、祭りの後片付けも残っているとあって、シシュたちはようやくアイリーデに戻った。

自警団員として舞台の解体などに付き合い、真夜中過ぎてシシュが妻の住まう離れに戻った時、既にサァリは疲れきっていたのか、彼を待っていたらしい様子のまま眠ってしまっていた。ただその寝顔は安らかなもので、シシュは少しでも彼女が今日の祭りを楽しんでくれていればいいと思う。

アイリーデは彼女の大事な庭で、それを守ることが自分の役目なのだから。

※

「この度は誠にご迷惑をおかけしました」

翌日、月白《つきしろ》を訪ねてきたリコは、そう言って深々と頭を下げる。

応接室で彼女と向き合ったのはシシュとサァリだ。館主である女は、けれど夫に対応の主導権を任せるつもりのようで微笑《ほほえ》んだまま「お気になさらず」と言っただけだった。

シシュは自分も頭を下げる。

「こちらは当然のことをしたまでです。むしろ客たるあなたを危険な目に遭わせて申し訳ありませんでした」

「いえ、わたしの不用心でした。護衛もつけず、少しはしゃぎすぎていたようです。これからは身分相応の立ち振る舞いを意識いたします」

「恐縮です。それで、あなたを攫わせた雇い主のことですが――」

「わたしは何も存じ上げません。金遣いの荒い放蕩娘《ほうとうむすめ》が目をつけられたというだけのことでしょう」

迷いのない返答に、緘口《かんこう》をお願いしようとしていたシシュは頷く。

明るみに出すべきことも、出さない方がいいこともある。明かされないものは粛々《しゅくしゅく》と処理されていくだけだ。そして明るみに出ないものの方が、得てして苛烈な対応をされる。だから人は畏《おそ》れるべきなのだ。この街は神の街なのだから。

「既にご存じかもしれませんが、家に戻ってからもこの街とはよい関係を続けさせて頂けたらと思っております」

「ありがたいお話です」

社交的な言葉も特に思いつかずシシュは思ったままを短く返す。それがおかしかったのか隣で妻が表情を和らげた。巫舞《ふまい》の時にリコが「天女のようだ」と零《こぼ》した美しさ。その人間離れした空気に少女は気を取られる。

サァリはそれに気づくとリコに向けて微笑み直した。匂い立つような気配を以《もっ》て唇が開く。

「あなた様は、美しいものや快いものを見極める目をお持ちのようです。どうぞ今後ともご贔屓《ひいき》に。アイリーデはそう言った御方に助けられておりますので。ご厚情頂く分、お返しいたしましょう」

リコは小さく息をのんだ後「ありがとうございます」と頭を下げた。

これはつまり、数多《あまた》の人脈を持つアイリーデがリコの味方につくということだ。その代わり彼女はその審美眼とよき客であることを求められ続ける。なかなかに厳しい条件にも思えるが、リコは気概を持ってそれに応えていくのだろう。

少女と従者の二人はしきりに礼を言い「また、来年の巫舞の頃に参ります」と去っていった。

月白の門前で、シシュは彼らを見送ると、隣に並ぶ妻に問う。

「あの娼妓はどうなったんだ？」

貴族の手先としてこの街に入りこみ、リコの誘拐に関わった娼妓。

彼女は元いた妓館と客に挨拶してアイリーデから出ていったらしい。タギがそれに文句を言わなかったのは意外だが、サァリは女の行く先を知っているのだろうか。

まだ日の高い時間、サァリは夫を眩《まぶ》しそうに見上げる。

「さあ、どこに行ったんだろ」

「巫も知らないのか」

「うん。多分本人も知らないいんじゃないかな。自由慣れしてなさそうだったし」

ずっと誰かの所有物であった女が、不意に得た自由に何をするのか、どこへ行くのか。

シシュはそれを知らない。ろくに知らない相手のことを想像しようもない。

だから代わりに彼は、この街と一生を共にするのだろう妻を思う。

「ちなみにサァリーディは、どこか遠くで行ってみたいところはあるか？」

「え、私の話？」

青い目が丸くなる。意外な質問だったのか、彼女は首を左右に捻《ひね》った。まるで童女のような仕草が愛らしい。シシュはその姿に頬が緩みそうになって手で隠す。

サァリはしばらく考えこんだ末、小さく笑った。

「特に思いつかないかも。この街が好きだし」

「そうか」

「あなたがいてくれるしね」

てらいのない愛情を傾けて、彼女は嬉《うれ》しそうにすり寄ってくる。その姿は素直で嘘《うそ》のないものだ。

かつて彼女と出会ったばかりの頃、この街と役目に縛られる彼女の生き方を「あなただけに損がおしつけられているのではないのか」と問うたことがある。

その問いに少女だったサァリは「まだ自分のことが分からないから、他人のことが羨《うらや》ましいとは思わない」と答えた。それはあの時紛れもなく事実だったのだろうが、本当に彼女のことを分かっていなかったのは自分の方だと、シシュは思う。

サァリは充分過ぎるほどにこの神話の街を愛している。だから全部を好きに選べるとしてもこの街に居続けるのだ。彼女が人を大事にしてくれている証拠だ。

神の庭に棲《す》む姫は、無邪気な目でぽんと両手を叩く。

「あ、でも、あなたが行きたいところあったらついてくよ。海にでも行ってみる?」

「海は一度任務で行ったきりだからな……」

仕事で行ったせいかとりたてて印象はない。ただあの強い潮の香りと唸《うな》るような潮騒《しおさい》は、海の傍《そば》で育った者には一生記憶の根源に残るのではないか。

そんなことを思い返している間に、サァリは彼の手を取った。

「あなたが一番大事。——だから旦那様、どうかずっとわたくしの傍にいてくださいね」

きつく握られる手。

それは彼女の情そのものだ。

この街を誰よりも大事にしている。そしてそれ以上に、彼を愛してくれている。

まるで身に余る幸運だ。数多の花と歓びに彩られる街で、彼が愛《いと》しいと思う花は彼女だけだ。

だから自分は、これからの一生を彼女のために生きるのだろう。そうする確信がある。

シシュは小さな手を握り返す。

「大丈夫だ。巫を一人にはしない」

たとえ彼女に捧《ささ》げる年月が永遠になろうとも、彼女の隣に在り続ける。

それが自分の返せる唯一の想いだ。誠実に真摯《しんし》に、決して違《たが》えることなく。

朴訥《ぼくとつ》な返答に、サァリは嬉しそうな声を上げて飛びついてくる。いつもながら勢いのよい妻は、はしゃぎながら言った。

「そう言えば巫舞どうだった？　まだ感想聞けてなかったけど」

「とてもよかった。可愛らしかった」

「ほんと⁉　嬉しい！　来年も頑張るからね！」

「楽しみにしている」

翌年も、更に次の年も、いつか彼女と死を以《もっ》て分かたれる日まで。

それができるだけ遠い未来のことであることを願う。

これが一生を捧ぐに足る、己の恋なのだから。

あとがき

この度は『月の白さを知りてまどろむ』の三巻をお手に取ってくださりありがとうございます。古宮九時です。

神話の街を舞台にした異類婚姻譚も、これにて結着です。とても回り道をした客取りの話にお付き合いくださりありがとうございました。主役二人はあの性格とあの気性なので、今後も色々と面倒事に巻きこまれたり面倒事の発信源になったりするのですが、ひとまず収まるところに収まったと思って頂ければ幸いです。

今作は客取りの最後にあたる第五譚まで収録しておりますが、残り半分は書きおろしを詰めました。平和な街の風景を楽しんで頂ければ嬉しいです。

また本作は、DREコミックスさんにて現在コミカライズがウェブ掲載されております。おりしま美城先生による魅力たっぷりの連載でぽんこつ面々の解像度が非常にあがりますので、よろしければそちらも御覧になってやってください！　小説三巻のちょっと後にコミカライズ一巻が発売予定です！

では今回も謝辞を。

担当様、今作ではお声がけから始まって、非常に大変で手のかかる作品と作者に付き合ってくださり、本当にありがとうございました。ここまで見捨てずに一緒に作ってくださったこと、お礼の言葉もございません。ありがとうございます。とんでもない組版からスタートして無茶ばかりお願いして申し訳ありません。担当様が積んでくださった徳に好機があったら御恩返ししていきたいと思っております。労働力としていつでもお声がけください。

また新井テル子先生、この度も美しい装画をありがとうございます。

一巻をお願いした当初「ヒロインは十六歳の少女から、十八歳直前の大人になるまでの変化を描いて頂くことになります」とキャラ設定に書いた記憶があるのですが、この三巻に至ってお願いした以上の十二分な変化を艶やかに描いてくださって感謝でいっぱいです。神話にふさわしい装画を頂けて幸運でした。ありがとうございます。

営業担当様や宣伝、製作、流通など携わってくださった皆様、ありがとうございます。皆様のおかげで読者様にお届けできます！　本当にお世話になりました！

最後に読者の皆様、ここまで神話の街へのご厚情、本当にありがとうございます。

この婚姻譚にて皆様の御心に少しの彩りを添えることができましたら嬉しいです。

ではまた、どこかの世界、いつかの時にて。

ありがとうございました！

古宮　九時

DRE NOVELS

月の白さを知りてまどろむ3

2024年4月10日　初版第一刷発行

著者　古宮九時

発行者　宮崎誠司

発行所　株式会社ドリコム
〒141-6019　東京都品川区大崎2-1-1
TEL　050-3101-9968

発売元　株式会社星雲社（共同出版社・流通責任出版社）
〒112-0005　東京都文京区水道1-3-30
TEL　03-3868-3275

担当編集　小原豪

装丁　AFTERGLOW

印刷所　図書印刷株式会社

Printed in Japan
ISBN978-4-434-32735-3

ファンレター、作品のご感想をお待ちしております。

右の二次元コードから専用フォームにアクセスし、作品と宛先を入力の上、コメントをお寄せ下さい。
※アクセスの際に発生する通信費等はご負担ください。